只此沅陵

沅陵县作家协会 编

百花文艺出版社
天津出版传媒集团

图书在版编目（CIP）数据

只此沅陵 / 沅陵县作家协会编. -- 天津：百花文艺出版社，2023.6
ISBN 978-7-5306-8560-0

Ⅰ. ①只… Ⅱ. ①沅… Ⅲ. ①散文集-中国-当代
Ⅳ. ①I267

中国国家版本馆 CIP 数据核字(2023)第 082103 号

只此沅陵
ZHICI YUANLING
沅陵县作家协会　编

出 版 人：薛印胜
策划统筹：王　燕
责任编辑：王　燕　徐　姗
装帧设计：彭　泽
出版发行：百花文艺出版社
地址：天津市和平区西康路 35 号　**邮编：**300051
电话传真：+86-22-23332651（发行部）
+86-22-23332656（总编室）
+86-22-23332478（邮购部）
网址：http://www.baihuawenyi.com
印刷：山东临沂新华印刷物流集团有限责任公司
开本：880 毫米×1230 毫米　1/32
字数：200 千字
印张：10.125
版次：2023 年 6 月第 1 版
印次：2023 年 6 月第 1 次印刷
定价：58.00元

如有印装质量问题，请与山东临沂新华印刷物流集团有限责任公司联系调换
地址：山东省临沂市高新技术产业开发区新华路 1 号
电话：(0539)2925886　　邮编：276017

目 录

千里沅江　只此沅陵

拾　尘

一

河流，繁衍生命，润泽万物，催生城市和村庄。千百年来，一条条河流，流过了春秋争鸣，先秦两汉，大唐风云，宋雨啁啾；流过了罗马大帝，玛雅符咒，雅典城邦，阿兹特克神迹。一条条河流，衍生一段段历史，润泽一个个族群。每一滴水都有着自己的来历，每一朵浪花都有着自己的思想。亲近它的涟漪，亲近它的光芒，亲近它的波涛，亲近它的歌响，一条河流的流向，必然是所有生命、城市与村庄的方向。

千里沅江，从都匀云雾山上的龙头江起身，从平越大山的重安江出发，一个从南，一个从北，在林中寂静，在山涧安详，温婉中倒映着风景，清冷中沉淀着迹象。南北两源在凯里岔河汇合后成为清水江，然后，一路向东，高奏生命的凯歌，至台江纳小江河，至剑河纳南哨河，至锦屏河口纳乌下江，至三江镇纳洞河、亮江，于天柱瓮洞镇出贵州入湖南芷江大垅乡，至洪江托口纳渠水，至黔城与潕水汇合，释放着璀璨的光芒，拥有了一个沉雄灵动的名字，叫沅江，又名沅水。自此，倔强奔腾的沅江，至洪江纳巫水后北流至溆浦江口镇纳溆水，至辰溪纳辰水，至泸溪纳武水，至沅陵纳酉水，势吞“五溪”后，直至汉寿注入洞庭湖，然后汇入长江，直达“九省通衢”的武汉。干流全长1033公里（其中湖南境内568公里，怀化境内477公里），流域总面积89163平方公里，湖南境内51066平方公里。

千里沅江，在武陵、雪峰两大山系之间，激荡冲折，逶迤周旋。雪峰山脉巍峨厚壮，武陵山脉神秀挺拔，沅江则在两山之间纵深弯曲，磕磕绊绊，深深浅浅，不惧蹉跎，背负着时光荏苒的足迹，承载着无数梦想的恩泽。“万里梯航通六诏，五溪烟水下三湘”，“四十八站上云南，四十八站到长安”，沅江，成为一条连通中原内陆与大西南的国际“黄金水道”。精明的蜀商，往往选择避开长江三峡的天险，在川东坐船顺酉水而下，到达沅江拐了一个大弯的沅陵窑头（楚秦黔中郡故址），再溯沅水，将众多的桐油、棉麻、茶叶等山货转运到贵州，然后以走山路著称的黔滇小马组成马帮，用水陆联运的方式前往东南亚的越南、缅甸、老挝、印度等地。

沅江，作为著名的“南方水上丝绸之路”，在怀化境内，更是“黔客东进、张客南下、长客西入、桂客北上”的黄金走廊。它是一条商贸之江，集中体现了湘商文化的精髓；它是一脉文化之河，历史厚重，文化多样性突出；它更是一处精神之源，是世世代代生活在沿江两岸的人们对自然和人类社会发展的精神寄托。沅江北岸洪江市岔头乡岩里村距今 7800 年的高庙文化遗址，叩响了怀化深厚远古历史的大门，比目前公认的世界上最早的文明美索不达米亚平原苏美尔文明整整早了 2300 年，足以对“世界文明”的起源重新进行定义。同时，其自然生态无与伦比，历史文化厚重独特，高庙文化、屈原文化、杂交水稻稻作文化、商道和航运文化、侗、苗民族文化等，无不具有独特性、独占性，甚至具有垄断性、不可复制性。

沅江，滩水相连，疾缓任性，狂放不羁，从云贵高原飞流直下，穿过黔东南与湘西北腹地，一路咆哮高歌，掠过阵阵野性的楚风，繁衍出无数座城市、村庄与码头。“常德桃源一大站，穿石界首清浪滩。北溶辰州泸溪县，浦市江口到铜湾，安江洪江黔阳县，独寨公坪芷江边，再走三程方到岸，清溪交溪到镇远……”沅水九溶八十溪，从沅陵下常德，三垴九洞十八滩，滩滩都是鬼门关。其中，浪木洞、横石、九矶、清浪、滁滩最险，嚷滩最长，翁子洞、三绞滩的纤最是难拽。沅水流域各处重要的城镇与码头，大致有铜仁、镇远、龙溪、托口、洪江、黔阳、溆浦、辰溪、浦市、沅陵、陬市、常德，以及酉水上的吉首、古丈、永顺等几大名镇，清水江上的麻江下司和天柱三门塘，巫水的会同高椅等，这些城镇与码头，船来人往，熙攘繁华，即便是到了民国初年，诸如托口，仍有纵横交错的九街十八巷，以及商埠码头十八座。洪江古商城，更是集聚了商行、钱庄、青楼、烟馆、酒店、作坊、厘金局、寺院、报社、客栈、戏台、学堂等五行八作，大有“钱塘自古繁华”的派头。

二

千里沅江之上，沅陵，居水陆要冲，是沅江中游最为重要的城市与码头。如同贯穿开罗的尼罗河，贯穿巴黎的塞纳河，贯穿伦敦的泰晤士河，贯穿蒙特利尔的圣劳伦斯河，贯穿纽约的哈德逊河，贯穿科隆的莱茵河，贯穿武汉的长江，贯穿杭州的钱塘江，千里沅江从一座古老而年轻的城市中穿过，那就是“美得令人心痛”的沅陵。因为这条江，沅陵有了绵延不息的灵动；因为这条江，沅陵有了别样的色彩、韵味与腔调。

沅陵，旧称辰州，是一座千年古城，为五溪山水交汇之所、荆南要冲雄峙之地，“上扼川黔，下蔽湖湘”，素有“西南要塞”“湘西门户”之称。沅陵，以滇黔之冲，地介楚尾，所谓“天下积储在楚，楚之咽喉在辰，故辰安则楚安，楚安则天下安”，极言沅陵山川形势战略地位之重要。也正因此，沅陵，历为地方上郡、州、路、府、道和湘西行署治所，曾是整个湘西地区的政治、经济、文化中心，历史上曾一次封侯两次封王（1999 年虎溪山一号汉墓顷侯吴阳墓的发掘，被评为当年“全国十大考古新发现”）；抗日战争时期，为湖南临时省会。

沅陵，从地理符号来说，由于处于武陵山山脉与雪峰山山脉尾端交汇之所，千里沅江与八百里酉水在虎溪山脚下汇至一处，如破天门，烟波浩渺，自西南而东北，直入洞庭，因此，形成了“南方水上丝绸之路”。就整个湖南而言，高耸的雪峰山自南而北，将湖湘大地纵向切割成东西两大部分，东部湘水与资水，承受着中原文化南下、岭南文化北上的氤氲漫漶，而西部被雄峰大壑阻隔，沅江、澧水自成一体，抱朴守拙，承接着西北巴蜀文化与西南云贵高原滇黔文化的冲撞。而沅陵作为门户，成为各种文化碰撞与融合之地，呈现出独有的、多元的辰州地域文化特征。

沅陵，从文化符号来说，可以称得上是中国南方的“成语之乡”。直接出典在沅陵的成语就有“学富五车，书通二酉”“湘东遗恨”“老当益壮”“马革裹尸”“夸父逐日”等等，与之相关联的成语还有“焚书坑儒”“高山仰止、景行行止”“藏之名山、传之后世”“汗牛充栋”“韦编三绝”“夜郎自大”等等。

沅陵，这片神奇厚重的土地，从帝师善卷居二酉传“龙书”而德化苍生万物开始，大禹治水道经入楚南，在圣人山上禹王碑里写下传奇，平治水土，使民而得陆地。从此，这块“欸乃一声山水绿”的土地，屈原来过，“朝发枉渚兮夕宿辰阳，令沅湘兮无波，使江水兮安流”，酝九章而诵九歌；七绝圣手王昌龄浩叹，“沅江流水到辰阳，溪口逢君驿路长”，送别柴侍御时更是感怀，“青山一道同云雨，明月何曾是两乡”；诗仙李白举杯遥寄，“我寄愁心与明月，随烟四起，百家争鸣；而在西方，同样陷入了“修昔底德陷阱”，进行的是残酷而漫长的伯罗奔尼撒战争，最后斯巴达人终结了雅典的古典时代与古希腊的民主时代。汉高祖五年（公元前202年）置沅陵县时，整个亚欧大陆，一个是强大的汉帝国西征，一个是罗马帝国东征，两相呼应，中间是贵霜帝国与安息帝国。而沅陵处在这样的一个地理环境与历史节点上，便有了它特殊的战略与文化意义。

曾经，代表着古波斯文明的波斯波利斯古城于公元前330年毁于战火，代表着古纳巴泰文明的佩特拉古城于公元40年，因商路改变而被遗弃。代表着古罗马文明的庞贝古城毁于火山爆发，代表着古腓尼基文明的迦太基古城因土地盐碱化而颓败消失，代表着古丝路文明的楼兰古城，最后因水源耗尽而消亡。而沅陵，这座既小又大的千年古城，承续着古华夏文明，至今，仍安静在浩荡的沅水边，默默地荣耀复活，寂静地生机蓬勃。

公元前213年，大秦帝国的咸阳城内，火光冲天，一场“焚书坑儒”的文化与文明的浩劫正在发生：凡博士官以外所藏《诗》《书》《百家语》，均在焚烧之列。有敢谈论《诗》《书》者弃市，以古非今者灭族，官吏知情不举者同罪，令下三十日不烧者判黥刑。一时之间，全国上下到处浓烟滚滚，秦前文化面临绝灭。此时，朝廷博士官伏胜冒着诛灭九族的危险，领着家将伏安，偷偷将千卷书简运出咸阳，择地而藏。他们从渭河的船上搬运到牛车上，取道终南山后，入汉水南运而来，车载船运，历尽千辛万苦，船至沅陵乌宿。在这个传说金乌巡毕周天而休息的地方，眼见二酉山“两山夹酉江而峙，为水陆总路”，于是，选中了二酉山半山腰的二酉洞作为藏书之处。直到秦朝灭亡，才将全部藏书启出献汉。汉高祖刘邦在获得所献大量秦前书简时大喜，亲将二酉藏书洞封为“文化圣洞”，二酉山立为“天下名山”。从此以后，二酉山二酉洞成为天下圣迹，成为读书人毕生向往和追求的地方。《方舆胜览》载：“小酉山石穴有书千卷，相传避秦人所藏。”这就是中华文明史上极为著名的“二酉藏书”。也正因此，秦始皇“焚书坑儒”后的华夏文明得以薪火相传，中华五千年文明不至于像古埃及、古巴比伦、古印度文明那样出现断代。一脉圣地，一处藏书，中华文化得以生生不息，光耀千古。时至今日，二酉山下的“教授村”依旧遐迩闻名。

“二酉藏书”八百多年后，唐贞观二年(628)，大唐天子李世民在沅江与酉水交汇处的虎溪山麓敕建龙兴讲寺，借此通过佛法传播，感化“判服无常”的西南群蛮，实现“教化一方，稳定一方”的目的，堪称世界上现存最古老的学院，比著名的千年学府岳麓书院早建348年。它是目前湖南省现存最古老、规模最宏大、保护最完整的寺庙之一。在这座名副其实的西南第一佛学书院里，明崇祯年间南京礼部尚书、中国书法史上颇有影响力的书画家董其昌手书大雄宝殿上“眼前佛国”四字，至今依然飘逸隽秀、雍容大气。

龙兴讲寺建成又过了八百多年后，明正德五年(1510)年末，集立德、立功、立言于一身的“真三不朽”、集儒释道于一体的全能大儒王阳明,龙场悟道后守得云开见明月,奉调江西庐陵任知县。他坐船顺沅水东下,经溆浦大江口、辰溪,直达沅陵,因喜郡人朴茂,质与道近,寓龙兴讲寺月余,第一次向世人全面讲解他的“致良知”学说。沅陵虎溪山龙兴讲寺,也因此成为王阳明传授“心学”的“处女地”和第一站。沅陵有幸,迎来了王阳明的首倡良知之说;虎溪山有幸,由此高大峻茂起来,成为一座良知之山、本性之山、光明之山。王阳明题诗于龙兴讲寺壁:“杖藜一过虎溪头,何处僧房问惠休。云起峰间沉阁影,林疏地底见江流。烟花日暖犹含雨,鸥鹭春闲自满洲。好景同游不同赏,篇诗还为故人留。”充满了良知与哲理。王阳明虎溪讲学,形成了沅陵文化的一座高峰,为沅陵、湘西,乃至整个中国教育,弥洒了“我心光明”的圣哲之光。

自此,沅陵的书院如雨后春笋,崇正书院、虎溪精舍(虎溪书院)、让溪书院、翠山书院、妙华书院、酉阳书院、成人书院、鹤鸣书院、龙山书院等,播盖云丛之景观不逊盛唐。辰州书院文化教育生机勃发,对辰州本地乃至整个湖湘文化的普及、传播、发展都产生了重要影响。

千里沅江,沅陵踏歌未央,独居其中。在这里,夸父明月山下千里追日,屈原路漫漫兮求索问天,马援征战壶头山上马革裹尸;在这里,巫风傩韵诡谲神秘,辰州“三绝”莫测高深,盘瓠繁衍斑斓深邃。后世,更有沈从文、周立波、闻一多、金山、梁思成、林徽因等众多名人,或在此驻足,或于此求学,绽放出人杰的光芒、精英的芬芳。

三

大风起于深泽，沅水到此拐弯的沅陵，一城压五山，一江控五水，一县容五湖。悠悠烟浦，澹澹云山，泛泛渔舟，闲闲鸥鹭，耳得之为声，目遇之成色，取之不尽，用之不竭，其蕴藉丰盈、韵外之致，无不使人沉醉其间，且非胸中夙有烟霞者不能畅之。

远在虞夏商周时期，沅陵，地属荆楚。春秋战国时期，随着楚国势力越长江南下，沅水拐弯处的窑头，其地位日渐突出，成为楚秦黔中郡郡治。《史记·苏秦传》载："楚黔中郡，其故城在辰州西二十里，皆盘瓠之后也。"《元和郡县志·江南道六》说："秦黔中郡故郡城在县(沅陵)西二十里。"秦始皇二十四年(公元前223)，秦灭楚后复置黔中郡(为三十六郡之一)。汉高祖五年(公元前202)，改黔中郡为武陵郡。考古专家们曾在这里试探性发掘，相继出土了大量的秦砖汉瓦和鬲、钵、豆、罐壶及铜戈、铜剑、铜箭镞等，并探明黔中郡故城遗址东南面山顶聚集有四十余座巨型战国至汉代大墓，每一座墓就是一座山，其中半数以上超过长沙马王堆汉墓。此外，四周还有大大小小战国、汉代平民墓一千多座。一些无法经眼睛解码并判断其价值的事物，正被一锄一镐的事实与逻辑所证实，这不能不让人瞠目，不能不令人唏嘘。古拙厚重的窑头，处处弥漫着一股兀傲之气；每一块石头、每一处残垣，似乎都显露出清冷、高贵、古雅、雍容，不容小觑。

千里沅江，这条流淌生命与文明的河流，广纳“雄溪、满溪、潕溪、酉溪、辰溪”五溪之水，在沅陵境内有 911 条大小纵横的溪流，急水成瀑，缓流成湖。沅水从泸溪奔腾而下，纳武溪后进入沅陵，沿途纳澎溪、送溪、大里溪、泗濠溪、舒溪、鳜鱼溪、杨溪、丑溪、荔溪、油溪、要溪、龙溪、蓝溪、穿衣溪入太常，在溪子口纳酉水后继续东流，纳老鸦溪、覃木溪、黄头溪、鹿溪、杨溪、蛟溪，过百曳滩纳上怡溪、下怡溪，过朗木洞、九矶滩，纳深溪、横石溪、小米溪，过桃坪，纳丛溪、夏家溪，经会石滩、大河岭，纳白沙溪，经古寨坪，到达北溶纳溶溪，过火烧溶到达十里嚷滩。随后，纳方竹溪，在北斗口对岸纳朱红溪后继续东行，纳斑竹溪、弯竹溪，经杨家洞、碣滩后纳大晏溪、小晏溪，穿过鄢家与麻布溪后，到达鸦窠洄；之后，又纳砚石溪、小砚石溪、夷溪、将军溪、渣滓溪、小营溪、大营溪、葡萄溪进入清浪滩，过壶头山再纳白骡溪、梅子溪，下清浪，经老司潭、钢钉，纳马料溪、朱间溪，经纱衣湾、鳜鱼洞，纳桐木溪，见过罗汉山后，纳阴沉溪、洞庭溪、沙草溪、石门溪，过卡洞纳辰塘溪，过雷洄、庙公头，到五强溪电站大坝，纳大别溪、小别溪，再过缆子湾，纳金厂溪、万阳溪、绿溪、麻叶溪，然后过明月山、夸父山、撑锅岩、翁子洞、寡妇链，纳米汤溪，沿金冠嘴、箱子岩、海螺山继续东行，在水心岩纳夷望溪。千里沅江，一路日月星辰风雅颂，一路天地家国赋比兴，终于在沅陵境内完成了它在夹岸高山中的回环激荡、诗画铺陈。

五溪湖、明月湖、明溪湖、千岛湖、蒙湖，如五颗温润的宝石，波光潋滟地缀在崇山峻岭的蓝色丝带上，渔歌唱晚，水墨氤氲，灵秀静谧。沿途山青，水秀，石美，雨过晴柔，草木蔓发，春山可望，云卷云舒，水无穷处，一派轻鲦出水，白鸥矫翼，露湿青皋，前度桃花依然开满江浔的景象。古寨、古渡、古塔，在霭霭停云下，濛濛时雨中，似乎在静静地打望阴阴夏木、漠漠水田，清音悠邈，飞絮满天，满目河山念远，古朴神秘而又灵动丰盈。河流上，远远飘来高亢铿锵的沅水号子、酉水号子，还有每年端午期间“胜亦赢，败亦赢”的龙舟竞渡，无不成为生命与力量的音符，摄人心魄。雄浑的崇山峻岭，欢腾的山川溪流、厚重的历史积淀，如同舒缓有致的原生态诗画长卷、恣意流淌的天籁之音，让人流连忘返、叹为观止。高山，因流水而苍翠；厚土，因青碧而幽深。因此，屈原不得不佳誉：“沅有芷兮澧有兰……观流水兮潺湲。”林则徐不得不盛赞：“一县好山留客住，五溪秋水为君清。”

四

两千年郁盛人文，数百里清嘉山水。沅陵，是一块色彩丰富、韵味独特、腔调有致的土地。

沅陵，绿意盎然，是一个天然氧吧。武陵山与雪峰山两大山脉，雄峰大岭，森林密布，全县森林覆盖率达76%以上，活立木蓄积量居全省首位。五强溪国家湿地公园，披霞带雾，花红水碧，鱼跃鸟飞；借母溪国家级自然保护区，千年的古藤老树、神奇的沟谷流水，成为湖南“天然标本”最集中、最齐全的动植物荟萃之地；沅陵国家森林公园，树美石奇，花鸟草虫，五彩斑斓，是一块绿色油碧的土地。

沅陵，水韵悠然，是一个山国水都。全境溪流纵横交错，处处碧波荡漾。这里的每一湾水，至清至柔，清清的，浅浅的，淌过一层层落叶，摩挲着五颜六色的石头，细细的，亮亮的，既温情又激荡。岸边的每一峰岭，摇曳起满山满岭的云霞，焕发出生命盎然的神奇姿态。在这里，春天，绿意凝脂、鸟语花香；夏天，浅水挂帘、鱼翔浅底；秋天，层林尽染、天高云淡；冬天，云雾缭绕、玉树参天。在这里，每一滴水都有自己的故事，每一条河都有自己的心情。置身其中，时间，就这样缓慢下来；身心，就这样沉醉下去，这是一块蓝色清澈的土地。

沅陵，矿韵灿然，是一个黄金之都。沅陵矿产丰富，盛产黄金，官庄沃溪国家矿山公园矿业遗迹丰富，又有着旖旎的风光，让人零距离感知“黄金是怎么炼成的”。百年老矿辰州矿业具有140多年开采历史，为金锑钨共生矿，全球唯一，是国内五大黄金企业之一，也是全球第一大锑制品生产企业和国内主要钨矿开发企业。沅陵是一块金色绚烂的土地。

沅陵，茶韵飘香，是一个生态有机茶之乡。陆羽《茶经》里扑朔迷离的中国茶文化名山——无射山，即在沅陵田坳，这一点已尘埃落定。一方古朴灵异的山水，孕育出一道尊贵神秘的国饮——沅陵碣滩茶。碣滩茶一经问世，在唐代即成为贡品，历经宋元明清，盛名不衰，并流传到日本、印度，被誉为“中国高端绿茶的杰出代表”，连续16届被评为湖南省名茶，成为“国际文化名茶”、中国国家地理标志保护产品，先后获得上海世博、米兰百年世博中国名茶金奖。五溪春波展旗枪，虎溪云树候佳茗。茶禅一味，云水禅心，沅陵是一块翠碧沁芳的土地。

沅陵，风云激荡，是一个革命老区。贺龙、萧克在这里建立苏维埃政权，这里成为湘鄂川黔边根据地的重要组成部分。红二六军团，激战不知溪，叱咤风云，英勇顽强；三十八军解放山城，壮怀激烈，势不可当；四十七军湘西剿匪，攻坚克难，摧枯拉朽。土地革命的星星之火就此播撒，无数义薄云天的沅陵好儿郎，铁骨铮铮，跃马沙场，沅陵是一块红色跃动的土地。

沅陵，是一块韵味独特的土地。早上，你可以喝上一杯碣滩贡茶，茶韵天香中，沁了肺腑，香了人生；然后，在油香扑鼻中，吃上两个香脆滑润的灯盏窝，再端上一碗热气腾腾的沅陵“国宴”——猪脚粉，爽口爽心；中午，可以吃一道曾经吊脚楼上的“翠翠们”给心爱的放排的汉子们所做的爱情菜——晒兰，体会着舌尖上的味道，既情深，又意切；到了晚上，还可以尝一尝纯正的叶子粑、蒿子风直到夜郎西”;诗圣杜甫感慨,“三峡楼台淹日月,五溪衣服共云山”; 刘禹锡观龙舟激流横渡写下著名的《竞渡曲》,“沅江五月平堤流,邑人相将浮彩舟”;黄庭坚于二酉山“古洞寻书探奇字,思怀空吟三千年”; 明三大才子之首杨慎谪戍云南永昌卫时途经马底驿时,“五更鼓角催行急,一枕乡思梦未残”。当然,还有,沈从文在沅陵修建芸庐,推窗远望“丛树点缀其间,风光入眼,实不俗气”;林徽因更在信中赞叹,“昨晚里是住在官庄的, 沿途景物又秀丽,又雄壮。”

因此,在林则徐眼里,沅陵,是“一县好山留客住,五溪秋水为君清”;在文学大师沈从文心里,沅陵,是他的第二故乡;在国画大师黄永玉笔下,沅陵,是一座东方的金字塔;在史学家林河的典藏里,沅陵,是一部中国通史。

沅陵历史悠久,文韵绵长。春秋时期,沅陵属楚巫中地,战国属楚黔中地,秦属黔中郡。其郡址,始于沅水拐弯的窑头,后迁至蓝溪口,复迁窑头。隋开皇九年(589),隋文帝为治溪蛮,置辰州,沅陵始为附廓, 邑城属府治, 原郡址及县址由窑头迁往沅水与酉水聚汇的沅水北岸。自此以后的一千四百多年, 沅水北岸就一直是辰州府和沅陵县城所在地,筑石为城,砌墙成邑。城开六门,曰朝阳、通河、拱辰、环碧、沐波、水星;角楼四座,曰双莲、飞霞、靖远、观澜。自此,沅陵古城成为沅水流域极为重要的驿城重镇与码头。如果把它放在横向的历史坐标点上,春秋战国时期,群雄逐鹿,烽粑，醇香入梦，韵味悠长，会让人觉得，这才是值得过的大道至简的人生。

沅陵，是一个腔调有致的地方。龙舟竞渡，喝一碗烧酒赛一回船，三千载浪里争雄，九万年不老乡情，胜亦赢，败亦赢，帅旗满江横；楚风流韵中，上刀山、下火海，咬一口辣椒热一身汗，喊一阵长风壮一回胆。“狃花文化”的神秘盖头，透出爱情与生命凄婉缠绵的坚韧和玄机。自然神韵的水墨丹青之中，金庸笔下的黑木崖威风凛凛，“日月神坛”直指苍穹；金碗水神奇的“喊泉”喊出绝美希望的渴求；沅江酉水边吊脚楼里苗家土家姑娘一支火辣辣的山歌，可以唤醒春风十里恒久不变的约定；大小不一的四合院内一碗朴拙憨厚的米酒，可以吆喝起无数个乱云飞渡的春秋大义；秋天的晒谷坪里一场诡谲炫目的傩舞，可以庄严山川河流所有的祈愿；通往春天的路上，一支唢呐吹天吹地吹日月，一通锣鼓擂风擂雨擂霜雪，一声号子撼山撼水撼流年，一次呼吸醉心醉梦醉明天。

“潮平两岸阔，风正一帆悬。”弦歌千载的沅陵，带着来自遥远文明的神秘昭示，在一碗猪脚粉、一个灯盏窝的烟火里，在船上晒兰肉、码头蒿子粑的咀嚼中，在号子、山歌、小调、辰河高腔的韵致里，在辰州金锑钨蕴藏量雄踞全省乃至全国前茅的矿产富集地，创造了中国传统龙舟之乡、省级历史文化名城、革命老区县、全国文明县城、中华民族文化生态旅游名县、全国农村金融改革试点县、全省新型城镇化试点县、全国农村产业融合发展试点示范县等一个又一个金字招牌，如今，站在时代的新起点，全面落实省委、省政府“三高四新”战略定位和使命任务，深入实施“五新四城”战略，抢抓历史机遇、奋起二次创业，加快沅陵“建设四个区、打造次中心、挺进三十强”，大力推动电子信息制造、有色金属循环经济、水电风电扩能增效、生态文旅融合、品牌茶酒打造、中药材综合开发利用等六大百亿产业链建设，实现“自然与人文媲美，商旅与物阜皆盈，文化为经济喝彩，历史予未来壮行”。

如今，千里沅江，作为长江经济带的生态屏障、千里沅江生态文化旅游产业黄金走廊，是“长江国际旅游黄金带”的重要组成部分。怀化市正以“神韵雪峰”为品牌，统筹“山、水、城、廊”，以山为魂、以水为脉、以城为基、以廊为线，共同支撑和丰富“神韵雪峰”的核心品牌主题内容，以高庙文化和袁隆平杂交水稻农业文化为引领，以文博、水上、商城、庄园、民宿、夜游、乡村、运动、融合、火车十大旅游经济业态为内容，发挥资源优势集成创新；按照“江为线，城（镇、村）为珠，线串珠，珠带面”的总体思路，构建“一心一轴三片区五高地”的空间格局框架，打造“千里沅江”项目体系。

“千里沅江”地带，是我国生态旅游资源富集区之一，被称为“中国绿心”，而沅陵作为其中极其重要的节点和县域，可以称之为“绿心中的绿心”。怀化，作为一个怀景怀乡怀味的地方，袁隆平的一粒种子改变了世界，此时此刻，沅陵正以沅江酉水为经，武陵雪峰为纬，承担起服务湘、黔、渝、桂四省区旅游集散枢纽的任务，对接“一带一路”重大战略，变劣势为优势，全力释放资源与区位双重优势潜力，按照“办一次会、兴一座城”的理念，将生态文旅融合发展作为全县“六大临港产业链”之一予以倾力打造，承办好2023年全市旅游发展大会，将其作为一次提升城市品位、展示沅陵形象、提振发展信心的重要机遇，在原有“文韵沅陵、水韵沅陵、绿韵沅陵、茶韵沅陵”四张名片的基础上，实施城市更新项目、县乡污水处理工程，完成龙兴路、凤鸣路休闲游步道建设、龙兴讲寺修缮及创4A配套、辰州古街、二酉山、借母溪旅游综合体服务区及森林水世界、两江三岸提质改造等一系列项目建设。同时，对县城范围内的老旧小区、背街小巷、园林景观、交通路网、市政管网、公共服务设施以及全县范围内现有的文化旅游载体进行全面升级改造。因地制宜大视野，放眼未来大格局，进行全域规划，创新城乡统筹“新模式”，立足于“看得见山，望得见水，留得住脚步，带得来财富”，推动村落变景点、田园变公园、农房变客房，构建城乡联动、全域覆盖的旅游发展格局。全景布局，不断丰富旅游产品“新业态”　全力推进二酉山观光电梯或观光缆车，龙兴讲寺王阳明心学讲座，龙舟大看台音乐灯光秀、水幕电影、实景剧，借母溪非遗集市、森林水世界、五星级度假温泉酒店等项目的建设进度，鼓励引导当地居民高质量发展庭院经济，持续放大“实景剧+农民演员”“农家乐协会+农民就业”“三合一体”产业振兴等典型示范效应，让山水活起来、环境美起来、产业强起来、农民富起来。全链融合，打造经济发展“新引擎”。将生态文旅产业与品牌茶酒打造、中药材综合开发利用等产业发展结合起来，大力推动文旅、茶旅、渔旅、工旅、康旅融合发展，全面助力乡村振兴，续写沅陵“繁盛三千年不衰”的历史传奇。全面发力，满足游客体验“新期待”。加大设施投入，抢抓全面加强基础设施建设战略机遇，实施城市更新工程，积极筹措资金对城市路灯、指示标牌、公交站台等地上设施进行改扩建，“四桥两路”全线贯通；完善景区厕所、停车场、露营基地等旅游基础设施，以龙兴讲寺、凤凰山、酉水风光带为亮点，将沅陵打造成融山贯水的绿色城市、文旅融合的旅游城市；集中实施借母溪森林水世界、龙兴讲寺修缮、阳明书院保护修缮等七个生态文化旅游产业项目。

千里沅江黄金走廊，山、水、城、廊相得益彰，某些悠远的古朴需要被咀嚼，某些大地的年轮需要被铭记，寥寥春光，杳杳夜色，气收禾黍熟，风静草虫吟，固守的韵味、诸多的美好，都在时间的沉淀中产生，并保存时间所有的传说。

古老与现代，开放与包容，创新与发展，绿色与共享，千年古郡，大韵天成。沅陵，一个韵味十足，美得令人心驰神往的地方，不仅仅属于辉煌的历史，更属于荣耀的将来。

老酒

周万水

又一个重阳节到了，北纬 28 度的阳光温暖柔和，带着秋天的凉爽。刚刚成熟的高粱蓄积了一个季节的圆润和丰腴，它们在等待着一个古老的仪式。仪式之后，那些饱满的红缨子将经历一次彻底的裂变，把天地赋予的生命魂魄，转换成另一种澄澈和醇香。酿酒的日子到了。

这一天，也是湖南沅陵大曲酒业有限公司“下沙”的日子。在酿酒行业，所谓的“沙”就是指高粱，因堆在地上的时候像沙子，所以被人们俗称为“沙”。酱香型白酒生产的第一次投料称为“下沙”，“下沙”就是指投放制酒的主料高粱，标志着一个新的酿酒周期的开始。

酱酒的生产，历来讲究顺应天时，“重阳下沙”，正是千百年来秉承的酿造工艺传统。仪式并不繁杂，简单里蕴含着对天地的敬畏。人们相信酿酒人的虔诚与祈祷决定着酒的品质。从海拔千米的圣人山峰顶请来的山泉，清冽甘甜，带着山野的自由和纯净，亲和着每一粒高粱。董事长沈德志衣装严整、满脸肃穆，红色的围巾衬托出他内心的期待，他拿起铲子，在众人目光聚集的地方开始了这个酿酒周期的第一次搅拌。接下来的日子，蒸粮、摊晾、拌曲、堆积发酵、开窖取醅……人们开始等待那个醇香的时刻，那是高粱的又一次丰收。

在沅陵人心目中，沅陵大曲是地道的老酒，究竟有多老却是个谜。沅陵是上古人类居住的地方，春秋战国时期就是楚黔中郡的故址，是西汉最早建立的郡县之一，酒文化的历史也一定源远流长。战国时期，地处沅水中下游的沅陵曾是爱国诗人屈原的流放地。屈原是官员也是神职人员，古代的祭祀活动总是离不开酒的，屈原一定也是很喜欢喝酒的，不然也吟不出“众人皆醉我独醒”的句子。在屈原的辞赋里我们可以找到大量与酒有关的句子，从酿酒工艺到酒的种类都有涉及。如《大招》：“吴醴白蘖，和楚沥只。”意思是说，用白曲酿成的吴国甜酒，掺和楚地之酒，制成楚地特有的清酒。在《招魂》中更是有“酎清凉些”的句子。这里的“酎”，就是指“三重酿酒”，也就是经过多次反复酿造、提炼，提高酒的浓度和口感。可见沅陵的酿酒史至少可以追溯到商周之前，甚至到新石器时期的原始农耕阶段。中华人民共和国成立后，沅陵开始实行私营酒作坊联营，一九五一年正式成立了国营沅陵县酒厂，并于一九五六年正式以“沅陵”冠名地方酒产品，“沅陵大曲”就此面世。

沅陵地处中国地势第二台阶向第三台阶过渡地带，是重要的地理、历史、文化和气候的分界线，素有“西南门户”的称谓，是连通滇黔和湖湘要地。晚清名臣林则徐赴云南任职时路过沅陵，曾为沅陵山水秀美而赞叹不已，写下了“一县好山留客住，五溪秋水为君清”的优美诗句。深厚的历史渊源、好山好水没有理由不出好酒。以独特的秘传酿酒方法和山区的大麦、高粱、苞谷、刺梨酿出的“沅陵大曲”曾连续七年荣获“湖南省优产品奖”，并于一九八八年荣获首届“中国食品博览会优质新产品金奖”，在很长的时间里享誉湘西、名冠西南，畅销全国，是沅陵人心中的骄傲。

在老一辈人的眼里，沅陵大曲是沅陵文化的重要构成元素。在那座拥有两千多年的老城消失于水底之前，它浓郁的酒香承载过无数人的乡愁记忆。小城不大，依山傍水，街巷之间满是尘俗的烟火气。那些未曾消失的往事，总与一壶沅陵老酒有着扯不开的关系。那时，酒厂在老城东郊，在特定的季节里，长街和小巷都能闻到酒糟独特的酱香味，很有点儿一壶老酒全城飘香的味道。

在二十世纪末，随着国家重点工程五强溪水电站的修建，曾经老酒飘香的日子和古老的小城一起沉入了水底。由于搬迁、改制、产业、市场多方面的原因，沅陵酒厂和沅陵大曲从此在沅陵人的生活中消失，他们之后的喜怒哀乐一直被各种品牌的外地酒轮番浇灌着。

故土还在，酒中的世界却都是异乡的风景。

老城不在了，老酒不在了，乡愁却还在。在老人的茶余饭后，在游子回归的感叹中，曾经的酒香，一直萦绕，并被顽固地植入味蕾，不断地在沅陵人的记忆里复活，直到某一天它居然成为现实。而沈德志就是那个让沅陵大曲复活的关键人物之一。

只要一谈到酒，平时员工们眼中不苟言笑的那个沈总，就像换了一个人。那神情就像一个父亲对人谈起自己学霸儿子一样，骄傲、自得、深情都写在眉眼之间。这世上，有的人以喝最好的酒为乐，也有人以酿最好的酒为荣，沈德志无疑是属于后者。他做过制茶人，开过矿，承建过高速公路，是寻常人眼中那种事业有成的能人。但是二〇一七年，沈德志却出人意料地放弃了他正顺风顺水经营的企业，回到了老家沅陵。

在此之前，为保护和抢救沅陵白酒酿制技艺，沅陵县委、县政府启动了年产 5000 吨沅陵大曲酒厂的建设项目，在时隔二十余年后力图重塑传统品牌，让“老字号”和“国优品牌”重新绽放异彩，重新加入发展地方经济的大合唱。沈德志动心了，或许是那些关于沅陵大曲的记忆再次占据了他的头脑，或许是数十年积淀的乡情触动了他内心某处柔软的地方，他决定携合作伙伴回乡兴业，组建湖南沅陵大曲酒业有限公司，借天时、地利、人和的优势，恢复沅陵酒业昔日的荣耀。这一计划包括在十年内投资 30 亿元人民币，分三期建成占地 1200 亩的大型沅陵大曲酒业产业园，年产白酒 30000 吨，实现产值 156 亿元人民币，打造沅陵酒业新的传奇。

北纬 28 度，是一个充满神奇的地带，它不仅哺育了早期的人类文明，也是酿造优质美酒的龙脉之地，是著名的茅台酒生产地茅台镇所处的纬度。同样地处这一纬度的沅陵，森林密布，气候温润，负氧离子含量高，非常适宜微生物菌群的生长繁殖；独特的紫红砂岩地质，为酱香型白酒高温发酵提供了特殊工艺环境，也为沅陵酒业把生产高端酱香型白酒作为自己的发展战略提供了科学依据。

好酒是需要时间沉淀的，一款品质优良的老酒一定是岁月的馈赠。酱酒酿造工艺本身蕴藏着丰富的生活哲学原理。端午踩曲，重阳投料，365 天的生产周期，二次投粮，九次蒸煮，八次发酵，七次取酒，然后经分型贮存，三年后勾兑贮存，五年后包装出厂，一款酱香浓郁、回味悠长的酱香型白酒才应运而生。这其中，温和中经历了蜕变，平淡里透露着升华，从粗涩到圆润，从平淡到醇厚。就像这世上一切成熟的事物，在必须的过程中孕育，不愠不火，合乎春秋，自然而尊贵。

这也正是一个企业的成长与发展必须遵循的天道。

正是遵循这样的企业发展思路，短短几年时间，湖南沅陵大曲酒业有限公司便取得了跨越式发展。他们始终坚守纯粮固态发酵的传统工艺，秉承“立足传统、锐意创新，以质取胜、追求卓越”的理念，只为了做好他们心目中最好的酒。他们在发展战略上心怀远大，追求卓越，在工艺流程上又脚踏实地、精益求精，只为了做他们心目中那款最好的酒。二〇一八年，沅陵酒业公司率先在湖南地区试酿酱香型白酒成功，成为湖湘大地上唯一的酱香白酒原产地。

为了寻找到最好的酿酒水源，他们不惜舍近求远，把水源地定在海拔千米以上的圣人山上。“山以圣人名，为夏禹治水所历也。”圣人山是沅陵诸峰之首，繁茂的林木造就了这里优质的生态。其主峰顶天平寺附近，有一股山泉常年流淌不绝，水质清澈甘冽，呈弱酸性，软硬适度，富含多种珍稀矿物质和微量元素，是酿造好酒绝佳用水。为了获得更好的酿酒原料，他们不惜增加成本也要使用在本地种植的红缨子高粱。这种高粱特点是颗粒小、皮厚、饱满，虽然产量偏低，但完全符合坤沙酱酒一年周期、两次投料、九次蒸煮、八次发酵、七次取酒的“12987”酿造工艺要求。为保证品质纯正，他们还高薪聘请国家级酿酒大师、勾调大师精心制作，成立科研团队，开拓和创新了湘派酱香型独特工艺，所生产的“沅陵酱酒”系列白酒已成为湖南地域品牌畅销产品，因其酱香浓郁、醇厚丰满、幽雅细腻、回味悠长，一经问世就受到业内专家和广大消费者的好评和青睐，形成了争相品鉴的时尚，绵延千年的酒香再次回到这块故土，而发酵这绵延千年老香的是酿酒人那挥之不去的乡愁。

在很多外地人看来，沅陵是一个陌生地名，其中的“沅”字甚至算得上是个生僻字。因为“沅”字是地域特征十分明显的字，只能够组成三个词“沅水”“沅江”“沅陵”。在很多人看来，以“沅陵”这个地名冠名商标的酒产品，客观上存在营销的瓶颈，不乏失败的例子，所以有人建议产品商标上不出现“沅陵”二字。但这一建议被沈德志毫不犹豫地拒绝。他觉得“沅陵”这两个字就是他与公司创业和发展的初衷。这一初衷的背后有一种难以舍弃的乡土情结，隐藏着一颗报效桑梓、回馈故乡的赤子之心。他和沅陵酒业要做的正是把所谓地域性劣势转变为地域性优势，让更多的人，让外面的世界，通过高品位的酒产品来认识、了解沅陵，让沅陵人爱上自己的家乡，为家乡经济建设和社会发展做出更大的贡献，让历史悠久、文化厚重的古辰州沅陵重现昔日的辉煌。

农历八月，初秋的天空澄澈明朗，清爽的秋风里，乡村的田野、山坡上，红缨子高粱迎来了它成熟的日子，村民们荡漾在脸上的笑容与低垂的红高粱构成了沅陵新农村的独特风光。成熟的高粱不用担心销售，它们被湖南华隆农业开发有限公司直接送到了“沅陵酒厂”，成为酿造沅陵酱酒的最好原料。在本地人心中，“沅陵大曲酒业有限公司”似乎还是当年老城东关的那个他们熟悉的“沅陵酒厂”，真实而亲切。

高粱、小麦种植技术很成熟，容易被广大农户接受，可以利用田头地角，高岸田或者旱地广泛栽种，最大限度地发挥土地产能，遏制耕地抛荒面积，增加粮食总产量，实现山区农民增产增收。从二〇一九年开始，沅陵酒业公司在市县两级党委政府关心支持下，开始推进优质酱酒原料基地建设。专门组建湖南华隆农业有限公司，引种优质金缨子高粱和南方优质小麦等品种，建立“健全公司+合作社+农户”“订单收购+配套服务”的合作机制，在旱地资源丰富的乡镇广泛建设高粱、小麦种植基地，以高出市场价 15% 的价格标准敞开收购，带动 7000 多户农民踊跃种植高粱。

从地域上来说，沅陵并不是传统的高粱、小麦种植地，从外地规模产地购买的酿酒原料，成本比在本地组织种植和收购原料要低很多，但沅陵大曲酒业公司却最终选择了成本较高的“舍远求近”。这是他们回馈家乡、造福家乡的又一举措：以酒业为龙头，通过政策扶持，引导农户种植高粱、小麦等重点精细农作物，带动沅陵农业产业的发展，助力乡村振兴，承担起企业的社会责任，让企业发展更广泛地惠及家乡的父老乡亲。

在凉水井镇工业新村杨家湾组，人称“高粱奶奶”的唐春英捧着几颗沉甸甸的高粱穗子，皱纹间流露出掩饰不住的喜悦的笑。她没什么文化，又是头一回种植高粱，可她唯一不缺的是庄稼人的勤劳和对天时的感悟，是种田的一把好手。在技术人员指导下，唐春英很快摸索出了提高高粱产量方法。当年种植了 2.7 亩高粱就收获 2080 斤，实现纯收入达 5650 元。她笑着对公司的高级农艺师罗绍球说：“沅陵酒厂的美酒我没法消受了，但厂里的钱我一定要赚到手，今年赚一万的想法没实现，明年我争取要拿到两万块。”

在太安社区，一望无际的高粱吐穗扬花正酣，在山野间随风摇曳。这是个特殊的安置小区，它的居民都是来自全县各乡镇农村的易地搬迁贫困户。订单式的高粱种植，给这里的村民带来了稳定的收入。合作社所种植高粱收益的70%给社区居民分红，20%归社区集体收入，社区居民还可以在高粱基地务工，从育苗、移栽到培管、收割，每天都有可观的劳务收入。曾经陌生的土地，已经成为搬迁户们安居乐业的新家园。

"曲品清沅，天成美禄；煌煌骏业，勃勃龙兴。"这是写在湖南沅陵大曲酒业有限公司大门口的一副对联。它透露着一个企业对质量的至高追求和大展宏图的勃勃雄心：以本地资源条件为基础，着力推进面向白酒产业的创新创业，以产业链建设为契机，创新发展上下游产业链，有力支撑农业养殖及种植型企业的创新创业。短短数年，沅陵大曲在沅陵这片人杰地灵的土地上得到了蓬勃发展，二〇一九年以来，公司先后获得国家高新技术企业、怀化市首届"老字号"优秀企业、怀化市非物质文化遗产、湖南老字号和湖南省农业产业化龙头企业等多项荣誉。

面对企业良好的开局，董事长沈德志依然一副云淡风轻的样子。这个昔日普通的农家子弟深知创业的艰辛，他也知道如何去承受。要实现他心目中勾画的那个蓝图，他和他的伙伴还有很长的路要走。有人揶揄他是自讨苦吃，因为以他之前积累的财富和年龄，他本可以有更加轻松的选择。但沈德志从不后悔自己的选择，他更在乎经历一些人生发酵和质变的过程，就像身边的沅水，既然选择了奔流，便永不回头。

天地造化，山水沉淀，一款醇厚的老酒，一个根基稳健的企业，无不需要时间的发酵和升华。去浮躁，养静气，蓄内力，图长远，追求卓越却又内敛而不欲速，做大做强却时刻不忘给予和付出。从这个层面上来说，湖南沅陵大曲酒业有限公司这个正在拔节成长的企业，既有大时代汹涌奔腾的气质，也有江南的内秀和温润，这种谦逊的姿态，大概是另一种形式的深谋远虑吧！

还是那壶老酒，陈香犹在，余味悠长。岁月更迭，乡情却从未老去……

北纬28度的草木碣滩

张远文

碣滩，显然，是有许多碣石的，很容易让人想起曹孟德的“东临碣石，以观沧海”。碣石山的碣石，多在岸上，远在千里之外的河北昌黎，西嶂排青，东峰耸翠，披襟远眺，可见山岛竦峙，洪波涌起；碣滩山的碣石，却是滩中礁石，竖立如碑，野积峥嵘，居武陵雪峰两山夹一江的沅水中游，距离我住的小城，可说是近在咫尺，因其长风跳波，日光穿浪，云山雾绕，滩啸声声，而颇有令人胆战心惊、迷蒙诡异的声名。

“三垴九洞十八滩，滩滩都是鬼门关。”碣滩，作为十八滩之一，沅水流了多少年，碣滩的声名便显赫了多少年。只是，因凶险湍急而名，并非碣滩的初衷，就像沅水河畔的女人，并不只是一味地宽脸大奶、泼辣霸蛮、喜怒皆形于色，还有更多的长身细腰、柔情似水、佳期如梦。千百年来，人在草木间不停地寻觅、打望，直到一片树叶落入水中，改变了水的味道，改变了滩的形象，有了天造地设的碣滩茶。碣滩，自此，在惊涛拍岸之余，又变得温婉清冷、馨香四溢。人们由惊恐、畏惧而至眷念、生津，就连五大三粗的排工、船工汉子，飙滩冲浪后，也会架上鼎罐，汲水煮茶。无需“坐酌泠泠水，看煎瑟瑟尘”的斯文，只需大大咧咧地牛饮。一碗喉吻润，二碗破孤闷，三碗四碗毛孔散，直至两腋习习清风生。

茶与碣滩结缘，或者说，碣滩与茶联姻，想来，都应不是偶然的事。因为好奇，我总想探一探其中的究竟。

北魏郦道元在《水经注》中述及沅水与碣滩：“沅水又东经沅陵县北，汉故顷侯吴阳之邑也……因冈傍阿，势尽川陆，临沅对酉，二川之交会也……山深回险，人兽阻绝，溪水北泻沅川……山下水际，有新息侯马援征武溪蛮停军处，壶头径曲多险，其中纡折千滩。”汉伏波将军马援征蛮，因水急浪涌，船难溯行，受困于碣滩附近的壶头山，道遇瘴毒，最终，左右虽哀其壮意，无奈却病死军中，一语成谶，马革裹尸。可惜，千年之后，明徐霞客布衣草履“楚游”时，其足迹仅限于湘东与湘南，未能目睹沅水及碣滩的曲岸、皎月、清浦、雪浪与绮霞，一支“朝碧海而暮苍梧”的丹青之笔，就这样被遗憾地错过。

所幸的是，八十多年前(1934)的冬日，沈从文先生从北平回乡探母，眼见了沅水两岸大雪覆盖了一切，苍山林野都白了头。先生沿江过柳林汊，泊缆子湾，经梢子铺长潭上行，入礁多水深、风高浪急的清浪滩，夜宿鸭窠围，次日再上行三五里，就到了北溶的碣滩。碣滩是一长滩，滩水相连，风顶风、浪对浪的，河水明显变得湍急，吞船之浪肆意翻腾，滩啸凄厉急切，雾如乱幡，山泽苍然，烟气缭绕弥漫，霏微嘘吸，肤腠生寒，分不清是水气、雾气，还是云气。沈从文的小船行到这里，白浪从船旁跑过，快如奔马，惊心眩目，河流已随山势曲折，再不能张帆取风，于是决定增加一个临时纤手："一个老头子，白须满腮，牙齿已脱，却如古罗马人那么健壮。"小船上了滩后，老头子来取钱，沈惊奇地发现他"眉毛那么浓，脸那么长，鼻子那么大，胡子那么长"，"简直是个托尔斯泰"——这个"托尔斯泰"，就是来自碣滩附近溪口的飙船师傅，人快到八十了，对于生存还那么努力执着。当船到了平静长潭里溜着，天气转晴，日头初出，两岸小山皆浅绿色，山水秀雅明丽如西湖。忽然听见村中有炮仗声音，有唢呐声音，且有锣声，原来村中人正接媳妇，锣声一起，修船的，放木筏的，划船的，莫不皆停止了工作，向锣声起处望去。多美丽的一幅画图，一首诗！如今，随着二十世纪九十年代国家大型水电站五强溪水电站的建成，滩水相连的"三垴九洞十八滩"，早已化作水波潋滟的"五溪湖"，旖旎荡漾，水平如镜，形成特有的高峡平湖库区小气候，云雾多，湿度大，阳光充沛，林木蓊郁，特别适合茶叶生长。当年的"托尔斯泰"的后代子孙们，已无滩可飙，也无需去飙。他们大抵要么进了城，有了一份安安闲闲的工作，要么做了碣滩茶场的制茶师，在茶香中芳华绽放。

谷雨前夕，我从县城出发，坐机帆慢船，专程去了趟碣滩。从凤凰山对面的河码头上船，顺沅水而下，过九矶、横石、北溶、朱红溪，经斑竹溪、蒋家坪，至简家湾码头上岸，沿途山光水色，壮气蔚然。时不时，可见两岸山石峥嵘险峻，重重叠叠，吊脚小楼隐在山石、橘柚、篁竹后面，如宋画一般，皴中带染，染中有皴，显得清寂、素静。远山，多在云气之上，青黛竦峻，峰秀甚高，山岚水雾随意涂抹，有着水晕墨章般的隐约起伏，且渐远、渐小、渐淡。近岸，常年被河水舔蚀的岸石并不圆润，处处嶙峋瘦硬，嵯峨峭拔；岩上疏树葱郁，坡地草木葳蕤，一派不失法度的盎然。各样的鸟儿忽飞忽停，叽叽喳喳，似在山麓水畔开启一场灵动秀润的音乐会。一泓泓涧流，从青坡绿岭间蜿蜒而出，淹了凌乱碎石，汇成大小不一的平潭，潭中鲤鱼、草鱼、青鱼、翘鱼，恍若乘空，变着法儿跃出水面，也想看看两岸随风摇曳的奇丽景致。丰厚的河水浮了两岸的山，有时抬高，有时放低，全凭了水的性子。疏而不薄的风，吹过来，又吹过去，青青绿绿的，晕染出簌簌的声响，带着鱼的味道、花的颜色、树的形状。碣滩，早已险滩全无，碣石也沉入水底，仿佛时间的遗骸，只适合在沉思默想中历历可数。

登临碣滩山，只见银壶山云蒸霞煮，驼峰挺立，荦荦大端处带了点“大漠孤烟直”的味道。山脚潺潺东流的一江好水，缥碧明澈。遥遥绵绵处，又烟水空蒙，仿佛溢出时间之外。一垄垄的茶树，从山脚到山顶，依山循势，层层叠叠，曲折蜿蜒，像是大地的指纹，又似流水的旋律，翠气弥漫，起伏连绵，茂美而壮观。片片嫩芽，如鹰嘴，似雀舌，蘸了嫩嫩的光，翡翠般晶莹剔透，散发出同样嫩嫩的清香。一梯梯的茶垄间，有采茶姑娘笑语盈盈的声音传来，婉转而圆润，间或有采茶的歌子悠悠扬扬响起，拽得人的心尖尖满是自在翩翩的归鸿，可以将翠生生的灵魂轻轻浮起来。姑娘们身穿蜡染花布衫，有的扎碎花包头巾，有的戴休闲太阳帽，斜挎篾篓，婀娜的身影徐步款款，纤指在枝叶间灵巧地上下跃舞，瓣瓣细芽飞入篓中，像是滴绿的音符，在琴弦般的垄间恣意流淌。我缓着步子往上爬，滋茂的茶叶牵衣拂袖，随时触了额头、耳朵、鼻尖。到了半山腰，有亭翼然，名仙鹤亭，为纪念碣滩茶人刘先和而建，“仙鹤”即“先和”的谐音。在仙鹤亭，我气喘吁吁地揩了揩额头上浸出的汗珠，坐下来，抬眼四顾，视线所及处，环山皆翠，满目轻烟，南北武陵，东西沅水，处处流光泛碧，女儿坪上云雾袅袅，神仙峰前烟光凝遐。我不由得想起英国剑桥大学艾伦·麦克法兰教授所说的一句话：茶、咖啡和可可，只有茶征服了世界。

碣滩山，地处神秘而又奇特的北纬28度。这个纬度，贯穿了四大文明古国，有神秘的百慕大三角、著名的埃及金字塔、玛雅文明遗址、世界最高峰珠穆朗玛峰，以及传说中一夜之间沉没的大西洲亚特兰蒂斯……同时，特有的地形、地貌、地质与气候条件，有着特别适合茶叶生长的自然生态圈，中国十大传统名茶中，西湖龙井、洞庭碧螺春、君山银针、祁门红茶等九大名茶都产生在这个纬度上下。如果说，上苍给了法国最好的自然环境种植葡萄以制佳酿，那么，上苍无疑给了中国最好的山水云雾来种茶、制茶，香飘整个世界。中国，作为茶的故乡，山川纵横，河流遍布，既蕴涵着万物的深情,也孕育着茶的滋味,吐纳着自然的芬芳与浪漫。

顺着北纬28度的阳光,攀缘中国从东向西的高度,上溯千里奔腾的沅水,在湖南“人头版图”的眼睛部位,会有一个美丽而神奇的“泊点”——沅陵。它地处中国地势从第三阶梯迈上第二阶梯的台阶上,北倚武陵,南靠雪峰,中间流淌着沅江酉水,万山耸翠,千河叠韵。走进沅陵,青山云雾,步步高升;走出沅陵,碧水东流,一马平川。林则徐盛赞:“一县好山留客住,五溪秋水为君清。”沈从文感叹:“沅陵,美得令人心痛!”

这样一个泉清风舒、嘉木森茂的地方,注定会与茶息息相关。唐陆羽《茶经》载:“茶之为饮,发乎神农氏,闻于鲁周公。”炎帝神农“尝百草,日遇七十二毒,得茶而解之”,成为中国第一个发现茶的饮用功能与药用、食用价值的先祖。《世说新语笺疏》引晋代《伏滔集》载《习凿齿论青楚人物》明确指出“神农生于黔中”。习凿齿(湖北人),为东晋著名历史学家,神农氏族的嫡系后裔,其所言自然颇有相对的权威性。古“黔中”即指湖南西部,包括湖南沅水、澧水流域和清江流域,四川的黔江流域及贵州东北部一带(见《读史方舆纪要·历代州城形势·秦》)。按《辞海》和《辞源》所注,黔中即包括湖南境内的会同、沅陵、常德在内的沅水流域广大地区(即五溪地区)。

茶祖在湖南,茶源始三湘;神农生于黔中,为五溪人。作为“湘西门户”的沅陵,秦汉时称黔中郡,曾是整个大湘西的经济、政治、文化中心，区域内外遍布着神农文化印迹及传说。如此，处处云山烟树的沅陵，自然堪为最早沐浴炎帝神农茶祖的雨露阳光之地。

无独有偶，唐陆羽《茶经》卷七引《坤元录》："辰州溆浦县西北三百五十里无射山，云：'蛮俗当吉庆之时，亲族集会，歌舞于此山。山多茶树。'"人们对陆羽《茶经》研究已逾千年，注疏之作可谓汗牛充栋，唯独茶山"无射山"却扑朔迷离，一直没能找到具体的所在，成为茶界难解的千古谜团。貌似山穷水尽之后，烟岚流转、柳暗花明，施兆鹏、欧阳勋、蔡镇楚、余悦等茶界专家经过不懈的实地寻访，在丰富翔实的历史、地理、民族、物产、气候、方言等第一手材料基础上，通过大量的探索性研究，终于形成了学界可信的结论——陆羽《茶经》中的无射山，就是距碣滩山并不远的沅陵县二酉苗族乡田坳村的枯蔎山。无射山，一场跨越千年的寻找，尘埃落定；碣滩茶，一段隐秘千年的厚重历史，横空出世。

沅陵碣滩茶，始于神农，茶缘无射，业继盛唐，扬名凤姣，盛于明清，大成于当下。唐代权德舆作陆贽《翰苑集》序云："领新茶一串作此字，即今茶宛之茶，邑中出茶处，先以碣滩产者为最，后界亭茶盛行。"又云，"极先摘者名曰毛尖，今且以充土贡矣。"《辰州府志》载："邑中出茶多，先以碣滩产者为最。"最在何处？最在质清，最在品贵，最在位孤。夜风惊竹时，积素闲庭，最宜饮一杯碣滩茶，苍简超逸，与天地对谈。

当我坐忘于碣滩山，且陶陶，独对满坡茶、一河水、数峰云时，不知不觉间，开始在自己的内心修篱种菊，心中所思所虑，便愈发清晰。花开花谢，都来几许？卷曲身骨，却内蕴芳华，相契着红尘深处的眷顾倾心：相传唐高宗第八子李旦因朝廷皇位之争，被武则天贬谪到山高水远的辰州，流落在胡家坪胡员外家，与员外千金胡凤姣一见倾心，私定终身。后来，李旦回朝廷即位，为唐睿宗，不久，即派员迎奉皇妃胡凤姣进京。凤姣冰心素洗，觉得重云积雾的碣滩茶，香高持久，鲜醇甘爽，于是择其佳制带往长安。睿宗与众大臣品茗啜饮后无不交口称赞，从此，碣滩被辟为皇家茶园，朝廷每年派人督造监制，碣滩茶被钦定为朝廷贡茶和国礼茶。天子与民女，皇妃与茶妃，一场驱山走海的御饮，一段与茶蔓生淋漓的爱情，使得碣滩贡茶名扬天下，并流传到日本、印度。一九七二年，日本首相田中角荣访华时，特地向周恩来总理探问“碣滩茶”。几近消匿的碣滩茶，在总理亲自过问下，由此重出江湖，并被总理作为“中日友好茶”赠送给田中角荣。故有诗人感叹：“栽培布局夺天工，碧毯铺陈十五峰。林溢乳香人欲醉，杯呈翠绿味偏浓。休夸龙井能消渴，漫道君山腋起风。唯有碣滩茶最好，知音海外话田中。”后世著名茶学专家施兆鹏先生也由衷盛赞：“盛唐一帝，中日二相，皆问佳茗何方？唯有碣滩茶香。”

在碣滩茶场，一群独具绝顶功夫的茶人，正屏气凝神，将姑娘们采摘回来的鲜叶精挑细选。摊放在簸箕里的单芽，芽叶肥壮，叶质嫩软，芽茸甚多。山色入帘，烟水潋滟，融合着土地与手掌的温度，茶人们有条不紊地杀青、清风、初揉、初干、复揉、复干、割脚摊凉、烘焙、摊凉、包装，每一道工序都小心翼翼，每一处本原都神遇迹化，仿佛面对的不是一片树叶，而是山川终极的骨血、天地之间的精魂。眸色深秀的茶艺姑娘，一边手捧着条索细紧、色泽绿润、挺秀显毫的新茶，一边在庄子梦蝶的管弦丝竹里窃窃私语。一片茶叶，离开了树，沉浸于水，完成又一次活泛水灵的重生，让芸芸众生有了不疾不徐、无忧无惧、从容冲淡的灵魂皈依。云水禅心的音乐响起，仙鹤亭内，姑娘们手法娴熟地进行碣滩茶独有的茶艺表演。手腕带动手指，恍如描摹一幅精致的画，一点点，一笔笔，从心底晕染而出。熏香袅袅，梧桐映月去妄念，铜壶滴漏洗尘心；素手轻托瓷杯，鲸阁晓钟择妙器，虎溪云树候佳茗；陶壶注水，酉水拖蓝汲龙泉，金盆捞月养太和；眼笑眉舒，凤鸣丹山迎佳人，美女梳头润莲心；待沸水稍息，拎壶冲水，碣滩流瀑三重浪，笏山叠翠沉清江；水浸叶舒时，壶头夜月捧玉瓶，五溪春波展旗枪；轻啜慢饮中，二酉藏书悟茶香，黄草朝霞品茶心；清寂回味处，白田映雪通仙灵，五溪秋水为君清。

说实话，我是个粗人，没有那么多的讲究。只是用玻璃杯沏上一杯新茶，任锋苗显露，银毫隐芬。茶与水相遇，只需稍待一小会儿，便见汤色黄绿清透，轻轻一嗅，缕缕栗香扑鼻；轻啜一口，阵阵回甘醇爽，整个身心为之一振，洇润惬意得莫可名状。茶叶在水中不断上浮下沉，旗枪初展，如鱼似虾，确实是“形若碧云茸如霜，巧艺天工芽中藏。清汤绿叶醉人眼，越夜长留齿颊香”。手握茶杯，如泡日月，恍惚间，看一叶浮沉，风云变幻，无不恰似人生，经受风霜的折磨、炽热的煎熬、寂寞的沉眠、滚烫的冲泡，起伏与冲淡相伴，失意与得意相间，涅槃与重生转换，青涩与馨香互联。一片树叶的故事，一段人生的际遇，都在随意沉浮中化作了诗篇，铺成了画卷。纵有烦恼丝三千，我且清茶一杯，不管浓淡凉热几时休，不问春花秋月何时了，只需云淡风轻的热茶一杯，有清清爽爽的须臾一瞬，亦可宽心静好，足矣。

记得周作人先生说过，喝茶当于瓦屋纸窗之下，清泉绿茶，用素雅的陶瓷茶具，约三两知己，得半日之闲，可抵十年的尘梦。我不知道，先生瓦屋纸窗下喝的是什么绿茶，设若先生在吊脚楼上喝的是碣滩绿茶，肯定会多多少少喝出武陵雪峰的高耸、沅江酉水的清越、楚辞章句的浪漫、巫风傩韵的玄秘，可抵的，或许不只是十年的尘梦。五万峰青山做营盘，三千里水路可通天。天地入庐，山水迢迢，且将新火试新茶，诗酒趁年华。一个人，一段日子，若是相遇了碣滩，即是相逢千年的光阴故事，相约万载的山水奇缘。一杯碣滩茶里，有云的身影、风的轻吟、露的光华，有日月星辰的辉映、山川河谷的淡定，有乡间常忆的风景、人间烟火的回味。在一杯杯碣滩茶里，“王阳明书院举盏说心悟，董其昌宝殿清目谢活佛，林则徐借茶辰州撰清联，沈从文追香梦里回芸庐”。古之迁客骚人屈原、刘禹锡、李白、王昌龄、王阳明、秦纮、董其昌、林则徐等多有品茗，近人张学良、沈从文、林徽因、周恩来、袁隆平、沈培和、黄永玉、厉以宁等皆与碣滩茶结缘，更有二〇〇一年朱镕基总理重访湘西时啜饮碣滩茶，发出“好喝”的感叹。

数曲清溪浮碧玉，一县好山催茶生。一段时间以来，我在沅江、酉水边的角角落落里，有意无意地走来走去，随处可见的多是以茶命名的村庄、溪流：茶冲、茶坡、茶秧坪、细茶坪、提茶坪、茶园坪、茶头坪、茶园垭、茶叶岭、黄茶溪、茶叶溪、中茶溪、茶溪口、茶路坪等等，这些地方，直到现在，庭前屋后，依然还多半种有茶树，当然，有的，仅仅只烙下一个带“茶”的地名，以示不可忘却的纪念。然而，无一例外的是，几乎所有的村庄，依旧散发出陈年的茶香，都有“三茶六礼”、红事“筛茶”分大小、白事祭祀“敬茶”唱孝歌，甚至“闹茶”的习惯。

在村庄的街头巷尾、田间地垄行走，耳边时不时会突然飘来一支婉转动人的茶歌：“正月采茶是新年，姊妹双双点茶园……”阵阵茶歌，有时是解闷儿的黄鹂，有时是交心的风雨桥，更多的，却是苗家、土家阿哥阿妹划向心河彼岸的渡船。平常，无论到哪村、哪寨、哪户人家，串门或办事，屋主人总会习惯性地在衣襟上擦抹擦抹手，架上鼎罐把山泉烧得哗哗响，为来人来客捧上一杯热气腾腾的香茶，要是来了贵客，还会郑重摆出茶盘阵夹道相迎。“茶七酒八”，差不多每个农人都是茶人；与人寒暄，不出三两句，免不了就会谈茶、品茶；话说得投机时，还常常还会来点儿板眼，按献茗、受茗、闻香、观色、尝味、反盏等六道礼序切磋村中特有的茶道，古朴客气，礼数周全。采茶时节，家家户户几乎朝暮不忘祭茶神，晨祭早茶神，午祭日茶神，夜祭晚茶神，口中多念念有词："一杯茶，敬神仙，再把茶种撒满山，来年长出雀嘴来，根扎岩土嘴朝天；二杯茶，敬祖先，香茶一杯庆丰年，喝口清茶有清福，子孙后代享平安；三杯茶，敬土地，风调雨顺是丰年，高山弯坡茶叶绿，感恩报德万万年。"这些村庄，村人多生不离茶，死不舍茶。婴儿出生了，要用茶水洗眼洗澡，说是消灾、免病，易养成人。"家有一园茶，累得子孙爬"，女孩儿从小要学会摘茶、揉茶、唱茶歌；男人从小要学会种茶、制茶、品茶，熟稔茶道、茶俗。男婚女嫁时要送"三茶六礼"，且"一女不受两家茶"，茶的分量远远超过茶本身，显出格里格外的一种庄重与虔诚。人到寿终正寝时，家人总要在他的口腔里放上一片茶叶，说是灵不迷关，体不发腐，有茶神护佑，魂可升天。农闲时分，在官庄界亭驿一带，人们往往还喜欢"闹茶"。"闹茶"时，主人会在堂屋的八仙桌上摆"碟子"，碟子里有瓜子花生、金银蛋儿、兰花根、油炸红薯片、炒黄豆、爆米花、酸刀豆、辣椒萝卜等，再加上一些时令水果、糖饼、点心之类，用陶瓷壶烧足开水，放置在庭院堂屋中，扯起喉咙大声招呼；乡邻也绝不客气，纷纷络绎而来，有时三五人，有时三二十人，大家热嘴热身地拢手啜茶，脑门子发亮，天南地北的，大摆龙门阵，茶香四溢，唾沫横飞，乐此不疲，且谁家"闹茶"的人越多，时间越久，谁家家运就会越旺。有时还兴起而行茶令，令至则歌起，或击渔鼓而歌，或唱限韵嵌字的“太平歌”，诸如“碣滩岭头春露香，青浪女儿手指长；过船爬坡采茶去，晌午归来茶满筐”之类，旋律跌宕起伏，歌词雅俗兼容，难怪，清代诗人张旬会在《辰阳竹枝词》中如此写道：“……谷雨节前采茶去……界亭新雨簇春纤，茶社新歌阿鹊盐……”

闲暇之时，或许是喜欢随便晃晃的天性，再加上茶园弥香的只此青绿，隔三岔五的，我在各式各样的茶园中信步徜徉。春天，瓜瓢湾里的红星茶场，一畦畦墨绿的武陵山本土种群体茶，有点儿桀骜不驯，梓木香樟下，且清且明的小嫩芽，鹅黄着脑袋，羞羞答答地探出身子，在风中东瞅瞅西看看，惹人怜爱。这个曾经的知青茶场，历经岁月激情燃烧的淬炼，万岁峰下，树成行，茶成字，绿了云朵，香了日子。情侣樟，见证无数青年男女因茶结缘的美好。婆婆岭，仍依稀可见张果老当年夸父山上架锅做饭，茶姑亭内沅江煮水斗茶的传说。衔远山满目秀峰，倚翠岭四溢香茗，柳林绿波，持续二十余年欧盟认证，天然，有机。瓜瓢湾，一瓢在手，舀山舀水舀日月，一茶丁山，茶寮茶歌茶天下。夏日，辰龙关下的十里茶廊，昔日的战火硝烟化作缓辔烟霞里的一路茶香。旭日阳光，暖浮晴色，温了一地的云影村舍，煦了一季的稼穑躬耕。金洲湾淙淙小溪，流出了茶区变景区的青葱妩媚；烟野田畴的片片茶叶，散发出茶旅深度融合的芬芳喜人。秋天，马底驿雷公洞、天湖池茶场，层林尽染，茶垄苍郁，茶农们躬身清理着垄间的杂草藤蔓，就像成熟的稻穗总是懂得弯腰和低头，每躬身一回，都是向山川、河流、大地的礼遇与致敬。冬日，清浪滩边的青山茶场，尽管在山岚水雾中显得有点儿老气横秋，然而零零星星的茶花，犹如白色的蔷薇，绽放出淡雅的花香，金黄色的花蕊随风轻漾，将蜜蜂关于春天的嘱咐一一记住。

在北溶、在太常、在官庄、在五强溪、在齐眉界，在云里，在雾里，在坡岭，在山涧，成千上万亩茶园，郁茂得茶香渗人心脾，每一片叶子，都在蓄积足够多的水分，足够好的阳光，足够沁心的向往，靠实力“宠粉”，凭火热“出圈”，经过刘先和、谢长清、张干发、唐方烛、李树泽、曾次炎、舒珲、邓传健、王平等一代又一代茶人的匠心智造，碣滩茶，近者因“醉”而不闻其香，远者因“渴”倒倍觉芬芳，纵情于大风起兮，叱咤于鸿儒白丁，成为中国地理标志保护产品、中国高端卷曲型绿茶的杰出代表，先后斩获米兰百年世博中国名茶金奖、上海国际茶博会特别金奖等多个具有国际影响力的奖项。沅陵，因茶而荣，凭茶而福，获称“中国生态有机茶之乡”“中国名茶之乡”“中国茶叶百强县”“全国十大生态产茶县”“二〇一六年中国十大魅力茶乡”“沅陵无射山——中国茶文化名山”等多项荣誉。碣滩茶，有着“挑担茶叶上北京”的深情告白，有着中欧班列驶向东盟，加速“万里茶道”融入“一带一路”的极速远航，更多国家的人民认识碣滩茶，品尝碣滩茶，用一盏茶的时光，丰盈彼此的年华，感受茶时光的美好。

撷一轮辰州月，掬几把沅水波，润生香荈，蓬勃其山，葳蕤于岸。时至今日，千年国饮碣滩茶经最新评估，品牌价值已达31.9亿元，正形成百亿产业，其品类亦由碣滩绿茶拓展到碣滩红茶、白茶、黑茶、莓茶等，特别是新近研磨而出的碣滩紫茶——“紫袍”系列，聚千河神韵，承贡茶风范，融六大茶类精髓，首创中国第七种茶类，重点打造紫芽、紫叶、紫片、紫饼、紫砖五个十亿元级单品品牌。陆羽《茶经》有言：“茶者，南方之嘉木也……阳崖阴林，紫者上，绿者次。”紫茶，自当为稀有珍品。虽然在云南也有紫茶，但从本质上来说，它属于基因变异的普洱茶，因此仍属于普洱茶中的一款。碣滩紫茶却不同，水孕神机娴雅，地萌蕙馥幽华，采撷于武陵雪峰两山云雾之间、沅江酉水两水之上的紫岩之中，精选生长于紫色土壤中的紫色芽叶，严格按照“采摘、萎凋、晒青、摇青、发酵、初烘、复烘、提香、精选、后熟”等十道独创新工艺精制而成，鲜叶多紫色，干茶显褐色，冲泡后呈青绿色，饮后香甜回甘，紫气东来，别具韵致。

烟花口暖，云起峰间，日历并不说话，有风一阵接着一阵，大凡熟透了的果实，总是无枝可栖。坐在北纬28度草木碣滩的深处，我试图将自己坐成一座山，许是盯着水看的时间太过漫长，于是，山便有了水的模样，水便有了茶的滋味；心斋里，一壶茶的春秋，有时言之凿凿，有时又语焉不详。

枝枝叶叶的时光，黄了又绿，绿了又黄。临风续水，闲闲地啜饮着一杯碣滩新茶,我似乎又一次看见:王昌龄在沅水河畔渴望“明年春水共还乡”;刘禹锡遥望一轮湘江月,举杯“照出霏霏满碗花”;明户部尚书秦纮在北溶的“安遇轩”中欣然赋诗:“轩中客常满,杯中茶不空。”一九三七年,一代文学大师沈从文,更是专门给居住在沅陵芸庐的大哥沈云麓捎信,要他为取道沅陵、南渡昆明的梁思成、林徽因夫妇采办一些包括碣滩茶在内的地方食品,供他们路上食用。事后,被胡适誉为“中国一代才女”的林徽因给沈从文写信,倾诉沅陵山好、水好、城好、人好、茶好,“今天来到沅陵,风景愈来愈妙,有时颇疑心有‘翠翠’这种人物在!沅陵城也极好玩,我爱极了。沅陵的风景,沅陵的城市,同沅陵的人物,在我们心里是一片很完整的记忆,我愿意再回到沅陵一次,无论什么时候,最好当然是打完仗!”

苍山一别,再无别的苍山。从碣滩山坡看下去,冥冥中,似有遥远的船工号子响起:一声号子一声汗啊,一颗汗珠碎八瓣;一声号子一声胆啊,一声号子过险滩。喊声号子加把力啊,船过滩头把家还……急流险滩中,一位艄公,稳如铁塔一般立于船头,眼疾手快地左右挥篙,将船只调摆得像一尾春暖花开时的鲫鱼,灵巧自如地绕过一块又一块礁石,避开一处又一处险境,任船只在水面上飞漂起来……我忽然觉得,正是这样的身形、这样的声音、这样的勇气,从过去到现在,从水里到岸边,从云山到雾海,才将无数的滩与茶、山与人、事与物自然联姻,让一块块礁石、一朵朵浪花、一岭岭茶园没有了界限,没有了隔阂。每一瓣从时间里拱出的嫩芽,都带着未晞的朝露,在霞光云影中泊来漾去,霑沐出眼前湿漉漉的尘世。当缕缕小风悄悄溜出来,每一片叶子都会微笑,都会鼓掌,都会圆融;每一滴露珠,都会澄澈晶莹,风起烟舞。

入夜,碣滩山上,山河远阔,云合雾集,一轮新月升上来,月亮,已然不是月亮,而是一枚最富诗意的徽章,别在茶人忙忙碌碌、一抹微澜的心上。

酥雨润花,草木碣滩,有微妙的琴瑟声传来,似天籁,不远不近,不浓不淡,不浅不深。

欣欣然,醺醺然。

心美,一切皆美;茶香,一切都香。

驭风记

朱彩辉

一

在沅陵，圣人山是一种光辉。海拔 1355 米的天平峰是沅陵的屋脊，每年都会吸引许多户外运动爱好者去攀登。站在天平峰极目远眺，山峦绵延百里，云海之上的群峰宛如海市蜃楼。不过，相较于它的海拔和景致，圣人山远古的传说更让世人传颂，宛如人们喜欢一个高大帅气的小伙子，但更爱他高尚的灵魂。

沅陵有两座山，一座是二酉山，因博士官伏胜避秦世乱二酉藏书，成为世人皆知的文化圣山；一座是因大禹治水，道经大楚南，导河积石，惊风走雷，因人而圣的圣人山。相传洞庭湖流域洪水泛滥，才结婚四天的夏禹告别妻子涂山氏，带着助手应龙、玄龟，一路风餐露宿，经张家界金鞭溪、天门山，沿深溪一路向南，过沅水，抵达洪山界，在仙门山祭拜了盘古后，风伯带来消息，说沅水下游水患更加严重，大禹即夜启程，登上圣人山的最高峰天平峰，夜观天象，俯察洞庭湖，与恶龙搏斗，又带领百姓疏通沅水，筑堤修坝，降服洪魔。后人在圣人山上修建天平寺,刻撰“禹王碑”,记录当年夏禹治水,尊称他为圣人,感念这个一腔热血的巨人慈父般的深情厚谊,传颂他给这一方山水倾注了安宁、平和而深沉的灵魂。

千百年来,圣人山散发着生命的张力和蓬勃的气息,它宽阔的山林及丰饶的物产更是恩泽了这里的世代百姓。民国19年《沅陵县志》记载:“邑中岭阜纷错,林壑阻深,诚天然林国也。”圣人山位于沅陵凉水井镇大枫溪村,与溆浦县低庄镇大渭溪村交界,一山连两县。圣人山属雪峰山脉北支,南北走向,主峰南北长12公里,东西宽6公里,总面积有72平方公里。海拔皆在一千米以上的九龙山、羊皮帽、寨里举在它的南边,而厥草坡、钟鼓界在它的北边。再往北还有黑尖、天鹅池、老虎尖。这些高大山脉屏障一样屹立在沅陵与辰溪、溆浦、桃源、安化五县的边界上。圣人山植被茂密,古藤绕树,老树参天,红豆杉、楠木、银杏、榉木、檫树随处可见。史书上记载,楠木曾是修建故宫的“皇木”。红豆杉又名紫杉,被称为“森林王后”“风水神树”,在地球上已有250万年的历史,是经过第四纪冰川遗留下来的古老孑遗树种,也是世界上公认的濒临灭绝的天然珍稀抗癌物,在一些地方作为不朽的象征,被种植在古代的寺院里。据大枫溪村的村干部介绍,圣人山的大枫溪、王溪、黑溪一带有成片的红豆杉,其中不乏百年大树。境域内有两大国有林场——蒙湖林场和仙门林场。圣人山不仅有丰富的森林资源、水资源,风力资源和旅游资源也如后起之秀,越来越受人青睐。

老话说得好，养在深山无人识，一朝识得满堂惊。圣人山宛若弥勒佛手中的如意乾坤袋，一旦现世，不只是带给世人财富，更是它自身的华丽蜕变。

“知之非艰，行之惟艰。”任何一个项目的引进都来之不易。早在二〇一四年，沅陵县政府便开始招商引资，引进风电项目。五强溪水电站是五凌公司的母体电厂，这是机缘，更是机遇。风力新能源是五凌公司这几年主要的投资方向，彼时，正在岳阳临湘市窑坡山建设风电场。县里为稳妥起见，去窑坡山风电场现场调研。二〇一六年年底，圣人山风电项目最终花落五凌公司，就像儿女亲家，亲上加亲。县里成立了圣人山风力发电项目建设指挥部，县长任指挥长（这几年，县里成立了好几个指挥部，这是他唯一任指挥长的指挥部）。办理相关手续是圣人山风电项目开发的第一只“拦路虎”。风电项目牵扯的部门多，指挥部和项目部工作人员在县发改局、自然资源局、林业局、水利局、生态环境局以及文物、军事等单位来回跑，办理同意建设风电项目的支持性文件。指挥部具体负责项目的领导为项目上北京，奔长沙，日行千里，早上五点从沅陵出发，八点半赶到市发改局拿到签字后，一路马不停蹄，下午一点半赶到省城长沙，先找省政府领导汇报，再找国土厅两位厅长签字，厅长被他的诚意感动，亲自打电话给相关处室。县长更是带领相关人员跑省自然资源局、省发改委、省林业局等部门，放下身段，服小示弱，四处“托关系”找人，申请国家风电开发指标、办理省国土、林业、环保等方面的批文。经过一年多的努力，终于拿下圣人山风力开发两期项目：一期设计安装 17 台单机容量为 3MW 的风力发电机组（其中一台限发 2MW），装机规模 50MW，投资 4.3 亿元。二期设计安装 13 台单机容量为 4MW 的风力发电机组（其中一台限发 3MW），装机规模 51MW，投资 4.2 亿元。

圣人山风电场范围涉及沅陵县凉水井镇的张家佬村、徐家村、克铺村、大枫溪村，荔溪乡的修溪、张其坳村，以及与溆浦县交界的低庄镇大渭溪村、观音阁镇桐油坡村。在五凌公司最初的设计中，第一期项目报批的范围都在沅陵境域内，可技术人员放线时发现，有一段场内道路全在悬崖绝壁上，人都不得过去。指挥部和项目部人员多次实地探看，发现必须改道才行，可改道经过的几个山头或在溆浦地界，或是位于沅陵在溆浦的插花地。指挥部和项目部一起把桐油坡村干部请到张其坳村，商量解决办法，签订用地补偿协议。为了赶项目进度，项目部一边放线修路，一边着手办理林地变更手续。不想好事多磨，卫片拍到五凌公司的“违法”之举，溆浦县森林公安立案查办。指挥部和项目部多次前往溆浦处理此事，溆浦县相关部门却不肯变通，沅陵县委书记亲自打电话给时任溆浦县委书记蒙汉协调此事，也毫无进展。直到二〇二一年端午节，沅陵县长亲自带队到溆浦县政府召开联席会议，又请市森林公安出面协调，才终于将此案妥善处理。那天，大家一边吃着溆浦的枕头粽，一边相互倾诉着项目建设中的种种关卡和难处，在聊及地区之间争取项目的内卷时，溆浦县领导开玩笑说："圣人山二期风电项目有一半工程在溆浦地盘上，投资额应分我们一半。"后来圣人山风电二期开发，风机位、进场道路有一半工程都在溆浦县境内，风电大件设备也从溆浦运上山，两县间的工作衔接更多，两边的工作人员慢慢成了老朋友。

二

"风电场正在运送设备，这几天上山，你正好可以看看风叶运输的场面。"圣人山风力发电指挥部办公室的老周给我打电话说。九月这一整月，我一直在等指挥部的同志约我，但他们总是被指挥部七七八八琐碎的事缠着不得脱身。自圣人山风电场第一期工程完工并发电以来，开始有人上山看大风车，微信朋友圈里时常看到圣人山上的风车照片：高山之巅，云海之中，蓝天之下，风车擎天而旋，神仙境地一般，这更勾起我前往的兴趣。

进山的路没有一条是直的。我们的车穿过凉水井集镇，从桥溪口拐进张凉公路。未撤区并乡之前，从这条公路进去，有张家滩、渭溪两个乡，现如今都合并到了凉水井镇。从张常高速的高架桥墩下钻过去，绕几道弯便到蒙湖，也即岩屋潭水电站所在地。未见蒙湖之前，我先喜欢这个名字。蒙湖原先不是湖，岩屋潭水电站修建后，大坝上游水位徒增，附近山谷、洼地成为水泽，环山绕村，渐次成湖。蒙湖是蓝溪的眼睛,映出青山的倒影和另一片蓝天。湖水蓝得泛绿,如一块硕大的绿色翡翠,镶嵌于山峦之间。时间是上午九点,湖面上水雾尚未散去,蒙湖如披了一袭轻纱,袅娜轻盈,端庄宁静。如果把沅陵的湖泊比作湘西女子,那么蒙湖就是最温婉动人的那一位。据说,蒙湖也是著名水稻专家李必湖先生的水生稻实验田和水产养殖基地所在地,盛产鲤鱼、草鱼、鳜鱼、鲇鱼和鲫鱼,其中野生鲫鱼尤其出名,有“蒙湖春来板鲫欢”“秋钓蒙湖瓜子鲫”的诗句,引来无数外地钓客。

虽然是简易公路,却并没有我想象中那么糟糕,许多路段用草砂修补过。每隔一段距离,便有一个宽阔的汇车点。老周告诉我,圣人山风电一期项目所有的风电设备、砂石、水泥都是通过这条路运上圣人山的,经超大型运输车无数次的碾压,公路损毁严重。前不久,项目建设单位对公路进行了修补。二〇一八年十二月十八日,风电场第一期项目正式动工,首要工程便是打通风电场内外道路,这是风电项目建设的第二只“拦路虎”。从凉张公路的入口至山顶的风机位,全长八十多公里。从桥溪口至圣人山山脚张家佬村四十多公里,山路崎岖,急弯遍布,公路狭窄,很多路段大型运输车无法通过。在征求当地政府部门和设计单位的意见后,项目部对公路沿途60个点进行道路拓宽和桥梁加固。而人口密集的张家滩和渭溪集镇,有几处不拆房子根本过不去,这是五凌公司和指挥部事先没有想到的,不仅要加大投资成本,还会延迟工期。正当大家绞尽脑汁，束手无策之际，指挥部一位在溪边长大的干部随口说：那就绕道从蓝溪里走嘛，以前没有公路的时候，运输木材的大货车不都是从溪里过吗？真是一语惊醒梦中人。

蓝溪两岸植被茂密，溪水四季清澈湛蓝，故名蓝溪（又传，溪水因流经凉水井蓝岩山而得名）。蓝溪的支流多，大枫溪、小枫溪、黑溪、蒙溪皆是它的支流，素有“蓝溪一把伞”之说。蓝溪干流从张家佬出发，一路过渭溪、六都坪、张家滩、蒙湖，经苦藤铺汇入沅水。蓝溪养育了凉水井五万百姓，是真正充满活力的生命之河。凉张公路一路傍依蓝溪而行，不离不弃，或以溪堤为路，或隔田相望，或绕寨而过。蓝溪是张凉公路的向导，峡谷、河堤是路，溪沟河床也是路。世间本没有路，只要你肯修，哪里都可以成为路，不管你是钻山取道，还是遇水架桥。建设单位根据实际情况，有三段道路（十多公里）改道蓝溪河，修筑引道，填平坑洼的河床。改建场外道路，修建场内道路，差不多用了一年时间。

愈往里走，乡村气息愈浓。丛林茂密，沟谷纵横，气候也越是清凉。不晓得是一路的风景吸引了我，还是老周和老陈不时地介绍转移了我的注意力，对圣人山风电项目的了解还只是开了个头，我们的车就进了张家佬村村委会。这里也是五凌沅陵电力有限公司项目办公地。公司楼顶悬挂有“国家电投”招牌的三层楼办公楼用铁栅栏围着，大楼空无一人，员工们都上山了。当然，我们也不是来找项目部的，而是找村委会。在进场道路修筑过程中，某截公路影响了张家佬村颜家组四户农户共计3.9亩水田的灌溉，老周和老陈之前来过几次，灌溉水渠已经修好，后续问题也和村委会达成了一致处理意见。老周他们这次是来签订协议并支付补偿款。据了解，圣人山风电项目第一期包括进场道路改造、场内道路的修建、风机位平台建设。风机位、弃渣场等占用林地六百多亩，补偿金额近400万元，涉及两个乡镇六个村共145户。

四户村民似乎还有一些自己的想法，老周和村书记在村委会办公室商量，我趁着这个空当去张家佬公路桥上走一走。这座大桥是五凌沅陵电力有限公司捐建的，四月建成通车。架在小溪上的桥显得有点儿大，就像一个满脸皱纹的老农民突然穿了一件高档新西装，颇有点儿高配的味道。村里的水田都在溪的那边，一个阿婆背一篓猪草慢悠悠走在桥上，我随口问："没有桥的时候，你们怎么过溪？""等水消了再过啰。"阿婆想也没想回答我。我怔了一下，阿婆从我身边走过，青草的香味拂过我的鼻尖。这么些年，他们应该也渴望过有一座桥吧？有了这座桥，有了翻山越岭的公路，他们去溆浦县低庄镇、观音阁，再也不必从沅陵县城经辰溪县绕一个大弯了，而湄溪人想去圣人山看日出日落也不过是一盏茶的工夫。

凉张公路止于张家佬村。从山脚至山顶没有村寨，自然，也没有公路。张家佬的冉支书，83岁了，听说要修上山公路，比小孩子还高兴。工程师们初次上山探看路线，在圣人山山脚生活了一辈子的冉支书爬过山上的每一个山包，穿越过每一条山脊，可以说没有比他更熟悉圣人山的人了，项目部担心他体力不济，可他全程陪同,腿脚比年轻人还利索。6 公里的上山路,坡度陡然升高,公路盘山而上,远看宛如挂在峭壁上,令人望而生畏。在我们赞叹现代筑路工具让高山臣服,绝壁成路,蓝天伸手可触时,却不知筑路工人们是在高空中走钢丝,在薄冰上起舞。在修筑苏家淇路段时,有一段 100 多米的悬崖,施工难度非常大,有些路段土质松散,施工中经常发生滑坡,挖土机、推土机稍不小心就会掉入百丈深渊,有时候一天也只能推进一二米。修筑上山路的那一个多月，项目部和指挥部的工作人员天天守在工地上，生怕有半点儿闪失。几段山路同时开工，从一个工地到另一个工地全靠步行，一天下来得走二十多公里。我们的车加足马力往上冲，未铺沙石的土路尘土飞扬，如打马走过沙漠。两边路坎上马鞭草和格桑花开出的一串串紫色和粉红色花朵，如剽悍的男子内心的温存，让公路有了生气。老周说,公路修好后,项目部随即实施了水保环保工程,将公路两边植了树,撒了花草种子,这一方面是为了恢复植被,一方面也是为圣人山旅游开发做准备。从山脚到山顶的第一号风机位的公路,从第一个风机位到第 17 个机位还有十多公里,每一个风机位占据一座山(第二期项目的 13 个风机位也在这一条线上)。山顶的公路像是串起众峰众岭的银线，像蜿蜒于山巅之间的长龙,像缠山绕岭的飘带。高山顶上的公路本身也成了一道风景。

三

羊皮帽山，海拔 1232 米，是沅陵和溆浦的交界之地，也是圣人山风电项目第二期中的第四号风机位所在地。我站在被削去帽尖的山顶举目四望，秋阳当空，蓝天如布，远山青黛苍茫，山脊上一字排列的风车以雄鹰的姿势展翅于雄浑而又寥廓的天地山峦之间……

一辆载着风叶的红色运输车像一团火，缓缓地从对面半山腰上“爬”上来，运输车长达 22 米，是一种举升—旋转—液压转向的特种叶片运输车（简称举升车），举升车前后各有一辆黄色的牵引车，像两个“大块头”保镖，步履缓慢稳健。举升车是个超级变形金刚，风叶的一头安装在举升装置里，长长的白色风叶像大海上擎天的风帆，又像一把高举于半空中的关公大刀。它太长了，80 多米，直插云霄，高山在它面前也变矮了；它太大了，大到仰望它要深吸一口气。举升车像一只八百岁的老乌龟在爬，上山道路在它的脚下纤细而漫长。

运送风电设备是圣人山风电项目建设的第三只“拦路虎”。第一期工程，风车的叶片长 71.8 米，重 17—18 吨，一个风车有 3 个叶片。风车塔筒长 96 米，分五节，一辆车只能运送一节上山。另外主机和机头重 100 多吨，需分 2 台车运输。也就是说，运送一部风车上山需 10 辆运输车。圣人山风电建设第一期项目 17 台风车，有 51 个叶片、75 节塔筒、17 个机头、17 部主机，此外还有钢筋、电缆线等其他附件设备。二〇二〇年开始，一波又一波的疫情，加上这一年雨水特别多，风电设备运输一拖再拖，为了赶进度，五凌公司出台奖励机制，一个叶片一个星期运送到指定风机位奖 5000 元。为了赶进度，运输公司最多的时候一天有 9 台车运送叶片，5 台车运塔筒。

这一年的四月二十七日，圣人山风电场大件运输正式启动。早上七点，装载第一节塔筒的运输车从凉水井堆料场出发，交警、路政、乡镇干部以及指挥部、项目部的全体人员一路护送，40 米长的运输车，车上有一节长 20 米、直径 4 到 5 米的巨大塔筒“走”在乡村简易公路上。由于第一次上路，塔筒运输车司机不熟悉路况，车速比走路还慢，一路还状况不断。不是路太窄，车轮悬到了路基外，就是弯太急，车子根本转不过去，要么就是某处保坎经不起重压，随时有塌方的可能……到晚上九点，整整十二个小时，护送队伍前呼后应，维持秩序，协调往来车辆，吃了两餐盒饭，运输车才到六都坪。塔筒运输车日行 30 公里。

运送叶片更难。不能拆分的叶片就像小矮人手上的长矛，怎么走都显得别扭。举升车上除去两个司机，还有四位控制举升装置的师傅，根据路况前后左右 360 度全方位调整方向。70 多米的叶片有些路段得对准车头，有些路段得对准车尾，而遇上弯道，则要

360度内随时调整。有时候遇到路边特别麻烦的“障碍物”，要两三个小时才能过去。正常情况，运输一个叶片要七天时间。二〇二〇年的雨水特别多，到了七月，蓝溪河的水一直不退，这对岩屋潭水电站是几十年难得一遇的大好事，电站比往年多发了几万度电。可是水位不降，十多公里的蓝溪就不能运送风电设备。运输公司同五凌公司项目部可是签了合同的，项目部在公司里也是立了军令状，谁都不敢耽误，也耽误不起。指挥长亲自出面协调，请岩屋潭电站放水，项目部补偿电站100多万元。

运送设备的公司是大连的，北方人对湘西山溪水的涨落不甚了解。某天上午尚是晴空无云，烈日当空，中午突然下起雨来，且越下越大，运输风电设备的三台车正行驶在渭溪穿岩孔至徐家河段。项目经理何峰担心蓝溪河涨水，请运输承包方负责人一起巡视河道，把三台运输塔筒的车辆迅速转移到安全处。下午三点，何峰一行原路返回，不想蓝溪洪水猛涨，山洪暴发，水位很快漫过车轮，淹没驾驶室，何峰和司机全师傅无法第一时间脱险，他们一起爬上车顶，车辆随洪水向下漂游近300米，全师傅被冲下车顶，何峰一只手紧紧抓住全师傅的手，另一只手死死抓住车顶边缘。没过多久，全师傅大喊：“我没力气了，我要跳下去了！”“千万不要松手！这里水太急了！”听到全师傅的呼喊，何峰厉声阻止。两个人又坚持了一会儿，何峰观察到下游不远处有一处较缓的滩地，一边紧紧抓住全师傅，鼓励他坚持住，一边寻找逃生最佳时机。

“跳！”快到水面较宽的滩地时，何峰一边果断向全师傅发出跳车命令，一边使出全身力气将全师傅往岸边推。全师傅竭力游上岸，何峰在车顶上又坚持了一会儿，见下游洪水更湍急，果断跳车，在洪水中边挣扎，边尽全力往岸边游，被洪水冲走约一百多米后才成功游上岸。

渭溪、张家滩偏远乡村，素来民风彪悍，“民气质鲁，重信义，喜则易亲，怒则易斗，盖其地势然也（民国十九年《沅陵县志》）。”历史上这里曾发生过多次大规模族群械斗，诸如衙司溪、法官堂、同受司、杀人垭、血落溪、磨刀溪等村寨名称无不跟械斗、纠纷有关。相传有个叫羊士冲的村名是由“扬尸冲”演化而来，某年两个宗族械斗，夜间在羊角上系灯，趋之佯攻，皆被滚木压死，故名。五凌公司在圣人山建风电场，自公司开始送风电设备上山，运输车一直状况不断，不小心压断了村民的水管、挂断了电线、折断了路边的树枝、风叶挑落了屋檐边的瓦片……某次运输风电设备时，不小心碰到了广福村老张家的房屋，指挥部请县里专业技术人员现场鉴定，确认对房屋安全并无影响，又多次做老张的思想工作，并答应相应赔偿，可老张油盐不进，情绪激动，多次堵车，老张的儿子还专门从深圳赶回来，从长沙请来专业机构对房屋进行技术鉴定，再次得到房屋安全鉴定结论后，老张方才罢休。二〇二一年六月，运输风电设备的公司员工与参加牵引的广福村司机杨师傅发生斗殴，杨师傅受伤，二十多位村民闻讯，准备去工地同运输公司讨说法，县指挥部和凉水井派出所闻讯，即刻派员赶往现场，左调右解，终于避免了一场械斗。一年里，指挥部和项目部共处理各类纠纷1357起，其中有征地矛盾、房屋损坏、紧急抢险、拖欠工资或材料款及治安案件，工作人员就如救火队员，常常这处火还未灭，另一处又起火了。老陈和老周都五十七八岁了，马上要退休的人，每天早出晚归，有时候一天跑五六个村，村里安排的便饭都来不及吃，在车上一边吃一碗方便面，一边赶赴下一个出事地点，每天不到晚上八九点不得回家。二〇二〇年春节后，因疫情影响，村民大多尚未外出务工。张家佬颜家组村民以林地补偿不合理为由设置路障，不许施工设备和人员通行，指挥部一群人赶到现场，晓之以理动之以情，果断处理。那一年，圣人山风电项目是沅陵县疫情后第一批复工项目。

圣人山风电项目第一期，从第一节塔筒自凉水井出发，到最后一个叶片送上16号风机位，花了425天时间。

四

从圣人山风电场道路总图上来看，30部风机位成U字形排列。第一期工程中，1至10号风机位在东，12至17号风机位在西，11号风机位在U字的底部。二期的13个风机位也都在这一条U字线上。17号机位再往北走就是天平寺。30部风车像30粒珍珠，串成一条项链，挂在圣人山的脖子上。

第1号风机位在龙现寺的旁边。龙现寺平时无人居住，只在观音菩萨生日的那几天，山下的居民才会来寺庙做会，据说这几年香火还蛮旺。龙现寺也是有来历的。传说有一位老和尚在此修行多年，某年，有一个年轻后生每天都来找他下棋。后生每隔一会儿便不由自主地拧紧眉头筛糠一样晃动身子。老和尚多少有些修为，看出后生不是精就是怪，绝非凡人，也看出他身体出了毛病。老和尚思量了几天后，披了镇寺的袈裟，挂了桃符，撒了雄黄在他座位下。后生现出原形，原来是一条乌棒龙。老和尚看到龙鳞下有一条大蜈蚣，忙唤出庙门边觅食的大公鸡，大公鸡飞到乌棒龙背上，一口啄食了大蜈蚣。康复后的乌棒龙一直想找机会报答老和尚。某天，二人又在大殿外下棋，见许多村民结队下山挑水，和尚便指了指村民说："如来不舍穿针之福，帮他们才是你我最大的福报。"乌棒龙会意，即时呼风唤雨，卷云兴浪。俄而，寺庙上空狂风大作，暴雨如注，破庙飘摇欲坠，老和尚哪里见过这阵仗，吓得大喊："够了，够了！"其实，寺外水井的水才到一半。从此，水井一直只有半口井水，涝年不满溢，旱年不干涸。今年夏天连续三个月滴雨未下，其他地方都靠水车送水，唯独龙现寺外的水井一直有半口井水。

我们的车直抵第4号风机位坪场。坪场有100多平方米，除去十来平方米的风机位和变压机位，已种植花草的坪场视野空阔，一览众山小。我在山脚、在微信朋友圈看到的风车看上去都小小的，高不过农家屋顶的烟囱，塔筒和风叶都显得那么纤细。只有站在风车下才能真正感受到风机之大。是的，距离可以蒙蔽人的双眼。九十多米高，四五人也合抱不过来的塔筒直冲天际，三片风叶擎举在空中显得那么笨重。我甚至有些杞人忧天地担心，要刮多大的风才能让这些叶片转起来，才能让风变成电，这个神奇而又科学的物理能量转换让我迷糊而又叹服。我围着风车机座转了一圈儿，又转了一圈儿，我想拥抱一下这个“大家伙”，可两米多高的铁栅栏拒绝了我。老周说，塔筒内装有电梯，专供技术人员上塔顶进行日常维护和检修。

风电项目建设分三个阶段，一是进场道路的改建和场内道路的修筑；二是风机设备的运输；三是风机基础浇筑、风机的吊装及升压站的建设。说到底，前两个阶段皆为第三个阶段服务，第三阶段才是风电建设的实质性阶段。安装风车的底座，也就是我们说的风机位露在地表外的不过几个平方米，就像一个大肚鸡笼，我们看到的只是盖子，主体部分埋在地下。机座建设是一个庞大的挖掘、浇筑、回填工程。单个风机基础工程量为混凝土 600 立方米、钢筋 34 吨、土方 1100 立方米、土方回填量 700 立方米、混凝土垫层 24 立方米、防腐 300 平方米、风机接地 5.4 吨。从土方开挖至风机机座的安装有十几道工序，工人们迎朝霞，顶烈日，送夕阳，日夜赶工。密如蛛网的钢筋网织好后，工人们迅速把从拌合场运来的一车车混凝土浇筑在铁网上。24 小时内必须完成 600 立方混凝土浇筑，否则机座浇筑工程就得报废重来。在不出任何状况的情况下，浇筑一个机座最快也得 16 个小时。据说，第一台机组浇筑到一半时，混凝土输送泵突然出现故障，重新从山下调运显然又来不及，项目部紧急从附近山头调来四辆挖机，施工人员全部上阵，半机械半人工，直到晚上九点多钟，才完成浇筑工程。工人们经常早晨五点开始工作，吃喝拉撒全在工地上。我想，他们在前往工地的路上，忙碌时不经意间抬起头来，一定看到过圣人山的日落，也一定看到过圣人山的日出吧。在鸟雀清脆的啼鸣声中，东边的天空越来越红，远处广袤起伏的山峦间，低低飘浮的雾霭由朦胧中的灰暗渐渐变为莹泽的紫色，一瞬间，一轮红日从天地交界处蓬勃而出，爆发出白炽的光芒，似万根银针漫天挥洒而来，满天彩云也变为白色的云朵，世间阳光灿烂，万物清朗……

风机吊装是一个场面宏大的技术工程，由专业的吊装公司和电力公司共同完成。老周给我发了许多吊装的图片：吊塔筒的，吊叶片的，有一张照片是工人们在白炽灯下安装风叶线路，周遭山峦如墨，天边晚霞似火。还有一张照片是庆祝最后一片风叶吊装成功。老周说：“你不在现场，你没有吊装的现实感受，你也更加不能体会员工们的那份激动和喜悦。要知道，这一期工程，他们在山上一住就是两年。”我一时无语，从冬至春，再从春到冬，那些日日夜夜，不只是有绿树繁花、和风拂面，更有烈日当空、大雪封山，也不只是樱桃花开一次花结一次果，又开一次花结一次果。那些日复一日的劳作和坚守，也应如圣人山几千年的沉默和寂寞一样吧；员工们的那些喜悦和激动里也不只是成功，更有久居山林，终于可以回归城市的欢欣吧？

升压站建在杨家淇，海拔1181米，13号风机位和12号风机位之间。升压站像一个硕大的棋盘方方正正摆放在圣人山山顶上，四周围墙高立。在高空中俯瞰，穹宇之下，群山之巅，岚雾之中，气压站庄严而神秘，像一个远离俗世的隐居之所。我们抵达的时候正是中午，太阳高照，虽然时令已至秋分，阳光仍然火辣辣晒得人冒油。技术人员在各自的岗位上忙碌。我特别留意了一下，发现多数是年轻人。有一些应该才大学毕业，一脸稚气，满眼清纯。或许是老周他们时常光顾的原因，我们的到来无人阻拦，倒是调度室门口的两只大黄狗竖起大耳朵追过来，对我虎视眈眈。他们在忙什么，我完全看不懂。但我晓得，30部风车生产的电会通过地下电缆线传输到这个升压站，再从这里送到山下，从溆浦县观音阁上大网后，再送入万千百姓家，才算是完成使命。

二〇二一年六月三十日圣人山风电一期项目17台机组全部并网发电。

五

这天，我们没有去参观龙现寺，只在寺下面的农家乐吃了中餐。圣人山风电场建成后，经常有人上山游玩，山下徐家媳妇抓住商机，修了几间平房，办起了农家乐。这也是山上唯一的人户。农家乐场地不大，平房周围的微景观也是随山设景：或在簟子大的平地设一个花坛，以供蜂蝶流连；或随了山泉水流淌的路径设一弯曲水流觞，搭一处凉亭，供人养眼养心。穿过屋前一片小径通幽的树林，眼前猛地冒出一个用木板搭建的观景台。一棵结满果实的槲栎树像窗户一样立在观景台边，疏影横斜，框出远处旷远的蓝天、绵延的山峦以及与蓝天山峦融为一体的大风车。真是一处绝妙的观景平台。那天，同在农家乐用餐的还有涓溪的二十多位退休老教师。说是重阳节快到了，学校组织他们上山来看大风车。

这些年，圣人山颇受户外爱好者的青睐，不仅是因为它是沅陵海拔最高的山，山高林密，山上气温比山下低 5 到 10 摄氏度，更是因为圣人山可游玩的地方特别多。比如大枫溪、蒙溪、黑洞溪的溯溪，两岸树木葱郁，溪水清澈见底，堪比天然浴池。溪滩大岩石绿苔厚裹，相叠成趣，溪里卵石斑斓，或红或紫，如梦如幻。盛夏时节，呼朋唤友一路逆水而上，可消暑，可探险、可访幽，可溯源。比如瀑布群。圣人山有 108 个瀑布。传说，每一个瀑布都是夏禹手中那根拐杖敲击山路留下的印记。每到雨季，群山之间，悬崖之上，

108 个瀑布或长或短，或大或小，如雨柱如飞练如流云，跌落百丈山涧，在你一抬头、一转身之际，惊爆你的双眼，送你一场视觉的盛宴。如果你是一个植物学爱好者，圣人山四季山花烂漫，兰草、杜鹃、黄腊梅……仅野樱桃树就有近两万株。如果春天上山，盛开的红的白的樱桃花，烂漫如云烟，遍布山野，分不清是一团一团岚雾挂在树上，还是满树花开。如果你喜欢探古寻遗，可去天平寺、龙现寺、白鹤仙人桥……去拓一帧古碑文，去仙人桥上吟唱："仙人如爱我，举手来相招。"

现在，更多了一道景观——圣人山风车：崇山峻岭之上，一排风车长龙一般，擎天旋转，是圣人山触摸蓝天的手，更像是马良手下的神笔，化风为电，照亮人间，这是与圣人山一样气势恢宏、蔚为壮观的大景致。

据说，风力资源的开发可减少化石资源的消耗，减少因燃煤等排放有害气体对环境的污染，优化地区电力结构，增强地区电网末端电力供应能力。圣人山风电第一期项目预计每年可节省原煤 4.5 万吨，减少二氧化硫排放 621 吨，减少一氧化碳排放 8.6 吨，每年可提供千万元以上的税收，其经济效益和社会效益显而易见。前天，我又获悉，圣人山风电二期 13 台机组也于 11 月 14 日完成吊装，预计 12 月将全部并网发电。这里值得一提的是，据有关部门勘测，沅陵风力发电资源为 150 万千瓦。除去已开发的五凌电力有限公司圣人山风电项目、华能沅陵让家溪10万千瓦风电项目，还有由三一重工开发的清浪10万千瓦风电、龙虎坪（也在圣人山上）10万千瓦风电，以及尚未明确开发主体的九顶界、雄鸡坪、盘古、九龙山、神天坪等共8个项目都已纳入湖南省“十四五”期间第一批风电开发计划，预计投资70多亿元。据说，市政府为发展产业，引进湘投、三一重工、大唐等大型企业，沅陵的其他风电项目也将由这些企业来开发。为了推进风电项目建设，二〇二二年八月二十八日，县委书记刘向阳、县长易中华带领全体县级领导赴圣人山现场调研，把项目推进会开到了高山之巅，开到了风电项目建设工地。

老陈和老周陪我在圣人山上匆匆转了一圈儿，又马不停蹄奔向马底驿，华能沅陵让家溪风电项目在大乍那边的场内道路要趁国庆节休假期间开工。

几年前，我旅游穿越塔里木盆地，看到公路两边的风车，一排排，一列列，丛林一般，和浩瀚的沙漠一样无边际、无尽头，令人震撼。我相信，在不久的将来，圣人山的南北山岭，南起荔溪乡九龙山，北至马底驿钟鼓界山，在纵贯几十公里的雪峰山岭上将架起上百架风车。我想，倘若在半空中俯瞰，十万大山之巅，风车绵延于峻岭之间，其背景随着四季的轮换，要么草木葳蕤，要么满山苍郁，要么彩叶染林。这带给我们的不只是震撼，更是一场视觉的盛宴啊。“邀驭风之客，会绝尘之子。”请让我试着想象一下：在山花烂漫的春季来一场大穿越，沿着当年大禹的足迹，寻一寻洪山界上蜘蛛庵的古迹，听一听老居士口口相传的故事，在金华山绝壁上的寺庙里炒一碟才采的小竹笋，吃一顿斋饭。跨过杨溪，登上九龙山，观漫山红遍的杜鹃花后，搭一顶帐篷，看一看九龙寺上的星空、云海和日出。或者，从齐眉界林场出发，去老虎尖上体味"乍峨云从洞，逶迤猛虎冈。山风吹行人，衣带何飘扬……"不过，无论你从南往北，还是从北往南，皆以风车为坐标，最后的终点都是圣人山。

磨砺当如百炼金
——记辰州矿业百年之路

何贵珍

引子

湘西苍苍莽莽，绵延不绝的群山缝隙之中，有一个出产金子的小镇，小镇至今已有 140 多年开采黄金的历史。一百多年来，采金人在这片小山谷沿溪而居，宁静、从容，隐逸如世外桃源。山谷深处，一辆铁罐车整日叮当叮当清脆鸣响，衬托得山谷更加幽静了。若登上山顶俯瞰，则这小小山谷，便如同青山翠谷间的一颗明珠，散发着恒久而温润的光芒。

随着辰州矿业在深圳 A 股上市和常吉高速贯通，怀化市沅陵县官庄镇，这个层峦叠嶂、林木葱茏的黄金小镇，终于掀开它百年来神秘的面纱。这时，人们才知道，就在官庄一个叫沃溪的小山谷里，居然蕴藏着全球最罕见的金锑钨伴生矿。全球产锑量第一、全国产金量第八和国内主要钨产地的百年老矿——辰州矿业，也一直就坐落在这个小镇上。这是国内五家重点黄金企业之一，是怀化市第一家上市公司，湖南省首家黄金企业上市公司，也是国内第一家单体矿山上市公司。至二〇二一年年底，它的年产值已近200亿元。

许多人慕名来到官庄小镇,想一睹这座矿山的真容。从吉首、怀化下常德的旅客,无论是走常吉高速公路,还是走319国道,也总要在官庄落一落脚，感受一下这个湘西第一镇的繁荣气息。可他们却怎么也没法把这个至今仍然满街跑着慢慢游,冬天仍然烧着木炭火的小镇，同这座矿山所创造的财富联系起来。生活在这座小镇的矿山人,依然那么宁静、从容,在肉案砍上半斤肉,在茶叶摊子买上两斤新茶，脸上便洋溢着自信而满足的笑容，仿佛什么也改变不了他们平实而自足的生活。

这愈发勾起了人们的好奇:这是一片什么样的宝藏,历经140多年的采掘,依然取之不尽?又是什么力量,让生活在这个小镇的矿山人如此宠辱不惊?百多年来,这群千米地下的采金人,他们从事着怎样不为人知的工作，他们是怎样把石头炼成了黄金？他们代代相传的是一种什么样的力量，能让一座百年老矿，在新的世纪焕发出如此勃勃的生机?

日落深山　溪谷流金

官庄苍翠接天的群峰之间，有一条叫做沃溪的山谷，亘古清幽,不知成于何时。春来雨雾蒙蒙,苍翠的山峦在白雾缭绕中若隐若现，淡若水墨，恍如仙境。夏日林木葳蕤，溪谷深翠，鸟鸣清幽。秋来山色斑斓，野果飘香，清澈的溪流在岩石间叮咚作响，清澈如同小令。冬天，白雪飘零，满目苍寒，山民们在山中伐木丁丁，筑窑烧炭。年复一年，日复一日，生活在山谷中的山民日出而作，日落而息，不知山外是何年。每当一天过去，夕阳如同一个鸭蛋黄，从西山骤然坠落之时，落日的余晖洒落千峰万壑，山谷中便如同落满了金子。那些金子，都到哪里去了呢？

不知是何年月，也不知是个何样人，在这条叫作沃溪的溪水里，无意中发现了沙金。也许就是在某个落日熔金的黄昏，一个山民在溪水中捧起一捧泥沙，却忽然发现指缝的泥沙之间，闪耀着星星点点的璀璨光芒。那是比落日还要耀眼的光芒。“金子！”山民的口中，一定发出了一声惊呼。沃溪热闹起来了，住在山里的男人女人，纷纷挽起裤脚，站在清凉的溪水中，用一个撮箕样的木质淘金盆，挖起一盆盆泥沙，在溪水中轻轻摇荡，荡去泥滓，淘出沙金。

有沙金必有脉金。沃溪有金的消息逐渐传至山外，多少外乡人涌了进来。乡绅、土匪、传教士、妓女、官兵、商人、农民，一批又一批，将这片山谷挖得千疮百孔。据《辰州矿业志》记载，明末清初，沃溪矿区就有私营、官办的矿业公司30多个，万宜、绍兴、均富、均安、惠同、富华，乱哄哄你方唱罢我登场，均以开采灰锑矿和黄金为主，然而大多在一两年间即告亏闭，后皆被双利公司所并。民国总理熊希龄先生(凤凰绅士)就曾任双利公司经理。双利公司开办较久，工人多时达千余人，实为繁荣当时湖南经济和支援抗日做出过不小的贡献。

那时,矿区的工人除本地人外,多来自避丁和逃荒的新化人、沅陵人。这些逃难来的外乡人,成群挤在窿口或工棚,落脚成为矿丁。那时采矿条件极为简陋,开采深度大约百米,采掘多用铁钎凿眼或黑火药爆破。搬运矿石也全靠人力,矿洞内潮湿、憋闷,窿道矮小,矿工们用竹背篓背矿石,口里含着桐油灯,两手伏地在窿道内爬行而出。碎矿则借用天然水力,沿溪筑坝设置水碾百余架,一条溪水也因此伤痕累累。碾金人依傍水碾位置,搭窝棚全家栖身,沿溪两岸比比皆是。矿区出产的金子和锑矿石，也用人工挑到怡溪,再由怡溪入沅水下洞庭。

一九四九年十月一日,中华人民共和国成立。次年五月一日,中南有色金属管理局接管双利公司，改名沅陵工程处，将矿山收归国有。矿山收归国有之后,便破茧成蝶,走上了艰辛又蓬勃的建设发展之路。一批又一批的大中专院校毕业生来了，一批又一批扩招的工人来了,他们燕子一样成群飞来,一来便扎根矿山,与这片矿山水乳交融。他们为矿山带来了专业的知识和开阔的眼界，带来了包容的情怀和勃勃的生机。他们怀着饱满的热情和对美好生活的向往,秉承着艰苦朴素与吃苦耐劳精神,边生产边建设。他们喊着号子,手抬肩扛,提拉推举,把一台台机器运入山谷,弄上陡峭的山崖，抬入幽深的矿井。他们把油灯换成了电灯，把背篓换成了矿车，把木轨换成了铁轨，把水碾换成了机器，把山路变成了公路……

一九五一年，沃溪矿区首次采用风钻凿岩，借用风压以减轻人力。

一九五三年，沃溪伍家堡第一条机械卷扬提升斜井建成，从井下提出矿石。

一九五七年，沃溪矿区窿内建成第一条机械通风系统，以改善矿洞内的通风条件，减轻洞内粉尘污染。

一九五八年，首次试用自制电耙搬运矿石，以取代背篓背矿。

一九七六年至一九八一年，全矿职工家属在矿区动员下，肩挑锄挖，开山辟石，历时五年，建成一座建筑面积 7600 平方米，日处理能力达 500 吨矿石的选矿厂，使用至今。

一九九一年至一九九五年，沃溪矿区变矿总体技术改造完成，沃溪矿区完成深部开拓二期工程，“一矿变两矿”。

一九九四年，首批程控工作电话开通，结束了矿山与外界没有电话沟通的历史。

就这样，他们用原始和半原始的方法，掘出地下深埋的宝藏，为百废待兴的新中国一步步走向富强而贡献力量；同时，又春燕衔泥一般，一点一滴，持之以恒地改造和建设着这片矿山。

所有走过的路，都如原野上的田埂，会在暗夜里发光。回顾矿山百年历史，那是一条由无数采金人的汗水与心血铺成的道路，载满了矿山人的眼泪、汗水、热血、悲歌与欢乐。而能载入史册的，却也许只是那一次又一次地更名。每一次的更名，都像已逝岁月里一个金光闪闪的脚印，见证着一段辉煌的岁月。

一九五〇年，政府接管双利公司，改名沅陵工程处，后更名沅湘管理处。

一九五三年命名为湘西钨矿。

一九七六年改名为湘西金矿。

二〇〇〇年十二月改制为“湖南辰州矿业有限责任公司”。

二〇〇六年六月注册成立为“湖南辰州矿业股份有限公司”，二〇〇七年八月十六日在深圳交易所成功上市。成为怀化市第一家上市公司。

二〇一五年又更名为湖南辰州矿业有限责任公司，隶属湖南黄金股份有限公司。

每一次更名，都是一次蜕变、一次飞跃，而支撑这一次又一次蜕变、一次又一次飞跃的，是矿山人永不改变的情怀，是矿山人永不屈服的脊梁。就是这一次次的蜕变与飞跃，这青山翠谷里的百年老矿，才终于在新世纪到来之际，如一只雄鹰，展翅翱翔在新世纪的蓝天，书写着业界一个又一个传奇。沿溪掘洞搭棚而居的采金人，也终于搬迁到官庄小镇新建的现代化住宅小区，过上了安稳富足的生活。到今天，矿山人已是矿三代、矿四代了，回顾这百年来的艰辛和荣耀，无论老少，每个矿山人的脸上总会洋溢起最自豪的表情。

岁月流转，冬去春来，群山苍苍莽莽，绵延不绝，自古以来，从未改变。湘西群山褶皱中这个出产金子的小镇，依然林木葳蕤、溪谷幽翠，宁静如世外桃源。夕阳落山之时，落日的光辉依然涂满千峰万壑，如同洒下了无数的金子。谷口叮当叮当的铁罐车，已经深入地下一千多米。“黄金如可种，我力终不竭”，无论这座矿山如何命名，采金人追梦的脚步，永远不会停止。

掘地千米　寻踪觅迹

清晨，一抹霞光静悄悄透过林间牛乳似的薄雾，在山谷间轻轻游荡。林间树木在薄雾中悄悄醒来，舒展枝叶，吐纳呼吸。沉睡一宿的鸟儿，开始扑扇被露水打湿的翅膀，发出叽叽啾啾的清脆鸣叫。若不是竖井口的铁罐车，也在这个时候，晨钟一样发出叮叮当当的脆响，在山谷中回音袅袅，篾匠冲山谷，看上去就会与别的山谷毫无二致。一支又一支的矿工队伍，头戴矿帽，脚套雨靴，腰上别一根手电筒，穿过主峰一条两百米长的裸岩隧道，“咔嗒咔嗒”，行军般悄然来到篾匠冲竖井口。

竖井口旁边的山峰，有一面削得极为平整的崖壁，被当作了工作墙。列成长队的工人，鱼贯而入铁罐笼之前，都会将一枚用红油漆写有自己姓名的长条形小木牌，顺手挂在峭壁上（出井时再取走)。罐笼上下两层站满了人,开罐车的师傅在机房里按下按钮,巨大的滑轮滚动,吊送罐车下降,叮叮咚咚的铃声在头顶清脆鸣响。那些挂在峭壁上写有姓名的小木牌,就像工人们暂时寄存在地面的灵魂。他们的肉身深入地下一千米,在暗无天日的地底下,从事危险而艰苦的工作,而他们的灵魂却在光明处忠诚地等候着他们。也许正因为有了这样的寄托,工人们在地底下才能无所畏惧,也不惜力气。我第一次看见这样的姓名牌时,心中不由得大恸,我想,如果有一天,晚霞落尽,沉沉暮色包围了这片山谷之时,这面峭壁上,还有一块姓名牌孤零零没有被取走,那么,这个灵魂就将再也找不到它的主人,只能夜夜在这山谷中徘徊、哀嚎。那该是多么凄凉啊。

沃溪矿井下采掘的垂直深度逐年加深,从竖井罐车下车之后,工人们或乘坐猴子车,或步行穿过七弯八拐的巷道,奔赴各自所属采场。矿井下是另一个世界,其纵横交错的巷道犹如迷宫,到处都在嗒嗒地滴着水。

小时候,围着火炕听父亲讲金鸡金马的故事,以为地下的黄金真是一坨一坨的,形状或像鸡或像马,能在地下神秘跑动。后来,到了沃溪矿山才知道,像父亲所说的明金是极为罕见的,真正的黄金是以极为细腻的颗粒状蕴含在矿石中,一吨矿石中能含有三到五克的金子就属品位较高的矿脉了。矿工们根据矿脉的走向,将含有金、锑、钨的矿石原料开采出来,运输到选矿厂,再经过破碎、球磨、重选、浮选等一系列技术，把其中的金、锑、钨颗粒分离出来，再送到冶炼厂、精炼厂、钨品厂，在不同的熔炉中进行冶炼提纯，最终形成纯金、精锑和白钨。

从一块矿石，变成一粒黄金，千凿万碾，粉身碎骨，那是一颗石头的修行，也是一个工人的修行。

历届分配来的大学生，和工人们一道，深入钻岩、爆破、运输等一线工作面，解决各种技术难题。矿井下看似迷宫般的巷道，其实有着严格的开采规律，大约每25到30米的高度设计为一个开采中段，一个中段一个中段地往下拓展和延伸。掘进、爆破、回采、充填、支护、运输、照明、通风、排水，这一系列的工序，都需要进行严格合理的设计。越往深部拓展，安全开采的难度越大，技术要求越高。很多在地面上能轻易解决的事情，一旦到了矿井下狭窄的巷道，就会出现想象不到的难题。

为便于中段矿石的运输，二十世纪五十年代，矿山自主设计出了国内第一座井下斜井吊桥，解决了中段运输联通问题。当吊桥收起时，如同城门被关闭，该中段的运输平巷便与主斜井隔断，成为独立空间。有矿石需要运送时，放下吊桥，城门开启，该中段采掘的矿石便从平巷经由斜井吊桥运输到主斜井，再提升至选矿厂进行破碎。沃溪矿区的此项发明，被写进了各采矿院校的教科书，在业内广泛推广，当时的湘西金矿也因此被誉为斜井吊桥的故乡。矿山自主研发的井下单轨道双箕斗错车技术，也是一项被写进教科书的发明,解决了井下狭窄巷道的单轨双箕斗矿车错车难题。

矿井下的技术一点一点革新,矿井下的条件也是一点一点改善的。早期,井下排水和通风条件都不好,工人穿着单衣下井,到了井口冷得要穿棉衣,可一到了工作面,又闷热得只能打赤膊。钻岩、爆破,矿洞里时常粉尘弥散,虽然都发了劳保口罩,干重体力活儿的工人们闷得透不过气,口罩自然也戴不住,飘散的粉尘难免被工人们吸进肺里。被称为矿一代的老井下工人,不到退休年龄,就大多患上了矽肺病。二十世纪八十年代,矿山还专门建造了一座矽肺疗养院,后来,随着矽肺病人的减少,才将疗养院拆除,并入职工医院。矿山给予矽肺工人较好的福利政策,譬如医疗费全免;享受全额工资;配偶或子女可以有一个顶职名额;在其亡故之后,配偶仍可每月享受一定金额的抚恤,俗称吃劳保,直至配偶去世。或许,就是因为这些优待,尤其是子女可以顶职这一条,患上矽肺病的工人们便从无怨言。退休之后,随着年龄增长,这些老工人的病情逐渐加重,端坐在职工医院的病床上彻夜哮喘,面色青紫,额上豆大的汗珠一颗颗滚落。我在职工医院工作时,护理过很多这样的矽肺病老工人。夜里,隔着几间病房,也可以听见他们每吸一口气,喉咙里都发出艰难的、拉丝一样尖锐的鸣音。可他们总是默默忍耐,视其为必然的磨炼和命运,至死没有怨言。有时候,病情缓解一点儿,呼吸变得轻柔平稳一些,这些老工人,就会在我们进病房时,给予我们温和的笑容。他们是矿山的功臣,却从不以功臣自居。他们的温良和忍耐,感动着一代又一代的矿山人,成为矿山精神的图腾。

在矿山行走,偶尔会碰见一两个坐着轮椅的人,或者,一只裤脚空荡荡的跛足人。井下工人常年在矿井下工作,谁也不知道,头顶上有没有一块石头会突然落下来。老工人们常常告诫青年工人:岩巴不长眼睛,它不会管下面站的是个铜匠,还是个铁匠。所以井下工人,每天都要打起十二分的精神,注意头顶上有没有松动的矿石,若有,立即用铁钎将其捣下,否则,一受震动即有冒顶的危险。可无论怎么小心防范,意外事故还是难以完全避免。我初到矿山那些年,遇到过好几起发生伤亡的井下事故。一遇到那样的事情,整个矿山都笼罩在一种悲痛而压抑的情绪里。走到哪里,耳中都飘着哀乐,见到的每个人,眼中都含着泪。他们默默奔忙,为亡者安排后事,抚慰亡者的家属。那种悲痛压抑的心情,根本不是眼泪可以排解的。那些坐着轮椅的人,或是跛足人,也是冒顶事故中不幸的人,无论他们在发现自己被截肢,或是发现自己双下肢瘫痪时,有过怎样撕心裂肺的不甘,随着时间的推移,他们也都安静下来,接受了自己残酷的命运。等你碰到他们的时候,他们或是推着轮椅在菜市场买菜,同人说说笑笑;或是站在自家小卖部的柜台后,飘荡着一只空荡荡的裤管,给一个举着毛票子的小孩儿递棒棒糖,脸上笑盈盈地。他们的眼里,早已没有了怨怒。他们在接受自身命运的时刻,就已经宽恕和接纳了整个世界。他们比常人更加超脱,更加包容,因此也更加安宁与平和。

也许正因为建设是如此艰辛和不易，矿山人才更加珍惜所获得的每一份荣誉。二〇一五年筹建矿史陈列馆时，退休老工人和其家属,纷纷捧出珍藏多年的纪念品,亲自送到筹委会。这些纪念品中，有一九五三年颁发的一等劳模奖状，有一九五六年公司劳模毛先定到北京参加先进表彰会与毛主席的合影,有多年前的饭票、工作证、记账本、搪瓷缸子的奖品……当接到一个用棉布层层包裹的搪瓷脸盆时,筹委会的工作人员哭了。那是一个清晨,一个叫李干生的老人捧着一个大大的包裹，颤颤巍巍来到筹委会办公室。当他当着工作人员的面，小心翼翼打开包袱的活结，一层一层,一连揭开四层包布,一个光亮如新的搪瓷脸盆跃然而出时,李干生老人的眼里，立即泛起了温柔的笑意。那是一个白底蓝边的搪瓷脸盆,盆外写着“五谷丰登”几个红色大字,盆内绘着几座绿色山峰和几只栩栩如生的燕子。那是一九六五年建设九平巷竖井时,对李干生老人月度独头上掘 111.9 米的特别嘉奖。在物资匮乏的年代，老人也始终没有舍得使用这件十分实用的奖品，自捧起它的那一刻起,他就一直用棉布层层包裹着,那是何等的珍爱呀。当包布层层展开时,这个历经了 53 年岁月烟尘的搪瓷脸盆,却从未沾染这个尘世的丝毫尘埃,光洁灿烂如初生的婴儿。

老一辈矿山人的敬业与情怀,老一辈矿山人的温良和坚韧,就像一座横亘在眼前的山峰，成为历代矿山人所仰望的方向。他们温暖了矿山人的心,也刺痛着矿山人的心。一代又一代的矿山人,倾尽心力,每年都要自主研发出上百项的科研项目,用来改善矿山工作条件、加强劳动保护和提升工作效率。我们看待今日矿山的发展,不应当只看到规模的扩张和年产值的增加,更应该看到的是,随着采矿规模的扩张和掘进深度的往下延伸,患矽肺病的人数和工伤人数的比例却大幅下降,新增矽肺病例和工亡人数已基本控制在零的水平。这样的成果,凝结着矿山人多少年的情怀和努力,亦非言语可以说得尽。这也是为什么,面对着矿山今日的荣耀,矿山人能那样荣辱不惊。

在矿史陈列馆外的大厅主墙正中镶嵌着的一块“镇馆之宝”——一块来自千米井下、重约七吨左右的金锑钨伴生矿石。金锑钨伴生矿,在全球极为罕见。该矿石矿脉倾斜向下,形象地展示了沃溪矿区地下矿脉向下倾斜延伸的走向。周围的装饰,也形象还原了它在井下的情景。辰州矿业现任董事长李中平先生为这块“镇馆之宝”题词:“金之脉、血之脉,一脉相承;山之宝,矿之宝,宝镇乾坤。”我不知道,一个外来考察者或游客看到这句话时,能否真正理解它所蕴含的全部感情。一百多年来,生活在这片矿山的矿工们,就是沿着这条倾斜向下延伸的矿脉,从地表,到一百米、二百米、三百米,一直采掘到今天的一千多米。在这每一米的掘进中,都浸透着矿工们无数的心血、汗水,甚至鲜血和生命。一代人退下了,一代人又接着干。它们本就是相互缠绕、血脉交融的一体。

矿脉还在向下延续。采金人的脚步,也仍将向下追寻……

琢之磨之　光芒自现

二○○九年，李元洛老先生和湖南省作协的一群作家来辰州矿业采风,参观选矿厂之后,李元洛老先生说:“你们这位美女解说的声音真好听,只可惜,被这机器声搅得支离破碎。”众皆笑。

一块大的矿石进来,最后变成金砂出去,这千磨万碾的全部过程,就是在选矿厂的不同车间完成的。不只是金,一块矿石里同时含有金、锑、钨三种矿物质,一样也不能浪费,得利用其不同的特性,同时将其分离出来。不知李元洛先生是否知道,就是在这个车间里,有着全球最领先的金锑钨核心分离技术。这,也是矿山技术人员多年爬摸滚打,在实践中研发出来的技术。

选矿厂属于机械化作业,工人们的主要工作是看守机床,属于地面轻工种,因而一直以来,大部分岗位都由女工担当,分三班日夜轮岗。虽然车间里有着刺鼻的药水味，有将人声搅得支离破碎的轰鸣声,还要日夜三班轮岗,但能在选矿厂做一名女工,仍然是二十世纪八九十年代矿山女人们梦寐以求的职业。

矿山属重体力高危行业,男工人多,女工人少。二十世纪八十年代末,沃溪坑口有一个绰号“孙大炮”的工人,晃到单身宿舍去玩，从怀里抽出一沓信纸，得意地在一群单身汉面前晃来晃去:

“这是下至官庄龚家湾村，上至鱼儿山村所有未婚女性的花名册，我从派出所一哥们儿那里抄来的。我可以卖给你们，一个女孩儿名字五块钱！”众皆笑，追着打着抢他的名册看。直到今天，这个故事依然还是矿工们茶余饭后的谈资。由此可见，当时矿山工人想在矿内找对象是多么不容易。

二十世纪八九十年代的矿山，和所有大型国企一样，是一个独立小王国，学校、医院、食堂、银行、商店、公安局、邮局、新华书店、贸易商场等等一应俱全。这也是那个年代的农民特别羡慕工矿企业的地方。为了解决矿山工人成家难的问题，选厂、质检中心、机关、学校、医院、食堂、商店、仓库等这些轻体力岗位，便尽可能安插女工。坑口、冶炼、运输车队、机械修理厂这些男人担纲的大单位，也会尽量安排一两名女性，做一些行政杂务工作。这些女工，大多嫁给外地分配来的大学生、技术员。还有很多一线工人的老婆来自附近农村，没有办法安排工作，依附自己的男人住在矿山，属于半边户。

矿山的住房，是比成家更难解决的问题。沃溪山沟实在过于狭窄，历代矿山人沿溪拥挤在两岸，只要是能见缝插针的地方，全挤着低矮的棚屋、木屋。几乎所有的房子都是紧贴崖壁，有很多房子还是用炸药炸开的崖壁做里墙，强抢半个山洞做屋。还有的干脆就是住在山洞里。矿区不缺炸药，也不缺炸山洞的技术。

沃坑、选厂、冶炼厂、学校、医院几个大单位都建有单身宿舍楼,那些楼也傍山崖而建,楼栋长短不一,两层或者三层。楼栋中间一条长廊,两侧宿舍相对。单身楼没有厨房,走廊就是公共大厨房，每间房门前都有一张已经朽坏、油垢深积辨不出颜色的旧书桌，一只铁锈斑斑的藕煤炉子。书桌面摆满油盐酱醋辣椒粉等各色瓶罐、煮饭锅、切菜板、洗菜盆子以及饭碗菜碟;四条桌腿下,码放着一摞摞黑亮的藕煤。桌旁的藕煤炉子上架一只生铁锅。一下班，工人们倦鸟归巢，走廊里热火朝天，家家都在藕煤炉子上炒菜,油锅嗞响,人语喧哗,煤烟味菜油味呛人口鼻。单身楼没有厕所,厕所都建在附近某个山头的半山腰,要管一大片房子。“找厕所要朝山上望”,这是矿山众所周知的秘密。历届分来的大学生和新招的工人,都住在单身楼里,在单身楼里结婚、生子,直到孩子小学要毕业了,还窝在这里等分房。

有一部分老领导和老工人住房条件好一点儿。河坞工段、胡家院子、团结村、上沃溪、蔡家湾的山沟里,都有矿山统一修建的煤渣砖平房。推开门,一溜直通进去,依次是客厅、卧室、厨房,住老少一大家子。厨房靠里,多是房子后面炸山的一片山洞做成,崖壁湿漉漉的终年渗着水。靠崖放一只大水缸，一根长长的空心竹管从山上引来一股山泉水，清凉的山泉水就像露珠，一颗颗凝结在竹管的尖端,聚得重了,“啪”一声滴落进缸里,日夜不息。水缸里漂着一只芦瓜瓢。要用水了,就弯腰用瓜瓢在水缸里舀一瓢。厕所照例在半山腰上。

梅花香自苦寒来。越是艰苦的环境,越能磨砺出女性美丽的光芒。矿山女人们虽然在如此艰苦的条件下工作、居住,但无损于她们的爱美、爱说、爱笑。她们走到哪里,哪里就流淌着欢乐。女工们干起工作来一个顶仨,业余时间也不闲着,她们和半边户的女人们一样,利用业余时间在山坡上开垦荒地种菜,去废矿堆里拣拾锑矿;春来去上山采蕨、采笋、摘茶叶;夏天到溪里摸螃蟹;秋天到山上去打板栗、摘金樱子,想尽各种办法补贴家用。闲下来的时候,她们把男人用不完的白棉纱口罩(劳保用品)一个个拼起来,给孩子们拼成一件件有着精致滚边的小口罩棉衣。这样的小口罩棉衣,颜色雪白好看,孩子们冬天穿着,又柔软又暖和,个个像雪白的小天使。用不完的白棉线手套,也攒起来,拆了,再买一股或红或蓝的细膨纶线,与棉线合成一股,给孩子和丈夫织纱线裤、纱线背心。这些或红或蓝的膨纶线织在白棉线里,星星点点,别有风味。二十世纪八九十年代的沃溪矿区,几乎每个孩子、每个男人,冬天都会有这样一条纱线裤。

二十世纪八十年代,城市里的人结婚讲究三大件——冰箱、彩电、洗衣机,二十世纪九十年代则上升为三金——金戒指、金项链、金耳环。矿山女人从不要求这些,到了二十世纪九十年代,那些从外地分来的大学生结婚,仍然是完全的裸婚,床是单身宿舍现成的床,最多买一两床新铺盖,再买一些碗筷菜碟,就搭伙过日子了。至于冰箱彩电洗衣机,都太奢侈,买不起,买了也没地方放。

金戒指金项链金耳环就更奢侈了，又当不得饭吃，更是完全不考虑。那时候每次过年回老家，总有人问我："你在金矿工作，怎么身上也看不到一点金？"我就笑说，我们矿山生产的黄金是上交国家的，私人不能买卖。

但有一样不花钱的家具，却是每个矿山家庭必备的，而且是金不换，比冰箱彩电洗衣机重要得多。那就是一张铁桌子，一张用矿井下废弃的空心金属管焊接而成的铁桌子。从矿井下捡几根长短不一的废弃空心管回来，请一个相熟的电焊工将其切割成长短不一的短管，再将其焊接好。要焊两层，下面一层距地面三十厘米左右，只焊几根横条就行了，冬天烤火时搁脚用。顶上一层正式桌面复杂一些，焊接成一个个镂空的小圆圈相互连起来，这样的空心桌面好看，能透火。焊好之后，再用砂布打磨铁锈，要打磨好几遍，直到每根空心管都锃光瓦亮，之后再刷两遍红油漆。为了防止桌脚的空心管划伤地面，在每只桌脚下还会反套一个从职工医院找来的输液瓶的橡皮塞子。吃饭的时候，铁桌面上放一块平整的木桌面，就成了餐桌。冬天的时候，铁桌子下面放一盆炭火，镂空的铁桌面上覆盖一床小棉被，将铁桌四面都围起来，围住炭火，被面上再盖一块木桌面，一家人围坐在桌子四周，将脚搁在下面的搁脚层上，棉被掀起来盖在腿上，吃饭、喝茶、嗑瓜子、看电视，那种温暖，深入到每个矿山人的骨髓里。

也许是因为矿山本就是水乳交融的大家庭，彼此全都是熟人，因此矿山人格外重情义，尤其是从外地分到矿山来的年轻人，得到的帮助和关照会格外多。你结婚了没有铁桌子，他们给你做；你要生孩子了，她们给你准备小口罩衣；隔三岔五，矿山的长辈们就会把一些单身汉或年轻的小夫妻们喊到家里打牙祭。我和老公初到矿山那些年，也不知在多少前辈家里蹭过饭。年纪大些的矿山女人，个个能干，个个都能做得一桌子好菜，什么板栗炖鸡、猪肚炖墨鱼、腊猪脚炖海带，这些我们平常不会做的菜，她们都会想办法做给你吃。我一辈子也不会忘记，那些热情洋溢的女主人，看着你吃菜时，脸上洋溢的那种幸福而又满足的笑容。

要问起矿山的年轻人，初到矿山最深刻的感受是什么，那一定是长辈们的关怀。没有哪个刚分到矿山的年轻人不是在长辈们家里蹭饭蹭过来的。这些年轻人来到矿山，人生地不熟，条件又艰苦，却一待就是三四十年，连他们自己也不明白是什么力量让他们扎根于此。其实就是矿山这一张铁桌、一个女人、一盆炭火的温暖和平实，磁石般牢牢吸引着他们。

如果说矿山的男人是嵯峨的山石，那女人们就是岩石缝隙间娇艳的花朵，迎风招展，摇曳生姿。她们美丽的身姿，装点着这座矿山；她们温润的情怀，滋润着这座矿山；她们火热的激情，感染着这座矿山。从建矿起一直到今天，矿山每年都要举行五一运动会、篮球赛、广场舞大赛、大合唱比赛、演讲比赛、元旦文艺会演等大型文化活动，还有三八活动、植树活动、野炊活动、各单位团委联谊活动等。每逢这种时刻，女工们都是大放光彩的时刻，她们就像一只只弹簧，奔走、协调、指挥、定节目、定演员、定舞曲，寻找录音磁带、租服装、借道具，忙得不亦乐乎。提前一个多月，就开始召集自己单位参加表演的员工们，利用一切业余时间参加排练。单位女性不够，就把半边户的家属也请来。各个单位都暗中较着劲，都想争第一，夜夜排练到深夜，不知疲倦。到了舞蹈比赛的前一晚，各单位为了争着在灯光球场的场地上彩排一回，排队等到凌晨两三点。

到了正式表演的时候，美丽的女工们或主持，或唱歌，或舞蹈，就像一朵朵鲜花，在舞台上尽情地绽放，看花了一矿山人的眼睛。看着看着，有时候，会情不自禁地流下眼泪。那就是我们的女人，多么热情、多么可爱的女人！

矿山人自有其精神的财富，无论是哪个年代，只要逢到这种文化活动，那就是矿山人的节日。那段时间，你要是走在矿区，你会看到人人脸上都洋溢着一种特别的光彩，那是被激情燃烧的光芒，那是千锤百炼的矿山人，由内而外散发出来的，自信的光芒。

千锤百炼　辰州金典

一九九八年盛夏的某一天，西边上的晚霞红红紫紫，像要燃烧起来。沃溪坑口单身宿舍的小院子里，几名井下工人出了井，端着饭碗,望着西边天上的晚霞扯白话。

“要是矿里真的破了产,我什么都不要,就要冶炼厂那个烧金的炉子。妈的,烧了好多年,那炉壁里,肯定都是金子!”铁脑壳说着,嘿嘿地笑。看他既伤感又得意的表情,好像他真有可能得到那个炼金炉似的。

那时,正值矿山内外交困、生死存亡之际。一九九六年至一九九八年,受亚洲金融危机影响,国际金、锑、钨价格大幅下跌,矿山亏损额高达一千六百多万元(当时员工工资每月仅四五百元),企业经营举步维艰。又恰逢国企大改革时期, 为了适应社会主义市场经济体制的需要,国家提出了“减员增效、下岗分流、规范破产、鼓励兼并”的国企改革思路。随着改革的深入,各大国企都在纷纷裁员, 下岗潮浪涌般袭来, 许多不能适应市场经济发展的工矿企业甚至就此宣告破产,或被私有企业兼并。在这汹涌的浪潮之中,连年亏损的湘西金矿, 就如一艘正在漏水的老船, 随时有倾覆之虞。在最艰难的时候,矿山甚至做出了普降员工工资 8%的决定。中华人民共和国成立后几十年来从未遭此困境的矿山人, 也开始人心浮动,因而才有了铁脑壳上述的一番话。

回忆起那一段惊心动魄的往事, 辰州矿业现任董事长李中平先生仍然感慨万千。李中平先生一九八一年分配到当时的湘西金矿,至今 41 年了,他是扎根这座矿山最久的一位领导,见证和亲历了这座矿山所有的变革和发展, 但说起辰州矿业改制前后的一段经历,他仍心有余悸。危难之际,以杨开榜、李中平等组成的新一届领导班子,以乘风破浪的决心和勇气,本着不让一个员工“下船”的信念,大胆进行改革:精简机构;制定目标任务,强化考核指标;想尽办法降低生产成本;改变分配制度,彻底打破大锅饭的僵化体制。在这一系列的改革措施之下,百年老矿的内部潜力被充分发掘出来,一九九九年便遏止住了亏损,到当年年底还略有盈余,这极大鼓舞了矿山人的信心。矿山许多员工都还记得,当年138 名中层管理干部,一夜之间就裁减至 68 人,矿山领导人改革的决心和执行力由此可见一斑。二〇〇二年,湘西金矿改制为湖南辰州矿业有限公司,当时企业资金周转还非常困难,公司决定在员工内部筹集一部分资金来盘活企业,于是号召普通职工每人筹资 2000 元,中层管理人员每人筹资 6000 元,高管每人筹资12000 元。现在看来,这是一笔很小的数目,可在当时,一个普通的双职工家庭就要筹资 4000 元,这是很多家庭的全部积蓄,有很多家庭甚至还要借钱。可所有员工都按期缴纳,有些退休老职工把自己的一点退休金也拿来认购,想为企业出一份力。我还记得我们那时候工资很低,孩子每个月买奶粉的钱都成问题,我的那份股金就是我师傅为我垫付的,一年之后才还给她。

那个时候,员工们对企业的前景其实都很迷茫,根本想不到还有分红或返利的一天,只是想着“众人拾柴火焰高”,在这个时候出一把力,也许就能把企业盘活了。这之后,企业果然不负众望,每年的盈利以15%以上的速度快速增长,直至二〇〇七年八月在深圳A股市场成功上市,辰州矿业这艘百年老船,才算真正驶出了激流险滩。齐心协力的矿山人,终于保住了自己的炼金炉。

在那段风起云涌的改革浪潮中，全国国企大约有60%的工人下岗，而辰州矿业没有让一个员工下岗，并且保有了国有资产的控股权,保住了矿山“国”字的属性,这是李中平先生至今说起来仍然十分自豪的事情。

很多业界内外的人士听到辰州矿业这一段近乎神话般传奇的改革故事,都觉得不可思议:辰州矿业凭什么就能成功呢？是因为机遇吗？还是因为侥幸?

我想,能禁得住烈火的,才是真金。辰州人会用他们自信的笑容告诉你，真正支撑这座百年老矿闯出激流险滩的，是这个企业从上而下的一股精气神,那是一种叫做“脊梁”的东西。

矿山最初没有一台电脑，也没有一个学习过计算机的专业人员,从一九九四年矿山购回三台386个人计算机开始,一个地质、一个人力资源、一个采矿，这样的三个专业的技术人员便开始自学，利用业余时间来鼓捣这些机器，从而逐步建立起了矿山局域网,构建起数字化矿山的雏形。记得当时,为了编写一套人事、地测系统的程序，他们三个人不知道翻烂了多少本书，编写到关键时刻，离家不到50米远都不回家睡，将一床棉被卷到办公室,日夜编写,累了就裹在被子里打个盹儿,饿了就吃一碗方便面,一连半个月没有回家。

为了确定潜式台钻能否在井下推广，时任技术员的黄启富先生(后任湖南黄金集团董事长)带领实验人员在井下采集数据,在采场作业面两天两夜没合眼,饿了,吃一个冷馒头;自带的冷开水喝完了，就接一杯井下凿岩用的高压水喝。他所研发的防水爆破CHR型乳化炸药，主导的深孔分段爆破50米溜井成井研究、水砂充填技术的应用与改进等科研项目,多次获得国家黄金管理局科技成果奖。一九九六年,他荣获全国总工会颁发的“全国自学成才奖”。

矿业负责宣传的笔杆子匡国友先生，在交通和通讯都极不发达的年代，为了能将一篇新闻稿及时发到外部媒体去，通常都是连夜写完稿子，认真誊写四五份，赶凌晨四点半金矿去常德的唯一一班客车，托客车司机带到常德帮忙投寄。因为从常德邮寄要比从官庄邮寄出去快几天。

小车办的司机张大哥,要送一位领导返京,从辰州矿业开车到长沙的黄花机场,途中急性胰腺炎发作,满腹绞痛,额上豆大的汗珠滚滚而落。当时时间很紧,为了保证将京城领导顺利送到机场,他没有听从领导说要“打的”的建议,以惊人的毅力咬牙坚持,将领导安全送至机场后，他才转身将自己送去湖南省第二人民医院。他在路上一边开车,一边给该院一个相熟的医生打电话,请他做好急救准备，当他终于将车子开进湖南省第二人民医院的大门,看到他的熟人医生正穿着白大褂,抬着一副担架守在门口时,便一踩刹车,同时眼前一黑,晕倒在方向盘上:他休克了。

辰州“十三五”大型庆典,为了赶在元旦举办一场大型的总结汇报和文艺演出,以及接待从北京、省、市、县来参加庆典的各级领导,公司办的几位美女没日没夜加班,制定各种方案,讨论细节,忙了一个多月。大型文艺会演是晚上在露天广场举行,那天晚上很冷,北京来的老领导们都七八十岁了,公司办的美女们给老领导们提前准备了棉军大衣,却没想到给他们每人准备一个可以抱在怀里暖手的暖水宝宝。就为这一个细节的疏忽,经人点醒之后,几位美女难过得抱头大哭,觉得她们的工作没做好。

辰州矿业的领导们更是敬业的典范,他们的工作强度,就连井下打风钻的一线工人也敬佩不已。矿本部的灯光球场,一到晚上便热闹非凡,跳广场舞的、散步的、带孩子的、谈恋爱的,都聚集在广场享受温柔的夜风。这时候,你若抬头仰望,那扇灯光经常亮到最晚的窗户,一定是董事长李中平先生办公室的。

如果到辰州矿业去采访,此类的故事,矿工们给你讲三天三夜也讲不完。用董事长李中平先生的话说:矿山人最不怕的就是吃苦。

“千锤万凿出深山,烈火焚身只等闲。”这正是矿山精神的写照。辰州矿业本身就是一个炼金炉,一块顽石在这里,经过千锤百炼,也会变成一块金砖。辰州矿业的口号“千锤百炼,辰州‘金典’”,说的不只是辰州黄金的品牌,更是辰州人的铮铮铁骨。

鹤鸣九皋　声闻于野

不知道为什么，二〇〇〇年后，总觉得日子过得特别快。尤其是二〇〇七年，辰州矿业上市之后，日子便像是坐着火箭在飞。官沃（由沃溪矿区到官庄小镇）公路贯通了；常吉高速公路贯通了；官庄的现代化住宅小区一期建好了、二期建好了、三期建好了，拥挤在沃溪矿区的矿山员工全部搬迁到官庄小区，住房紧张的历史彻底结束了；总部湖南黄金集团成立了，辰州矿业打包在湖南黄金股份有限公司内整体上市；现又进行资产重组，湖南黄金集团再次更名，改为湖南有色投资产业集团了。一晃，离辰州矿业改制都已经二十二年了，我离开辰州也有好几年了。

二〇二一年七月一日，在中国共产党成立100周年之际，辰州矿业党委获得"全国先进基层党组织"称号，辰州矿业现任党委书记、董事长李中平先生代表辰州矿业的基层党组织赴京接受表彰，受到中央领导人的亲切接见。辰州矿业，再一次声名远播，一批又一批的考察团来到官庄小镇，想要一睹这座神秘矿山的真容，想看一看传说中那个深入地下一千米的党支部是个什么样子。

今年七月，我以一名游客的身份，陪同湖南省一支考察团回到了辰州矿业。

辰州矿业这些年外观上也发生了很大的变化，尤其在人居环境和矿山绿化改造方面。二十世纪八九十年代的矿山，灰暗的厂房突兀在青山之间，厂区总体都显得灰暗、脏乱、破败。我记得以前冶炼厂四周的山头，因为几次山火和空气污染的原因，没有高大的灌木，只覆着一层泛黄的野草。走到冶炼厂厂区门口，地面浮着一层白色的氧灰，氧灰之下寸草不生。选矿厂建在山上，远远地就可以见到几长排的水泥灰房子，突兀地凸显在半山腰上。可如今，选矿厂的厂房已经完全掩映在苍翠的灌木之中，厂区的围墙上爬满了凌霄花，已经看不见墙体。厂区内也是绿树成荫，花木扶疏，幽静如公园。走进厂区，我都还以为走错了地方，直到随考察团进入到选矿厂的浮选车间，我才恍然大悟：那搅得人语声支离破碎的车间仍然在。只是车间里几乎见不到女工了，只有机器搅动着的银白色药水在翻腾。走进隔壁的控制室，一名技术员守着一台计算机，对着墙上的大屏幕，就可以看到整个车间的现状，并监测到各种数据，及时调整和控制药剂的剂量。数字化矿山，自动化的程度更高了。

走到冶炼厂，也是一样的林木荫翠、花影团团，当年的那层白色氧灰早已不知哪里去了。而周围的那些山头，也已是灌木幽深、云堆翠积。面对我的惊叹，辰州的老朋友嫣然一笑："不是只有我们自主研发的金锑钨分离选矿技术全球领先，我们对冶炼的砷碱渣进行无害化处理的项目，也是破解了世界环保难题。"

"还想去一号尾砂坝看看吗？那里，也不再是一片银色的沙滩，经过植树造林，那里已经是一片林海了，有成群的白鹭在那里栖息呢。”朋友继续笑道，自豪的表情毫不掩饰。

辰州矿业被评为国家级绿色矿山，绝非浪得虚名。如果不是新建在官沃公路旁小竹溪的二号明竖井，又高高耸立在山谷里，整个矿山就真的完全隐藏在林海中了。随着矿脉的斜向下延伸，从原来篾匠冲一号竖井下去，走到如今的采场，有几公里路程，工人要消耗大量的时间和体力。辰州矿业因而决定择址在小竹溪另建一个新的竖井。耗费五年时间，耗资两个多亿新建成的二号明竖井，终于于二〇一八年十二月投入使用。原一号竖井被封存在篾匠冲那个幽静的山谷，不再使用了。

新的二号明竖井直达42中段，亦即千米以下。它的升降速度在运载人的时候控制在4米每秒，提升矿石时可达到8米每秒。这座明竖井的建成，是辰州矿业发展史上的里程碑，它是对上一个千米采掘的总结，也是向一下个千米继续采掘的开始。

随着考察团乘坐二号明竖井的罐笼下井，顷刻直达42中段。42中段的平巷并不是我想象的乱石嶙峋，不仅干净整洁，穹顶还绘着蓝天白云，十分人性化。沃溪坑口的千米井下党支部真的就设在这条平巷的休息区，凹洞里一张长桌、几条长凳，墙上挂着党旗，绘着生产进度表，俨然一个阵地指挥所。“这就是一个阵地指挥所，井下有了需要临时解决的问题，支部成员就在这里开会讨论。要是还回到地面上去开会讨论，就太耗费时间了。”李中平先生说。

从地下的千米深井出来，我又登上了官庄住宅小区的后山。我曾在这里住过数年，故地重游，有无尽感慨。站在山顶凉亭，清风徐来，草木含香。举目望去，群山苍黛如水墨，千峰万壑，云烟相接。

山的外面有什么？我曾无数次地问自己。现在，我知道了，山的外面还有山，还有大大小小很多的矿山。辰州矿业人的脚步，一方面是向地底千米之下延伸，另一方面，却是飞出山外、又山外。

辰州矿业目前有全资子公司17家。资产重组后，隶属的湖南有色产业投资集团有子公司数十家。这些子公司大部分为资源型矿山，分布各地，远至厄尔多瓜、甘肃的雪域高原，近至省内的衡阳、安化、郴州、岳阳、冷水江……遍布各条山脉。资源的拓展需要大量人才，辰州矿业的管理人才和技术人才，需要不断向外输出，在整个湖南有色产业集团内频繁调动。

辰州矿业的女人们，如今再也不用将男人们的劳保口罩、劳保手套拿来缝衣服、织毛衣了，可是，相逢与离别，又成了她们生活中新的困境和主题。

鸿飞哪复计东西。夫妻两个人，往往是你回了辰州，我又去了甘肃；你调到长沙，我又去了安化。吃饭时，一个刚调回辰州矿业不久的中层管理干部说："我们结婚九年，分居了八年，我老婆一个人带着孩子，是真不容易。我这次一回辰州，我老婆高兴得，就像捡到了宝一样。"他说着，眼里泛起了泪花，赶紧端起酒杯掩饰他的哽咽。

我去过一些子公司，在甘肃的雪域高原，我见过甘肃辰州的干部和员工们，在零下二三十多度的温度下，就靠屋子中间一只电炉子几圈儿烧红的电阻丝来取暖。我看见过新筹建的矿山，山坡上一长排的板房就是办公楼。一间小屋，中间一条布帘一隔，前半间是一把手的办公室兼会客室，后半间就是卧室。我也见过资产重组过来的老矿山，房屋仍然是二十世纪七八十年代建造的，所有的厕所都还在半山腰。基本上，集团内所有子公司的条件，都不如辰州矿业好，待遇往往也不如辰州矿业好，但在辰州矿业的干部们看来，调令如军令，哪里有需要，就得义无反顾奔向哪里。他们到了哪里，哪里就是他们修炼的道场，他们会倾尽心力，去建设、去发展。这些年，我在外面听到辰州矿业出来的人，说得最多的一句话就是："我们是从辰州出来的人，绝不能给辰州丢脸。"

有一句很俗很俗的话："是金子，在哪里都会发光。"官庄，这个小小的山谷，不仅是蕴含黄金的宝藏，也是一座人才的宝藏。我相信，千锤百炼的辰州矿业人，也会像他们出产的黄金一样，也会像照耀山峰的落日一样，把他们金色的光芒洒满神州大地的千峰万壑。

校友

刘武华

遇见他,是去年的这个时候。他一口就叫出我的名字,弄得我不好再去问他的名字了。他坐在带电动装置的轮椅上，在我面前一个急刹,然后抬起头晃两下,眯起眼冲我直笑。这一套组合神态还真够我琢磨的！他米黄色的头发,像是飘落的一层蒲公英花,谁见了都会控制住自己声音的气流，生怕那层绒毛飘走。在他整洁的灰夹克上,一枚徽章让我心底泛起了波澜:沅陵一中。从他头顶望过去，一片恢宏的建筑，与我站立的地方仅仅一条六车道公路之隔。庄重的建筑群,四纵三横,绿树成荫。他把头一仰,很是自豪地说:“看到吧,一中新气派！”他脸上无表情时很显老,张口笑时腰板挺得笔直,声音也有底气了,脸上还带几分童稚。猜他经常会来这里，或发呆或想些谁也不知道的事情。也许经常会寻着过往的人说话,让自己心情放飞起来。要不是他讲起清浪那段往事,我怎么也记不起有这么一位校友,并还在同一个地方工作过。

那是二十世纪八十年代初，清浪滩在沅水中下游还保持着原始的样子，大小礁石错落一河，靠北岸这边有一条较宽而水流湍急的航道。岸边有一长排吊脚楼，中间是一排木栏杆廊道。没事的人都喜欢到这里聊天和远眺河流，这也是从客船码头上岸的人必经之地。从这里坐客船进城要“两头黑”，特别是冬天，早上更觉得早，迟迟不见光亮。我大学毕业就分配到这里洞庭溪区中学工作。领导解释说下面很需要我这样的老师，因与临县交界。到学校报到后，我的工作是先去区政府整理“文革”以来的资料档案，两个月后再回学校图书馆工作。名曰图书馆，实际上一直是放图书资料的地方。我得清理上架，编码归类。那一捆捆、一堆堆的书，稍微挪动一下就满屋灰尘。一天，他来了，约晚上一起吃饭。我与他还不认识，但听说过他，在食品站工作，附近的人同他都关系很好。饭局设在码头吊脚楼馆子，也就是挨着木栏廊道东头的那家，对门是旅馆，挨着它的是个小商店。这个地方是外来人住宿吃饭的中心。我们一共五人围坐八仙桌，都是二十出头的小伙子。他带来的一只肥猪头在馆子加工成两大钵，燃起的炭火炉子使那香味让很多人探头进来。传说他有一绝活儿，两手在猪肚子上一兜就可猜出装了多少斤食料，这是要在猪的重量里减掉的。卖猪的人往往在卖之前要扎实的饱喂一餐，把猪弄到食品站门口，还要喂两个自己都舍不得吃的红薯。过秤后，减去多少食料全凭他说了算。都知道到这个环节是可以感情用事的，按他的话讲养猪也不容易。有人质疑过他的绝活儿，但卖猪的人说他是神手准得很！大家把他传得沸沸扬扬，方圆十里无人不知无人不晓。另三位是信用社、邮电所和供销社的职工，也都从城里来了不几年。其实还有照相馆的小孙没被邀请来，他说今天是校友聚餐，非校友不能出席。听人说小孙有一次请喝酒没叫上他，他气不打一处来，端一钵子红烧肉怒火冲天："你喊的都是我校友！我凑一钵红烧肉能入伙吗？"他把红烧肉往小孙面前一摆，拿起小孙的碗在钵子里剜了半碗红烧肉猛吃起来。那次酒喝多了，他揉摸着肚子说起码有十二斤，话音未落就把吃进去的所有东西吐得一干二净，地上的红烧肉就像从钵子里倒出来的一样。第二天一卖猪老头儿对他破口大骂，骂他不公平，把猪食除多了，明明早上没喂多少，气得用颤抖的拳头在他面前"嗖嗖"比画。

酒楼里气氛热烈，狂吼着船夫们留下的号子，即兴编的那些歌词，全都与女人有关。门外一些看热闹的人也一起吆喝，甚至还挤了进来，一齐用脚把楼板踹得咚咚响。老板怒不可遏，狂吼一声，就像船老板起锚时的一声"开船了"的呐喊，顿时失控的人犹如冰块般冻在那里。参与热闹的人都走后，吊脚楼的夜才算静了下来。

他说今天是因为校友的缘分聚在一起，并郑重提议明年我们要为一中校庆活动做点儿什么。他绷紧的表情让我们心中一愣：我们能做点什么？此刻，总觉得炊炉子的咕噜声和窗外的水流声交织在一起扰乱了心绪，似乎生了许多惆怅。我们从来没想过此事，怎么他就操起心来了？他说出此提议觉得有点儿怪怪的，但又找不出理由去否定他。毕竟是他出钱组织的饭局，并叫对门商店送了几次酒。既然他有准备地提出来,我们总还得有所反应啊!我们几个人全都小心翼翼地放下酒杯,几乎同时把搛起的那块猪头肉又小心翼翼地放回碗里。一屋的肉香酒香估计飘了很远很远,而我们的思绪老是在哗哗作响的炊炉子里跳不出来。天早都黑了,乡村的夜晚随着远处几声狗吠带来一些孤寂和恐惧。其实我来清浪和他还是第一次见面,同另外几个人还偶尔一起玩过篮球,打过乒乓球,扯过闲谈。他一本正经同我们分享的是两个意思:一是发动清浪乡所有的校友捐款;二是校友们买一个像样的纪念品送给母校。他看我们一声不吭,最后直接安排,要我们分头联络校友,成立清浪校友会。

这件事被学校负责打钟兼收发的王师傅得知,他跑到图书馆找我,说自己也是校友并愿捐半年工资。王师傅看上去约摸五十岁,背有点儿躬,戴一副深度近视眼镜,说话不多,一天到晚手提一个闹钟,到处送报纸什么的。有时一路小跑到敲钟的地方,气喘吁吁地举锤就敲,一锤没击中打了个趔趄,立即补一锤,又擦边而过。师生们已习惯,只要钟声敲响,就知道该做什么,不在乎敲的是上课钟还是下课钟。王师傅要捐半年工资,这个消息在清浪传得很开。他自然也知道了。一天下着小雨,他跑到学校盛情邀请王师傅吃饭,王师傅"你是谁呀"的一句话,让他的激情瞬间归零。他还是拉开笑脸以发起人和负责人的口吻表扬王师傅,说他带了个好头。王师傅都没瞧他一眼就把传达室的门关了。他确实生气,背地里说要调查王师傅,看看是怎样一个不清白的历史。

王师傅平时喜欢游泳,而且冬天也游。那天下雪,王师傅穿着单衣单裤从学校走到清浪滩吊脚楼下的河边，毫不犹豫地一头扎进水中,挥舞双臂在浪里沉浮穿越。我看得惊讶,禁不住沿着长长的石头台阶走了下去,撑起伞,陪王师傅沿河边回了学校。晚上熄灯钟敲响后，我第一次去了王师傅家。他住在教室楼梯间的小房子里。因是学校自己发电,熄灯后一片漆黑,只有老师们的窗户透出煤油灯暗黄的光。王师傅把灯芯调高了一些，亮光还是照不了多远。就像把照相机的光圈调大,背景呈现出的是一片虚幻。小桌上的灯，灯罩擦得锃亮。几沓稿纸整齐地码在那里，占据一半桌面。靠面前的位置上,一沓三百字一页的文稿方格纸,已翻过一多半,写满了工整的钢笔字。王师傅把闹钟上满发条后,随手放在左手边的地上,然后语调很低地同我闲谈起来。

王师傅二十世纪五十年代初到一中念书,刚好是“省立沅陵中学”更名为“湖南省沅陵县第一中学”的时候。大学毕业后,王师傅被安排到母校当语文老师，后来就被调到这洞庭溪区中学来了。讲起学校的历史变迁,王师傅很有兴致,滔滔不绝,就是不讲怎么就打起钟来了的事。

很明显,王师傅侃侃而谈,其声音也放开了,就像给学生上课那么一本正经、一腔激情。

沅陵一中前身是创办于一九〇一年的新式中学“辰州府中学

堂”,而辰州府中学堂始源可以追溯到一五四一年。那年,浙江余姚人徐珊前来沅陵出任辰州知府的副职——同知。徐珊访到了自己的老师王阳明先生由贵州龙场贬谪归来时途经辰州设坛讲学的旧址龙兴讲寺,便在寺后建造了一座修道堂,取名虎溪精舍。虎溪精舍后来拓展为虎溪书院（明崇祯初年更名为阳明书院，一七三三年再扩建时复名为虎溪书院）。后在此成立“辰州府中学堂”。它与当时的北京五城中学、湖北文普中学同为全国率先兴办的三所新式中学堂。该校成立后,校名和校址曾数度变迁。一九〇四年,学校更名为“辰郡中学”,校址迁往天宁山,由沅陵、泸溪、辰溪、溆浦四县捐款修建。新校舍于一九一二年建成,校名更改为“辰州公立中学校”,后改称“湖南第八联合县立中学校”。一九三二年,又改名为“辰郡联立中学”。一九三九年迁往泸溪浦市,一九四六年迁回沅陵天宁山。

那夜,王师傅是一口气讲了这些变迁史话,还讲了一些我从未听过的故事。王师傅说屈原溯沅水而上,经过清浪滩时,被船夫们临危不惧的精神感动，从此改变了诗风，词语由令人断肠的风格变成激情澎湃……

煤油灯下那一桌厚厚的稿子，就是王师傅根据本地“辰州教案”创作的历史小说,足足有 30 多万字。

期末考试那天,王师傅穿戴很整齐,师生都听出了钟声里的喜悦和激动。校长对我说,王师傅要调回一中教书了,其工作由我接替。

我接过闹钟和小铁锤，心里五味杂陈。我把钢笔当飞镖插在桌子上，随手将图书馆大门咣当一声关紧，认真阅读起作息时间表，开始履行新岗位的职责。

不几天，我在供销社碰见照相馆的小孙，他说食品站那位老兄也调进城了。小孙说他最近搞了一堆树蔸脑壳，凭着他有点儿美术功底，准备雕成一个大龙头，作为清浪校友献给母校的礼物。哪知他突然接到回城工作的调令，一天也没停留就卷起铺盖走人了。那堆在食品站坪场角落的树蔸脑壳，被邻近的人当柴火悄悄搬走了。后来，小孙又透露他曾在食品站宿舍里神秘地说过，王师傅是反革命分子。再后来，学校一退休老师爆出消息，王师傅是被食品站那小子的爹检举成反革命的。

他，就是他，这个几十年未见的校友，说每天都会来这里感受母校的气派，当然与他孙子在这里读书也有关系。他儿子也是一中毕业，在省城一家国企高层任职。他说道，若家庭所有成员一直“校友”下去，便是他一生的慰藉。面对从沅水北岸天宁山迁址到这里的新一中学校，我脑海里忽然感觉有一种希望跃然而起。蓝天白云下，那古典雅致的校园更是蔚为壮观。他的神态很得意，猜想一辈子最不能忘记的，应该就是这个母校；校友，是他最想亲近的人。

忽然，他轻轻唱起歌来，虽然音调不怎么准确，但确实有些激动，并在轮椅扶手上击打着拍子："……多少星辰从这里升起，多少憧憬在这里梦圆。沅陵一中，金色的摇篮……"他唱得不全，很多地方是哼出来的。他说这是一中校歌，名叫《金色的摇篮》，是孙子入学后学唱的第一首歌曲。我没告诉他作词者是谁，告诉了也许他不以为然。我更没告诉他作曲的人就站在他眼前，说了话他会不信的。或者他会觉得校歌是学校应该有的，就像饭碗中的菜是谁种的不必搞清楚一样。其实这首校歌是我国著名的歌词作家张名河先生在一次探望母校后创作的，他是我们尊敬的一中老校友。张名河有很多脍炙人口的歌曲在全国流传。前几年张名河回沅陵还专门为沈从文在沅陵的家写了一首叫《蝶恋芸庐》的歌，抒发了对文学大师以及在沅陵生活的情感，并邀约我作曲。这首歌经歌唱家演唱后已悄悄在流传：

彩蝶张开轻盈的翅膀，
穿越幽幽飘香的时光，
我愿与君翩翩飞舞，
把这忆中的芸庐探访。

啊，蝶恋芸庐，
几度痴迷，几度癫狂；
啊，我恋芸庐，

沧桑何在？岁月何往？

新街新巷风情依旧，
古楼古门故事难忘，
花如红颜探出窗外，
吻你倩影，亲我目光。

啊，蝶舞一段，
千姿醉怀，百世流芳；
啊，我歌一曲，
小城芸庐，山高水长。

芸庐，几乎是沈从文的代名词。一九三三年居住在北京的沈从文为把母亲从乡下接来城市养老，在天宁山修建了两栋带别院的中西合璧式阁楼，取名为芸芦。著名建筑学家梁思成和其妻子林徽因，于一九三七年十二月去昆明途经沅陵，专程来芸庐小住。林徽因不仅作为建筑学家与丈夫一起参与了国徽和人民英雄纪念碑的设计，还是一位著名作家和诗人。林徽因因芸芦而爱上沅陵，她在给沈从文的信中说她对沅陵的风景、城市、人物留下了完整记忆，愿意再回沅陵一次。芸芦，不仅仅是一幢房屋，更是一座因沈从文而不可多得的文化地标。

不知是巧合还是上天有意,历史上一中校址多次迁移,终于面对芸芦扎根于天宁了。从此以后,这里升起了无数希望,点燃了无数梦想,从这里出发了数不尽的英才。

这次回来,我特意来到这里想再见见他,毕竟还没弄清楚他的名字。想再看看他胸前那枚校徽,再欣赏一下他将电动轮椅急刹后祈盼点赞的那个神态。他调回城里是否换了工作?几十年怎么过来的?怎么就坐轮椅了?住哪儿?对这些,我真想搞个明白。

一个穿校服的男生从一中大门出来,一溜儿小跑穿过马路。不知什么时候站在我旁边的一位妇人扬起了手臂,招呼跑来的那个学生。也怪,我怎么看也觉得那学生有些面熟,特别是那双有种祈盼神态的眼睛。我好奇地对他笑。那学生礼貌地向我鞠躬并问好,就像知道我要问什么似的:“以前我爷爷每天都驾着轮椅车来这里接我,去世后我奶奶就……”话没说完就被那妇人打断,拖着他转身而去。

妇人与学生的背影,消失在不远处的高楼里。我忽然感觉并没在意的风有点儿凉飕飕的,一片树叶落在我额上,我感觉出它的沉重和无奈。

那个学生是多么青春活跃,就像这个世界从没有过忧伤和不幸。他们只有美好的憧憬,在阳光中快乐地成长;那妇人却经历了漫长岁月,艰辛地养育着两代人。失去亲人后,她还要用弯曲的身躯和满是皱褶的皮肤以及虚弱的手臂去面对人世间的一切,担当起责任勇敢地去生活。

那楼房的大门处有“芸庐雅苑”的小区名号,与沅陵一中新校舍遥遥相望。虽然“芸庐雅苑”并非当年的芸庐,但我感觉冥冥之中芸庐与一中总是形影不离。这个沅陵的文化地标，正是一中的航标灯,永远指引着千千万万的莘莘学子。

一个校友悄无声息地走了,他的名字,会在亲人们的记忆里永存。我没记住他的名字,母校优秀学子里没有他的名字,为国家做出巨大贡献的专家学者名册里更没有他的名字。他只能把自己抚养的子孙送进母校，作为其一生的回馈和报答。这是他，以及他们,藏在生命里层永远不会改变的信念!

朱红溪的船

郁　群

一

我的生日是农历四月二十八，在我老家，这天是龙船下水的日子，我们那里叫开庙门。每年我生日这天，村里就特别热闹，从村头的老屋场到村尾唐门前都是锣鼓喧天、鞭炮震耳，虽然这样的热闹和我的生日毫无关系，但我比谁都兴奋，比谁都开心，从龙船下水开始，我和一群孩子从村头追到村尾。

开庙门是朝拜龙王庙，龙王庙在唐门前的庙前山上，听老人说这个庙以前香火旺盛。我的老家叫朱红溪，在沅水流域沅陵段的中游，三山两水，历来有"小汉口"之称，是沅水流域一个重要的码头。那时，货船船员、纤夫和排牯佬大多会到这靠岸歇脚，上龙王庙烧香祭拜，祈求龙王保佑其顺风顺水。庙早就没有了，听说是中华人民共和国成立之初破除封建迷信时拆了，现在只剩下几块空地，被村民当成菜地，但每年龙船下水，人们还是会到这边的码头焚纸烧香，供奉祭品。除了开庙门朝拜龙王庙外，我们那里还有一个习俗:朝拜龙门洞。

龙门洞是老屋场溪边的一个天然石洞,洞上面是悬崖峭壁,洞口边盘绕着许多藤蔓，像是给石洞装上的天然门帘，洞里有光滑的石板和光洁的鹅卵石，三四个人可容身，传说这是老龙歇过脚的地方。老龙的故事源于火场乡。故事说的是火场有一个叫二娃的男孩,他去水井打水,误吞了水井里一颗金光闪闪的珠子,回家后不一会儿,他忽然口渴,就拿起瓜瓢喝水,谁知喝完了一缸水都不能解渴,于是他就来到水井边,趴在井上喝,哪知一口气把一井水给喝干了。这时,只见二娃的身体开始发生变化,先是他的头上长出了一对犄角，接着他的身体开始慢慢变长变大，最后化成一条老龙钻入了山洞。火场的百姓把这个故事一代说给一代听,这个洞就成了“老龙洞”。老龙洞冬暖夏凉,时常有云雾飘出,仙气缭绕,不久,有人看见一条大龙沿着溪水往外游,一直游到我老家的这个洞边,它才停下来歇息,这个洞就是“龙门洞”。从此,祭拜龙门洞就成了老家龙船下水独有的一个风俗。据说老龙在龙门洞歇了几天,它又沿溪水游入沅江,直下常德,最后住在常德的德山。但老龙每年端午前都会回来，而我们这里又年年端午扒龙船,于是老龙就会留下来,看完龙船才回火场探望亲人。这以后,朱红溪的龙船就特别厉害,在当地一带赫赫有名,扒龙船比赛的时候,老家的龙船如蛟龙出海,劈波斩浪,一举拿冠。一些老人就说这都是老龙的助力，甚至还有老人说亲眼看见龙舟竞渡时有一条龙附在那船边，说得神乎其神。不过也有输船的时候，输了船老家人就说老龙有事耽搁了，今年没有回来。这些故事在我老家家喻户晓，所以每年拜祭龙门洞，更具有真实感。

当然，除了看热闹我还有一个任务，就是要时时关注龙船到了哪个码头了。因为每年龙船下水这天，我父母都会给龙船赏红，这在当时是很有面子的事，所以当我看到龙船快到我家吊脚楼下时，我就往家飞跑，给父母报信，其实我父母他们早就准备好了红绸、香烟、鞭炮，当龙船径直朝我家划来时，我哥已经燃响了鞭炮。在噼里啪啦的鞭炮声中，我父亲手捧红绸，我母亲手提几条香烟，笑眯眯地来到楼下码头上。龙船像一支离弦之箭朝我家楼下飞来，眼看就到我家码头边了，艄公却猛扳一艄，船一个急转弯，往外绕了个大圈儿又朝我家楼下划来，如此几番后，船才缓缓靠岸，这叫“拜码头”。在我们这，只要有码头的地方龙船都会去拜，被拜码头的人家要准备礼品，礼品多少随意，但鞭炮是必须放的，家境殷实一点儿的人家还会给龙船赏红。那时，我父亲在木材公司上班，而木材公司是那个年代较好的企业单位，所以每年龙船下水，我父亲都会给龙船赏红。年年这个时候我就特别自豪，总感觉这龙船若赢了，我家就有好大的功劳。赏红时，我父亲双手将红绸递给头桡，头桡接过红绸，拿稳两端，再递给后面的引水，引水接过红绸一声吆喝，红绸像一股风一样迅速飘到了船尾。这时，鞭炮声骤起，赏红仪式就完成了。赏完红，领队接过我母亲手上的烟，和我父亲说些感谢的话，龙船就朝下一个码头出发了。我和一群孩子又追着龙船而去。

我一直很奇怪，我一个女孩子为什么如此喜欢龙船。我骨子里有一股男孩子一样的野性，凡是男孩子喜欢做的事我都喜欢。我跟着我哥他们上山爬树、套鸟；下河钓鱼、摸虾，晒得像只黑猴子，却乐此不疲。或许是生活在水边的人对水有一种天然的亲近，老家是以朱红溪这条溪水命名的，溪水把朱红溪村分成上咀和下咀两个村民小组。上咀是村部所在地，有商店、药店、学校、木材收购站和粮食转运站；下咀就一个村小和一个航标站。溪水与沅水交汇处，有一大片河滩，河滩又宽又长，河床平坦，是我们小时候的天然浴场。每次大水退后，河滩上露出许多浅水潭，浅水潭里面的鹅卵石下藏着许多小鱼小虾。我们有两种方式可以获取这些小鱼小虾：一种是寻找一种叫柳辣子（学名辣蓼草）的植物，用石头把它捣碎放在一个个的水潭里，把水搅成绿色，一会儿，小鱼小虾就晕晕乎乎从石缝里浮起来，我们把它们打捞上来，用柳枝一个个串起；还有一种方法就是直接用石头盲砸，搬起一块大鹅卵石远远砸向水里面的鹅卵石，等水稍微澄清，搬开石块，水里就会浮起被砸晕的小鱼小虾，用同样的方法串起来，这就是我们的战利品。回家的路上，有些小鱼小虾还会醒过来，在柳枝上跳啊跳的。

我哥可以带我捉鱼摸虾，爬树套鸟，但他们扒龙船却从来不带我，因为老家有个禁忌，女人是不可以上龙船的，说是女人上龙船不吉利;莫说上船,就是做龙船的时候,女人都不能到旁边看。每次他们扒龙船的时候,我们一群女孩子就只能坐在岸边看,他们扒的所谓龙船其实是一只木划子。我们那每年四月二十八开庙门、祭龙门洞后,龙船又拖回岸上,要等到端午节那几天才再次下水扒比赛。端午节前的这段时间就是男孩子们的天下,他们学着大人的模样,找来两只木划子,分成两组,在溪边比赛,每组年龄大小互相搭配,每船一个鼓手、一个旗手、一个锣手、一个头桡、一个艄公、四个划手。比赛开始,他们澡盆当鼓,脸盆当锣,红领巾当旗,有模有样地模仿大人,在溪里闹腾。有时胆大,他们还组队划到大河里去,惹得大河对岸北斗口的男孩子很不服气,也组队冲到河中间,"两军"对峙,互相挑衅。因为龙船是有派系之争的,沅水北岸的一些村子是红船,沅水南岸的一些村子是黄船。乌船和白船也有,但我们小时候很少见,要北溶区举行龙船比赛才看得到;而且船不多,白衣白旗,黑衣黑旗,属于非主流。我家对面的北斗口村是黄船,黄船和红船是死对头,我从小印象深刻。至于红船和黄船为什么是死对头,我搞不明白,也没有人告诉过我,反正历来如此;因为历来如此,也就没有人能说明白。我偶尔也听到一些上了年纪的老人默默念叨,说什么黄船赢了年成好些,红船赢了会干旱,我们那时候可不听这些,一心只求自家的红船得冠军。

那时扒船都是民间邀约,或者是约定俗成,无论村子大小,人口只要达到两百以上,就要组队扒船。端午那天,邀约好的船队从四面八方赶到我们这里。比赛是横渡沅江，裁判请的都是各村有点儿声望的老龙船人，参赛的是红船和黄船。有时赛前一天，一些离我们村较近的红船，就会来和我们的船比几次，那叫告船（沅陵土话，意思是试水），输赢都和和气气，然后输的一方还要求换船比，无论输赢，最后的结论都是船不行。脾气大的，直接把船给砸了，然后他们回去偷料（偷别人家的木材，老家的一种习俗），连夜再打造一条新船，第二天再来比。

端午扒比赛，十里八村的村民无论多忙，这天他们都会赶来看船，有些人实在放不下手头的活儿，那游江是一定要看的。我小时候最喜欢看的就是游江。游江是比赛前的节目，游江时，龙船装上有彩色花纹的龙头和龙尾，龙尾挂着帅字旗。十几只龙船排成一条巨龙，从沅江上游呼啸而来。它们时而排成长龙绕溪水嬉戏；时而分散开去，直奔江心，满江飞舞，各显风采。此刻，沅水岸边的码头上、沙滩上、吊脚楼里挤满了看船的人。

端午是老家最盛大的节日，比过年都要热闹。

比赛时，大家都铆足了劲，鼓声、锣声、鞭炮声、呐喊声，整条江都沸腾了。赢了的一方，锣鼓敲得洋洋得意，旗帜舞得花样百出，所有划手双手举起桡片，高声呼喊“赢滴，赢滴”；输了的一方，捶胸顿足，日娘骂老子，锣鼓敲得有气无力，旗帜舞得心不在焉，桡手们垂头丧气。这时，赢船的开始花样表演，主要就是竖阳雀（船头倒立）；输船的则不可，输船如果竖阳雀那就是挑衅，这是江湖规矩。我记得有一年,杨家洞的红船来我们这赛船,和北斗口的黄船因为互不服输,两个船的船员打了起来,那一架打得十分惨烈。原因就是输了的一方的一个青年意气用事,竖了阳雀。开始是岸上看船的人飞瓦片,飞石块,打竖阳雀的人,后来双方船员开始互殴,最后发展到两个村打起了群架,场面十分混乱,我都吓得躲在家里不敢出门。那一架打伤砍伤数人,岸边河里四处散落着打断的桡片,听说那次公安还抓了几个人。

好胜,霸蛮,不服输,老家的男人女人大多是这种性格,喜欢争赢头,嗓门又大,一说话就像吵架。生活在沅水边上的人,背靠大山,面朝江水,上山砍木,下河放排,性格粗放,一身蛮力,做什么事情都不愿输给别人。这种性格也不断濡染孩子们。记得我上初中时,一到端午,班上红船派和黄船派就开始为龙船吵架,我和班上一个女同学十分要好,两个人还认了老庚,只是我是红船,她是黄船,每年一到端午,我们两个前前后后有二十几天不说话,就是因为龙船。我们不吵架,就是默认各自龙船厉害,赢了厉害,输了也厉害。十五过后,我们又开始恢复友谊,年年如此。现在想起来挺幼稚挺好笑的,但那时人都是这样。

老家人对龙船的热爱是刻在骨子里的,除了学校同学之间不和,每年端午前后不同派系船的夫妻会吵架,婆媳会吵架,翁婿也会吵架。那时流传最广的一个笑话是:一户张姓人家,女婿端午节拜岳老子,头一年是岳老子那边的黄船输了,酒桌上女婿说话有点相(沅陵土话,意思是故意气人),喝着喝着,说着说着,岳老子把一桌子的饭菜就掀翻了;第二年女婿的红船输了,岳老子说话也就相,这女婿也是个嘘不得毛火的人,伸手把岳老子家一桌子饭菜掀翻了。年年端午节不欢而散,从那以后,两家人达成共识,每年初四把端午提前过了,端午节翁婿不见面。这样的故事每年都有发生,端午过后,各种版本的笑话开始流传,大家东家长、西家短,村头巷尾互相说道个十天半月。但吵归吵、闹归闹,十五龙船上岸后,该给岳老子盘木头的盘木头,扎木排的扎木排;该给女婿家插秧或者打谷子的时节,娘家人照样来帮忙。

龙船就是一个季节性赛事,过了这个节日,那些因龙船冲淡了的辈分、情感,节后开始修补缝合。农耕之家,许多农活都需要合作互助才能完成,春耕夏作,秋收冬狩,龙船只是生活的一个插曲,生活才是主题曲。节后,生活依旧在四季的起承转合里继续。

二

龙船年年扒,日子天天过。当一次次的民间邀约赛船变成一场场体育赛事已经是二十世纪末二十一世纪初了,那时老家人完成了一次空前的大迁徙。因为五强溪建发电站,五强溪上游许多的自然村随之消亡,祖祖辈辈生活在沅水边上的村民不得不背井离乡重建家园。我老家沿河的所有田地、沙滩、吊脚楼均被淹没,我儿时的乐园变成了鱼虾的天堂。老家的整个布局发生了翻天覆地的变化，当时的北溶区政府迁到了朱红溪，朱红溪上咀背后的七星山则被夷为平地，修建了一个新的集镇，接纳周边库区移民。一个在八十年代末都还没有通电的乡村走上了高速发展的快车道。北溶区政府迁入的同时，还随之迁来了区派出所、区法庭、交管所、林管站、农行以及工商、地税等职能单位，老家这个一千多人的自然村变得空前壮大繁荣。当乡土文化和外来文化不断冲撞，不断兼容后，一部分失去田地的村民开始开店做生意，他们从传统的农耕转向经商；还有一部分村民则选择了南下北上打工。

随着经济、交通、通讯不断地发展，朱红溪的龙船在全县声名鹊起。这时的朱红溪龙船已经不是我小时候的朱红溪村的龙船了，比赛由当时的北溶区政府组织，朱红溪村承办，地域包括沅水南岸的北斗口村，下游的斑竹溪、杨家洞、碣滩等周边几个大的村组，甚至还包括朱红溪这条溪流之上的落坪、大合坪、七甲溪、火场。现在没有红船黄船的派系之争，所有的只是一个称呼——朱红溪的船。

物质生活一丰富，精神追求就宽泛。当时寻根文化在各个领域泛起，修祖坟，编家谱，编族谱，上至高官显贵，下至平民百姓，风行一时。水同源，树同根，朱红溪龙船也举行了声势浩大的寻根仪式——火场祭拜老龙洞，这是我们小时候没有的节目。龙船下水前一天，所有划手和组织者、赞助商组成浩浩荡荡的车队，沿溪水而上，驱车两个小时去火场祭拜老龙，沿途有热情的人放鞭炮，递烟送水，一条溪流边的人因为龙船亲如兄弟。到达火场老龙洞，人们摆上猪头等祭品，焚香祷告，恭请老龙出山，保佑龙船夺冠。拜祭仪式结束后，龙船领队用红绸包一块洞中石头，比赛时放在龙船船头，以保龙船战无不胜。比赛结束后，这块石头还要敲锣打鼓送回老龙洞。

祭拜老龙洞回来，四月二十八龙船就要下水了，除了我记忆中的开庙门和朝拜龙门洞外，一些最原始最古老的仪式现在也开始复盘，比如“关头”就比以前要复杂得多，只见划手全员手持桡片，按顺序站立在船的两旁，旗手、锣鼓手骑在船缆之上，掌墨师傅站在船头，一手拿酒壶，一手端酒杯，面朝江水，一脸虔诚，口中念念有词：“我一杯酒，请鲁班师傅下凡；我二杯酒，请土地公公出山；三杯酒，我不奠，祝龙船年年都夺冠。”掌墨师傅话音刚落，周围的船员和观众都齐声高喊“好滴、好滴”。接着鞭炮齐鸣，两个童男赤身手举火把，围着龙船奔跑，这被称为“跑火”，说是驱赶邪恶，祈求光明。最后，掌墨师傅手拿雄鸡和利斧，在众人一声吆喝下，一斧头将鸡头剁掉，划手们齐声呐喊，将船、旗手、锣鼓手一同举起，向水里冲去，龙船风驰电掣般划向江心。

这是新世纪的第一年，千禧之年，盛世龙腾。朱红溪龙船参加了县里组织的“顺意杯”全县龙舟大赛。这一年全县参赛龙船共有39只，朱红溪龙船夺得亚军，在沅陵县崭露头角。

二〇〇二年，沅陵县被中国龙舟协会授予“中国传统龙舟之乡”称号,那一年沅陵举办了一次规模空前的“全国龙舟邀请赛”,来自全国各地的51只龙船、3000多名运动员参加竞赛,20余万观众观看比赛。沅陵县城万人空巷,沅水河畔“鼓如雷,烟似云,吼声破山门”。

特别是龙船队“群龙闹江”的游江仪式犹如百万雄师过大江。中央电视台全程直播大赛开幕式，沅陵龙舟一举享誉海内外,国家体育总局社体中心为沅陵县人民政府特赠匾一块：龙的传人，同舟共济。

这年,朱红溪龙船夺得本次大赛传统组冠军。朱红溪龙船在整个沅水流域名声大振。

接下来几年,沅陵举办的赛事一年比一年热闹,一年比一年有特色，除了全国各地的龙船参与，还引来了亚洲其他国家以及欧洲和非洲等地朋友的浓厚兴趣，他们也组队参与，感受沅陵传统龙舟的无穷魅力和神秘的龙舟传统文化内涵。沅陵龙舟也成功申请加入了国家级非物质文化遗产名录。

龙舟搭台,文化唱戏。沅陵文化名人石煌远老师的一首《龙腾序》经著名歌唱家杨洪基、张天甫的演唱传遍了大江南北,里面有句歌词“五月辰河看龙腾,方识沅陵人”还被中央电视台改成“五月辰河看龙腾,方识中国人”。沅陵龙舟成了沅陵的一张文化名片火爆全国。那几年,朱红溪龙船一路开挂。二〇〇三年、二〇〇五年(二○○四年停赛一年)朱红溪龙船蝉联冠军,实现了沅陵龙舟竞渡史上唯一的一个三连冠。

朱红溪龙船成了沅陵龙舟史上最闪耀的一颗新星,县、市、省电视台都对朱红溪龙船进行了跟踪报道，最让朱红溪人自豪的是中央电视台第四套节目摄制组专程来到朱红溪，对朱红溪龙船进行专访、探秘。鼓王王云碧、锣王张茂福、旗手张龙海、艄公张培得都是央视专访的人物，鼓王和锣王就是当年河里扒木划子、敲澡盆和脸盆长大的男孩，现在他们可是沅陵县的龙舟名人，王云碧的鼓、张茂福的锣自成一派,形成一种独特的“锣鼓经”,是朱红溪龙船最独特的文化符号。

扒龙船、说龙船以前是老家人最大的快乐,现在依然是,只是现在龙船的派系之分消失了，门户之争不再，意气之战也不可能再发生,所有的指向是竞技体育精神。

比如，朱红溪的龙船之所以取得这么好的成绩是与科学的组织管理分不开的。首先是龙舟竞赛之前赛手的优化，船队都会挑选青壮年划手进行赛前强化训练，练体力，培养耐力，练协作精神。其次就是赛手的整体部署安排,采取的是“两分开,四固定”,什么意思呢?“两分开”就是以龙船绷船的缆绳为直线把龙船分为左右两边,左右两边划手的体重、力量、耐力要基本均匀,这样,龙船划起来就会像箭一样直线向前冲;“四固定”就是定艄公、定鼓手、定引水、定鼓仓。原因是:“艄公”是全船的核心;“引水”是旗帜,是全船划手的引导和楷模;“鼓手”出神韵,鼓手的节拍到位可以激励人心,令士气高涨;“鼓仓”则是全船核心部位,一定要安排力量型和耐力型的最强划手。第三就是对划手的管理。“加强纪律性,龙舟无不胜。”这句话是对当时龙舟划手管理提出的口号,意思是进行科学管理、军事化管理。平时在家训练如此,赛前到了沅陵县城也是这样,划手不允许私自出门,一切行动听指挥,严格到赛前一个月和堂客睡觉都不允许。当年的组织者张茂福说，这就是朱红溪龙船三连冠的经验所在。

三

近年来,我们的传统龙船被不断改变。许多国外以及外省、市、县船只的参赛，对沅陵的传统龙船产生了很大的冲击。老一代划手不愿意改变，这个在我的老家尤为突出。我们小时候看的龙舟大多是十四对桡和十六对桡，龙船相对狭小精巧，吃水浅，速度快。现在要求的是二十多对桡,加上头桡、鼓手、锣手、旗手、艄公,一船接近五十人。且不说船大难划,资金难筹,光是人员配备就是个大难题，从哪里找这么多划手？现在留在家里的人大多年龄偏大,体力耐力渐渐跟不上;年轻一代大多在外打工谋生,只有每年扒船时节才请假回家训练,有的划手因为厂里工期等原因请不到假、回不了家,所以老家人还是怀念传统的老龙船。

二〇一三年我借调到沅陵县文化馆工作。那一年，沅陵举办“老乡,老外,老龙船”国际龙舟邀请赛。为了大力宣传沅陵的传统龙舟，助力沅陵的文化旅游，时任县文化馆馆长刘武华教授和县作协主席戴小雨老师受县政府委托编写了一本沅陵传统龙舟专集《激流横渡》。我有幸参与了这本书的文稿统筹工作。那段时间我们收集到了大量的文献资料。我于是有机会广泛详细地了解了沅陵龙船的历史起源、地域特色、历届赛事、保护传承等。特别是关于沅陵龙舟的起源,历来众说纷纭,不下十种。其中在民间最有影响的是纪念屈原说、纪念盘瓠说、祭龙图腾说以及祛病驱瘟说、祈求丰收说。现在从我手头的文献资料来看，我觉得祭龙图腾说最贴近我记忆中的有关元陵龙船的传说。全文如下：

沅陵的龙舟,起源于荼人舒民,传说:“红船属火,黄白船属水,水火难容。”荼人舒民(处于母系社会)随着社会的进步,男性在家庭中的支配权力提高,女人在家中的支配权力下降,最后男人取得了家庭的支配权,男性成为掌权者。一部分守旧家庭仍然由女性掌权（母权）。因为划龙舟不能一人划,需要多人出力,龙舟是民族集体力量的象征,崇拜父(男)亲的和崇拜母(女)亲的两方观点不合,于是男人掌权的家庭组织起单独的龙舟,形成一个崇拜父亲的集团,这就是后来的瑶民火族,他们的龙舟插着红旗即为红船。红为日,为阳,为火，为天。而仍然坚持崇拜母亲的家庭，又组织了另一个集团，这就是后来的苗民水族。她们的龙船插着黄旗为黄船，插着白旗为白船，因为黄代表地(土)为阴为水，白代表月(也为阴为水)。因崇拜不一，分歧很大，最后只有分道扬镳。瑶民火族从资江流域流入洞庭湖南岸，发展水稻生产；而苗民则从沅水澧水而下，在下洞庭湖的北岸发展水稻生产。直到后来，火族出了一位酋长祝融，水族出了一位酋长孟陬，因水火难容，终于发生了战争，最终火族战胜了水族，也就是男人终于战胜了女人，水族大多归顺火族，一小部分流入贵州的雷公山，成为今日的水族。祝融统一了南方后，为了便于领导，将南方以地域划分为若干个诸侯小国，号称万国，辰州则成为万国之都，所以沅陵男人(红船)与女人(黄船、白船)相争的习俗一直保留至今。

沅陵的龙舟为什么从古到今能久盛不衰呢？这除了沅陵人奋发开拓、自强不息的精神以外，主要还是沅陵自然环境所决定的。沅陵为山区，山多田少，几乎无五里平原，沅、酉二水流出万山之间，两岸陡峭。全县共有水田53.059万亩，只占土地总面积的6.84%，其中稻田多为天水田（民称雷公田)，最怕旱灾。《沅陵县志》记载："公元一三八六年末沅陵大旱，田园荒芜，饥荒严重，民食树皮，草根，饿死尸体遍地。公元一八九九年大旱，一九二一年沅陵大旱，五到九月无雨，全县饥民成群外出逃荒，死者以千计。因沅陵人民最怕旱，为了防止旱灾发生，每年五月在旱季到来之前都要举行龙舟祭祀，以求龙王司雨，确保风调雨顺，粮食丰收。从古到今从不间断，赛龙舟便成为沅陵的传统习俗。”

这段文字解开了我小时候对于红船和黄船之争的困惑，我终于明白了为什么女人不能上龙船的原因，也豁然理解了当年有些老人想黄船赢的矛盾心理。原始的农耕生活，我们的祖先对自然的种种奇怪现象无法理解，也无法改变，就只有希望借助神的帮助，而龙是远古传说中施雨的神，所以祭龙王、划龙船就成了我们沅水流域人民的精神图腾。

龙船越千年，我找到了朱红溪龙船的根源所在。

老家先后经历了库区移民和洪灾滑坡两次重大变迁，如今我们散居各地，只有龙船是我们的精神皈依。不管我们现在身处天南还是地北，不管我们是富裕还是拮据，只要五月的龙船鼓一敲响，我们就如一股股洪流往老家汇聚，有钱的出钱，有力的出力，扒一回龙船，讲几天赛事，我们一代又一代地传承着朱红溪龙船的精、气、神。

了了！我的朱红溪的船。

关于这条河流我有话要说

汪冰点

家里没人记得我出生的时辰，母亲说应是晌午的时候，因为那个时候太阳正火辣辣地照射着整条河流。我的脐血被倒进这条被称之为沅水——母亲的河流之中，从此，在我的意念里，沅水是湛蓝的，内里却如海棠盛开一般殷红。

打开时间的缺口，即便那些消失了的人和事，也会源源不断奔涌过来，在某一个夏日虫鸟蝉鸣的傍晚或雨水浩荡的春日，就像河底的生物，以一寸一寸翻查河流的伤痕为借口，快速而准确地抵达我心里的某一处隐秘的角落。

关于这条河流，我有话要说，比如，它的清澈，它适时的平静和宣泄，还有它流经某一区域，抵达某一河滩或码头时不可一世的放荡和不羁。再比如沅水北岸突兀耸立的那一排排黄昏时会升起一缕缕青灰色炊烟，夜间灯影摇曳闪烁，河风不断拍打着木窗格子的吊脚楼，以及吊脚楼里的人与事，以及这条不知要流向哪里去的沅水曾见证的一些久远的故事。

从一出生我便见证着这条河流的起起落落，它的颜色、它的禀性，我说不上有多喜欢，只是知道从很小的时候起我胆战的心智里便装满着太多不确定，类似于静谧、激荡、无助、流浪、漂泊，像翻涌的沅水一阵阵袭来。我望着一江奔流的河水，常常似有很多的话要与它说。

我是在那个烈日炎炎的晌午注入这条河流的。对这条河流，对生活还一无所知，但生活早就开始了。成年以后，关于这条河流以及河流上的人和事，有的写出来了，有的可能永远都不会触碰。这样那样的艰辛、无奈和不解，这样那样像流水一样漫长的日子，若能说出包括这条河流以及依赖于这条河流生存的人们的自始至终所有的喜怒与哀伤，怕是连千分之一也不能。河流注入生命和生活之中，太多太多莫名的欢喜、留恋或质疑，无法排解，也无处排解。

今天的我，扪心自问，除了怀念、追忆和爱他们，也没别的。

河的岸边，就该有一棵树，或很多很多，独立的，不折不扣，内心丰盈，倔强的树，直面这条流经千百年，一路兜兜转转流到潭口，最终流向无穷远方的这一条河流。

我想以一棵树的身份及姿态和这条河流说说话，我深切地知道所有的关系，实际都源于水和堤岸之间的紧张。

实际上，当初，这条河流还是一条水流缓慢，漫不经心，直到滩渚甚或拐弯处才会湍急起来的河流，沿途有荒丘，有河滩，有人家，有茂盛的植物。雨季的时候，河水是青灰色的，漂着一些从上游冲下来的水草和一些零零碎碎来不及打捞起来的日子。到了晴天，河水则会变得非常蓝，蓝得就跟当年在我出嫁那天母亲送给我的那床金丝绒绸缎的被面一样蔚蓝和深邃。那床蓝色的金丝绒绸缎的被面绣着一对戏水的鸳鸯，雄鸟的嘴呈红色，脚橙黄色，羽色鲜艳而华丽，翅上有一对栗黄色扇状直立羽，像帆一样立于后背。雌鸟嘴黑色，头和整个上体呈灰褐色，极为醒目和独特。我常望着这一床金丝绒绸缎的被面想，那样的蔚蓝和深邃是最接近于河流的颜色，寓意源远流长、忠贞、坚定不移、幸福的爱情。

事实是，母亲与父亲，在我结婚当年已携手走过32个春秋，直到母亲去世那年整整60个年头，沅水便是他们忠实和恒久爱情的见证。这条飘荡着岁月痕迹的长河之中，常常会划过一条小木船，或是机板船。小木船用于捕鱼或在溪港边装运砍伐后荫干的木柴，是我们家在河流之上的交通工具。机板船上，黄昏时分朦胧可见横着的衣竿上面晾晒着几件衣服，显然，它们的主人——我的父母已经在河上走了好几天了。他们把收集到的货物通过水运的方式送到下游兴隆街或更远的地方去卖，再换些生活物资或供哥哥姐姐穿的衣服回来，我和弟弟则捡他们穿旧或短了的衣服。那床湛蓝的金丝绒绸缎上面绣着一对戏水鸳鸯的被面也是他们以那样的方式购买回来的，如今它静静躺在我"索菲亚"栗棕色衣柜的一角，被面的绒线已被岁月的双手磨平，而那对鸳鸯却一直在暗流涌动的夜里睁着一双不甚清晰的眼睛温柔地注视着我。多少个初为人妻和初为人母疲惫不堪的日子里头，它就像一个纯净和温暖的小窝和港湾。机帆船上收集的货物有杉木筒子，十、十二、十六厘米，大小不等，被锯成同样的长度，整齐码放在船舱里。有时候还会收购一些供烧火煮饭用的柴火和竹条，竹条被收集起来卖出去大抵是编篾笼子、提篮、簸箕、竹凉席、竹凉床、竹靠椅之类的东西，有一次他们买了一架扎实的竹凉床回来，就是用竹子编织而成的，我们躺在冰凉丝滑的竹凉床上，度过了一个又一个炎热而漫长的夏季。

他们出去后，我们掰着手指头算：一天，两天，三天……姐姐带着我和弟弟，寒风料峭，冬意正浓，站在沅水北岸的河滩或在吊脚楼的木格子窗前，三双眼睛盯着茫茫的河面，争辩着一艘艘向上游开来的船是否是父母的船，有时候，距离太远，在有雾的早晨，或夕阳西下的时候不容易分辨得清。姐姐说船头插有一面小红旗的就是父母的船。小红旗是母亲在冬日的一个深夜里，在煤油灯下从一件破旧红衣裳剪下来一块布用针细细缝制而成的，再用竹竿套上，插在船头，那是向我们传递他们回来了的信号。弟弟因为色盲分不清颜色，常常委屈得大哭。我们盼着他们归来，从日出到日落，从春天到冬天，从少年到中年。

有时候因天气等诸多原因等不到他们的归期，时间一长，我和弟弟禁不住抱怨："爸妈怎么还不回来，他们不要我们了吗？"姐姐望着我们说："不会的，爸妈很快就会回来的。"殊不知，每一次沿江而下,他们都是拿命在搏。素有三垴九洞十八滩之称的沅水,特别是河水湍急乱石林立驾船人和放排人称之为鬼门关的清浪滩,他们都要小心翼翼地驶过。他们侥幸驶过那一个个潜藏的暗礁和险滩了吗?无数个日日夜夜这个念头不断萦绕在我的脑海里。他们一次又一次远航和归来,我们一次又一次失而复得,伴随着惶恐和惊喜,这世上恐怕再也没有比这样的远航与归来更让人惊心动魄和胆战心惊的了。

“三月三,九月九,无事不在江边走”,每年的这两天是一年之中行船比较危险的日子。根据老祖宗的推算,这两个日子前后会有暴风出现。每次临出行前,母亲总会在我们的额头亲了又亲,再三叮嘱不要到河边去玩,小心掉进河里去。

其实,我们这里过去行船还有很多老祖宗流传下来的习俗,就像渔船出海供奉海王或者龙王这些神位一样,内河船也有一个神位,是在船头。过去跑船很讲究,开航要祭祀,女人更是禁忌,要是船上有女人,都没有人敢上船。女人上船不能走船头,要搭跳板从船腰上船,更不能坐船头,坐了就是对神明的不敬,这些,母亲曾经郑重且很严肃地告诉过我们。

家里的神龛上也会供奉财神和观世音菩萨,母亲每天燃三炷香,她跟随父亲出去跑船,奶奶代替她烧。奶奶颤抖着双手缓慢地把香炷插进香炉里,比母亲还显得肃穆和有仪式感。香炷被奶奶手中的火柴点燃,冒出闪亮的香火。袅袅升腾的青烟里,奶奶双手合拢，眼睛微闭，口中喃喃道："举头三尺有神明，阿弥陀佛，保佑永发（我父亲）他们跑船一路逢凶化吉，兵来将挡，水来土掩……"奶奶口中的兵与将都是虚指，泛指行船途中的大风大浪及一切不能预知的风险。奶奶的手不放下，身子不转过来，双脚不迈动，我们谁都不敢说一句话，生怕任何一个人无意间的一句话会打断她的祈祷，惊扰神灵对父母的护佑。祷告完，奶奶搓搓双手，再在胸前蓝布围裙上擦去香灰，然后一只脚迈出堂屋，另一只脚落定在堂屋门槛前……那一刻，我们就知道，仪式完成，在那条河流上走，我们的父母是安全的了，至少这一次是安全的；至于下一次，比如明天，我们会一天比一天虔诚，一次比一次感受到祷告所蕴含的神圣而神秘的力量。待哥哥长大后沿水路往下游常德、桃源那些地方运送木材和货物时，这个仪式就更显隆重和肃穆。

父亲有一次运输木材到湖北去卖，一去就是几个月没有音讯，母亲急得像热锅上的蚂蚁。从此以后，只要不是农忙时节，母亲不顾女人不能上船的禁忌，都会随父亲一起去，一去就是很多个日子。

略微知晓沅水的凶险无常后，我便开始像排斥和抵触这条河流一样，拒绝与他们亲近。我躲得远远的，直到现在，依然是这样。这一躲就是几十年，一万八千多个日子，那么多被河风吹皱的日历我要翻过多少页才能翻到从前？

多年以后，当我确信他们随一江河水流走了，我就幻想着哪一天，站立在曾经的河滩或吊脚楼的木格子窗前，像五十年前的那个晌午一样，整条河流能被火辣辣的太阳照亮，他们微笑着站在我面前；抑或多年以后，他们踏着五彩祥云，哼唱着《安魂曲》，牵着我的双手，抵达河流的彼岸。我知道他们的一生是把日子揉碎了，掰开了，以一颗沙金的姿态，埋进河流里去的，他们就在这条大河里头，一直都不曾走远。

直到现在，我仍然想，是时候需要静下来，和这条河流好好谈一谈，来一场世纪的和解和追寻。我还想问：沅水啊，真的是你带走了他们，和那些个被河风风干的日子吗？

在父母跑船的日子里，我大部分时间除了在河滩上疯跑，或静静坐在河滩上看天上万马奔腾奇形怪状的云和河中活蹦乱跳的鱼，其余时间除了上课，便待在码头一处坪场上一间破旧狭小的图书室里看书。破旧的图书室里除了有开本的小图书，还有一些卷角的泛黄的书籍。玻璃柜里落着薄薄一层白灰的《老人与海》那本书深深吸引着我，那是我童年里让我抛开对于一条河流所有的畏惧和向往，最能让我充实丰盈和最有安全感且内心日愈坚定的地方。

我想说，那条河流，在此之前，有三年时间，在我的脑海里是空白的。我不知道那三年里它发生了怎样的变化，是不是一如既往地平静或咆哮。我甚至脑海里一直在想：三年过去，那条河还是从前那条我熟悉、惧怕，却又抑制不住像想念母亲一样想念的河流吗？

似火的夏日，潭口的下游，沅水的一条支流似柔软的脐带，绕山穿谷，向着大山深处延伸去。那条通向外婆家的叫大坝洲的大片河滩裸露在外面，鹅卵石被晒得有些烫脚，枯瘦的河水在太阳底下泛着银白的光。她把我带到这个世上，领着我一前一后行走在狭长偌大——这一条生命的岁月的河滩之上，像两个缓慢平行移动的小黑点。天空浩渺高远，太阳照着我们前行，我们的身影被光影拖曳得很长。这片河滩只有在春天河水泛滥时才沉入水底，我有时想，母亲三月出生，在那个河水浩荡、百花盛开的春日的早晨，她连着外婆的脐血是否被倾倒进了这一片水域？那殷红如海棠盛开般的鲜血是否也一同流向了大河，抑或是就搁浅在这一片河滩之上？

留下我，母亲在天微微亮时就走了。我从晨梦中醒来，哭喊着要回家。我的外婆用她宽厚柔软的臂膀把我揽进怀里，我闻到了她身上淡淡的汗水味道。外婆家门前那个连接大河酷似母体孕育生命的叫母潭的深潭，每年春天山洪暴发之时，潜流大山的血脉，河水殷红而浑浊，待春雨落停，几个时日后，才又清澈碧蓝起来。外婆洗衣、洗菜等日常洗漱都会去母潭，夏日，那里是孩子们玩耍的天堂，闭着眼睛一头扎进水里，在水里再睁开眼睛便能看见水底活鲜游动的小鱼小虾以及五彩斑斓的鹅卵石和水草之类的。外婆指着母潭旁一条幽静苎麻绳似的小径说：“怎么样，没看到妈妈吧？”我抓住她的手，不停地问：“妈妈去哪里了？”她朝着一眼望不到尽头的大河的方向说:“妈妈回去了,过段时间就来接你。”我哭着喊:“妈妈是不是被河水冲走了?”

外婆摘下溪边的一朵小黄菊花，戴在我的头上:“妈妈会回来的,她说等她跑完这一趟船就回来接你。”我知道外婆是爱我的,可我依然不停地哭泣,纠缠着她快给我找妈妈。

就这样,我在外婆家一待就是三年,我在外婆家带大姨的第二个孩子,那一年她1岁多,我5岁。

姨父在城里上班,大姨跟外婆每天都有做不完的事,有时候天麻麻亮就出门，天黑了才从房屋西头栅栏边的小路上冒出头来。她们身后不是那头大水牛，就是家里的老黄狗跟着她们。它们与她们一起过溪,上山,种田或开垦荒地,唯独留下孤独幼小的我与表妹。

我有时候一整天抱着表妹坐在外婆家门前的亭子上盼着外婆和大姨回来。表妹哭的时候哄不住她,我也跟着哭。好几次,天黑了,表妹睡着了,外婆她们还没回来,我坐在将黑未黑的屋子里,风呜呜地从窗子里穿透过来，我默默地坐着，感觉这个世界只剩我一个人了。恐惧向我袭来，我再一次起身检查门窗是否完全关好,抬头只见群山合围,逼仄低垂的母潭上空,寂寥的星辰在无声地望着我。在无数个恐惧的、沉默的、向晚的、黑暗的悲哀河流里,我不知沉浸了多久，以至于现在的我，天将黑未黑的时候总不知不觉地、莫名地被恐惧包围，长久地陷入孤独恐惧的深渊而不能自拔。

有时候我想：生命假如有轮回，她们不知是不是还会这样选择？那个叫命运的东西，会不会在某个角落悲悯而心疼地看着我们？

我在外婆家住的时候，曾经有一次母亲来看我。具体什么时候来的、待了多久，她跟我说了什么话、买了什么好吃的，我都不记得了。我只记得她要走的那天早上，我拦在外婆家院坝前栅栏边的小路上，玫瑰的芒刺扎痛了我，我不顾疼痛，拽着她的衣角，死活不让她走，我要跟她回去。这期间，她安慰了我没有，我也不记得了，只记得我哭得撕心裂肺，那绝对是我这辈子哭得最厉害的一次，以至于后来为数不多，不经意间没忍得住的哭泣都好像是那次哭泣的延续、隐喻和扩展。我见拽衣角不管用，便抱她的大腿，我使劲抱着，赖在地上不肯起来，嗓子都哭哑了。其间外婆、大姨在没在场？她们又做了什么？她们想我走吗？她们跟我说留下来没有？她们见我哭得那样伤心，是否要母亲把我带回去？这些我统统想不起来了，我甚至都不记得她们是怎样连哄带骗把我抱回家的。

最后，母亲还是走了。她怎样无奈地挣脱我的双手，她离去的背影，以及那天天上是否有太阳火辣辣照耀过我们，我脑海里一片空白。

日子是不禁过的。回忆也一样。

现在回忆起来，母亲即便和我们在一起，她也很少有时间陪我们说话。她常年随父亲在沅水上漂泊，她已习惯了倾听，习惯了听巨浪拍打岸边和船头的声音，习惯了听风声雨声，哪怕船在汹涌的波涛中起伏颠簸，她也总能保持着特有的从容和淡定，这是她在岁月的长河之中练就的本领。她多半时间是沉默的，她知道纵使她说得再多，声音再大，终究会被涛声湮没。她太熟知这条河流的严酷与决绝了。

记忆中在我们很小的时候，只要母亲在家，她跟我们说得最多的一句话就是“不准去河边玩”。她怕我们被河流冲走，她把这条河流形容成猛兽。夏天的时候，哥哥弟弟趁她不注意会和小伙伴们一起溜出去游泳，到吃晚饭的时候，他们才一身湿淋淋地站在她面前，免不了挨一顿呵斥。我和姐姐却没那么幸运，她把我们看得死死的，她说，女孩子，纵使学会了游泳，也不会游得太远；游不太远，就会有危险。在她的观念里，不会游泳，不到水边去，就是安全的。以至河边长大的我，直到现在连最基本的蛙泳都不会。对于这条河流，我的内心充满着无尽的恐惧。

23 岁那年，在潭口下游五强溪码头，一次偶然的机会我认识了一位瘦高个儿留着一头飘逸长发的青年。当母亲得知我已随他去过他的老家，第二天，天蒙蒙亮，她便乘客船逆流而上，在沅水上游北溶码头下船，在路人的指点下，翻过一座山又一座山，爬过一道坡又一道坡，终于在深山里一处半山坡上的一个独门独户的人家门前见到了我。她瘫坐下来，气喘吁吁地对我说："没想到，你最终还是从一条大河奔向了大山里，当初我就应该让你学会游泳的。"这样的对话，那个青年与他的母亲没有听到，就是听到，他们也未必能理解她话里的含义。

我说："这跟会不会游泳有什么关系？"她说："如果你学会了游泳，就不会害怕水，不害怕水就不会一意孤行跟着他跑到这么偏远靠天吃饭的大山里来，你想过你的将来吗？"

我最终还是嫁给了那个长发飘飘的青年。我不得不承认，对于沅水我是恐惧的。我带着逃离浩荡沅水的宿命，带着母亲送给我的那床蓝色的金丝绒绸缎绣着两只鸳鸯的被子嫁到了大山里。在山风的吹拂下，日子一天天过着；一年后，我们的儿子出生了。儿子出生的那一天，那个青年第一个将消息告诉了母亲，母亲当即找当地的算命先生给孩子算卦，一九九三年午时出生的儿子，五行属水鸡之命，怕水。母亲火急火燎地走进病房，对躺在床上因失血过多脸白得像在大河里溺过水，虚弱得连说话力气都没有的我说，又是一个怕水的命。果然，儿子怕水。为了弥补我不会游泳的缺憾，当儿子长到五六岁的时候，母亲便坚持将他带去乡下。她说，男孩子一定要学会游泳。她带他到河边玩耍，教狗刨式，学蛙泳。在浅水边，儿子的头扬得高高的，倔强地，说什么也不肯将头埋进水里面去。没办法，儿子到了七八岁，放暑假的时候，母亲特意要水性好的我的哥哥教他，可儿子仍然不敢到稍深一点儿的水域去。在别的同龄的孩子能游出去很远的时候，他却只能站在岸边静静地观望。直到高中毕业，儿子仍然没有在这条大河里学会游泳。大学毕业那年，我们相约在沅江大道散步，儿子指着眼前的这条河对我说："现在我可以游到河对岸去。"我问他何时学会的游泳，他说，学校有游泳馆，在游泳馆里学的。

儿子会游泳了，以后他遇到大江大河、大风大浪我也不会那么担心和害怕了。关于这个消息，我是愿意告诉母亲的，这不是她一直愿意看到和听到的吗？

除了告诉母亲儿子已学会游泳了，到了儿子成年以后，我还有一个愿望：租一条船，在他们曾经跑过船的这条河上走一走。

去年夏末秋初的一天，爱好摄影的爱人提议去五强溪拍照，在他的心目中，五强溪一直是整个沅水流域最为漂亮的地方。对此，口头上我不否认。可实际上我的内心是不认同的。可我知道不管曾经的河道怎样险恶，不管被当地人称为"纤夫槽"的"蜂窝岩"如今是怎样的触目惊心、面目全非，"寡妇链"——当年驾船上险滩纤夫攀爬的那条铁链 直都在。

那次没有乘船去。下游五强溪大坝蓄水发电，曾经的险滩已变坦途。

那天早上，我们五点就起床，赶往明月山，拍那如火的朝霞。下午拍完夸父山的落日，爱人便要连夜赶回城里，我却怎么也不干了，我说我要留下来。当夜，我们住宿在五强溪大坝旁一处简易的民宿里。枕着一江轰鸣的河水，倾听涛声穿越时空，滚过大坝，流向远方，我久久不能入眠。

潭口就在五强溪上游不远的地方，沅水的北岸。

第二天吃过早饭，我独自一人来到河堤，一些青色的，沾着淤泥的瓦片在阳光下闪着寒光。青石板沉默地趴伏在地上，成为大地一河流的一部分。蝴蝶、蜜蜂歇息在小朵的野菊花上，水鸟贴着河面在眼前飞舞。格桑花、蒲公英，还有一些过路黄，我左脚探出去，差点儿就踩到它们。我收回脚，猛地抬头，眼前的河流湛蓝得是那样纯粹和深远，我不由得又想起母亲送给我的那床金丝绒绸缎绣着一对戏水鸳鸯的被面，它们蓝得多么神似，以至于我以为这条河流就是一床纯净通透却又温暖无比的被子——这条我一生都在追寻、依赖，却又渐行渐远的河流哟。

久未下雨，河滩裸露出来。临近中午，火辣辣的太阳在头顶照着。一艘小船在河面缓缓而过，在轰鸣声中，透过树木的缝隙，我依稀看到河对岸几间青灰色的瓦房，几根黑色的圆柱深深地扎进河岸的泥石中。我和小船一起向北走，我疑似接近了当初脐血倾倒入河流的地方。时光落在这一条河流之上，打痛另一段时光。在小船的轰鸣声中，我的眼泪哗哗直流。小船过后，河流归于寂静，我站在正午的阳光下，面对长长无声的沅水，和那几间阳光下青灰色吊脚楼默默对视。

此刻，我真的想对河流说说话。我想说，我犯下了一个人能犯下的最深重的罪孽——从小到大，我从未感觉到幸福。

阳光下，当我踌躇着不知该以怎样的语气说这句话的时候，我一阵恍惚。我恍惚的时候，人和景物都像是道具，河流似乎在以一种神奇的力量从我的生命中剥离。

这条流淌着我的脐血，伴我成长的河流，它在以另一种面貌出现在我的面前。

我从恍惚中清醒过来，得知连河流都不能带他们回家，其实我就沉默了，也不知该谈些什么了。

我知道，只要我愿意让自己的思绪驰骋在这条回忆的河流上，这条曾经恣意的，漫不经心的河流，它便无处不在。

文家村四记

卢应江

“高山”云雾茶

我想从长江入海口开始，说说我的故乡
逆长江而上，从城陵矶进来，是八百里美如画的洞庭
再从无边无际的芦苇荡探出头来，就是沅江
逆沅江而上，七峒九垴十八滩到了深溪
深溪再拐茫溪。茫溪的发源地，就是我的故乡

——湖南蛔蛔《说说我的故乡》(节选)

茫溪的发源地是一个叫管坪村的小地方，良田绕郭，黛瓦修竹，同暖暖的炊烟、怯怯的犬吠声一道，构筑了一幅世外桃源般的景致，那是蛔蛔的故乡。和大多数河流不同的是，茫溪由东往西涓涓而下，裹挟着一股超然之气，隐隐地穿行于密林绝涧之中，在距其肇始地约五里的地方注入文家村地界后，渐渐变得有了声势，蓄水为潭，水质清冽俊爽，蓝天云影倒映其中，鱼虾历历若翔苍穹。

高山才能出好水，于斯为证。文家村的山气宇轩昂，龙吟虎啸般雄壮。农家人秉性质朴，因北面的山上终年云雾缭绕、高耸入云，便直截了当以“高山”命名；南面的山势峭拔险峻，若刀削斧劈而成，便以“陡极山”呼之，随意中透着一股简约洗练之气。山高自然林密，林密因而泉清，这是大自然的馈赠。让人万般惊奇的是“高山”山巅处有着手臂般大小的一股清泉，不论“三伏”“三九”，四季绵延不绝，好似凭空从瑶池垂落一般。因着这股泉水，村人们便在此构筑了几间小屋，在小屋周边的山地上开垦出了几百亩茶叶园，派专人看守。茶叶园一度十分繁盛，每至清明前后，茶树爆出嫩芽，山下家家户户、老老少少便倾巢而动，相携上山，一路山歌、号子人声鼎沸，赴一场约会似的。彼时，我尚年幼，狂放不羁，每至此，心里早被无可名状的兴奋感满满填充着。我一路健步如飞，总是冲在最前头，脱兔般扑闪在山林沟壑之间。及至山顶，捋一把头皮，才觉汗如瓢泼，却气息平顺，累意无觉。四顾白云浮日，云卷云舒；脚底苍峰莽莽，深谷幽幽，顿觉胸怀阔硕。

和我这般大小的伙伴并未将心思放到茶叶的采摘上，那漫山遍野的茶耳、茶泡早就让我们的思绪蹿到了九霄云外，寻个大人不着眼处借机溜掉。茶耳外形像树叶，一束有七八片，待脱去一层薄皮后，酷似翡翠加工而成的工艺品，清亮可人，食之甘脆可口，清香四溢；茶泡初似毛桃子，或红或绿，绒绒的，待长至桐球般大小脱去那一层涩皮后，便光洁如玉了，喷薄出一股浓郁的山野气息。我和玩伴们像一群野猴跳跃在油茶林间，忽左忽右，忽上忽下，时而树巅之上，时而绿叶丛中，一路飞荡，好不快活。

待饱餐茶耳、茶泡后我们又折回茶林地，此时红日当头酷热难当，泉水边便是一个绝佳的好去处。林地看护人已将泉眼四周修葺一新，凿了石坑，铺了石板，安了石凳，十步之外已觉凉气袭人。待在石凳上坐上几分钟，便有了森然之意，此时即便是再放荡不羁的日头也都颓了气势。汲取几口清泉，凉气如幽兰般在体内绽开，通体舒泰，山风徐来，便有了飘然之感。此刻，舌尖上的味蕾犹如早春里的瓜果树苗，经熏风一吹，都毕毕剥剥地探出头来，即便是再常见的农家菜食都有了让人垂涎三尺的魅惑。我们这些娃儿最是按捺不住性子，喉头上早伸出爪子来，撷树叶为碗，折茅梗为筷，飞快地在大人碗里扒食。要是见谁碗里有酸菜，大家便一哄而上分抢而来，再经甘甜的泉水一泡，凉沁沁酸溜溜的，脾胃为之活络，食欲因此倍增。

“高山”云雾茶远离尘嚣，完全来自无污染的空气和土壤，常年在连绵叠嶂的群山中孕育生长，吸日月精华，纳天地灵气，气质超拔高邈。其制作手法恪守祖规，恭行古道，全是手工揉制烘烤。其汤清碧，悦目动人；其气鲜爽，后味绵长，饮之神怡心旷，作天人之想。如此神品本应流芳百世，奈何农家人的古朴率真怎抵得过工业的包装，一向以真面目示人的云雾茶，因绝少商业操弄，在外来商品的挤压中一度生存艰难，虽几经垂死挣扎，终至销声匿迹，偌大个茶园也只剩一地残阳衰草。饮茶者众，知茶者稀，与其搔首弄姿博他人宠溺，不如云淡风轻讨自己欢喜。这于云雾茶而言也不失为一件幸事，起码让其免遭了千里马般“祇辱于奴隶人之手，骈死于槽枥之间”的殇厄。

回家的时候总不免要问起高山茶场的境况。父亲叹着气说，茶场已经无人管顾，枞树都好高了。

一时间是惊心的静默。

良久我又忍不住问道：

“小木屋呢？”

“早几年就倾颓了！”

“那口泉水呢？”

“泉水倒还是四季不断歇，只不过再也没人能喝到了！”

父亲说着给我泡了一杯茶，还是那只浸了半杯茶垢的茶缸，还是一样熟识的清碧。从茶缸里蒸腾而起的雾气裹挟着一股淡淡的馨香，细若幽兰，丝丝缕缕，却又无所不至，直镂灵魂。轻呷一小口，一切凡尘俗务皆淡远而去，顷刻间，我随之羽化而登仙。

父亲不无遗憾地感叹着说，这茶以后怕是难喝到咯，茶树都荫死得不剩几棵了，上山的路也因鲜有人走，早就隐没在了荆棘杂草之中。我端起茶缸在手中左右轮转，往复摩挲，心下怆然！

陡极山求学路

文家村地处偏远，是三乡交界之地，虽隶属深溪口，却距枫香坪甚近。沿茫溪而下四五里，绵延到此的"高山"让出一豁口，一向偏西的茫溪由此突围与深溪汇合，随之折而向南，奔沅江汤汤而去。逆深溪而上，两岸青峰夹峙，露一线天，至七八里处却豁然开朗，出一荡荡缓坡，即枫香坪。此地风物秀丽，山水鲜美，牛羊闲散于草野，鹭鸶轻舞于沙洲，上百户人家依山傍水而居，祥和安泰，恬静怡然，若绝世隐遁之所。如果折算直线距离，两地则更为邻近，一在"高山"之南，一在"高山"之北，其民风之敦厚、古朴，如源一宗，如出一辙。纵然如是，深溪口终究是我们政治版图上的归属地，源于此，儿时的我们不得不舍近就远，到几十里开外的深溪口求学。彼时，张沅公路深溪口至枫香坪段尚未凿通，无车载行，我们只有徒步翻越峭拔的陡极山，下龙子坪，然后顺着惊蛇般的小深溪前行十余里后方至学堂。

陡极山壁立千仞，直上云霄，铁幕一样横亘在我们求学的路上，它冷峻、刚毅、果决，着实是一处险塞。暴雨时节，山上百泉竞发，如白练飘空，玉龙恶斗；天气晴朗之日，则谷风习习，天地生凉。一小石板连缀而成的羊肠古道悬挂于山脊之上，弯弯曲曲，却锲而不舍，一路盘旋而去。多少年了，时光如梭，它自岿然不动，无声地忍受着大山随意给予的粗暴与温存，默默地用纤细的肢躯承载着乡民们艰涩的脚印与突围的激情。正是这一抹亮色、一袭曙光，让我辈农家子弟免于黑夜般的绝望。它折折仄仄，幻化作诗行;时隐时现,升华成云朵。若是没有这一行诗、一朵云,我们的人生又将是何等的枯竭与干涩!

那一年我刚十岁出头,在村小读完四年级后,便要远行去深溪口续读。彼时,村中如我一辈大小的多是女孩,却个个活泼健壮,行为举止利落干爽，一袭男子气概。不管是上学的清晨还是归校的日子,我们皆成群结队,不落一人。记得第一次站在“陡极山”脚下,抬头举目,似利斧斩削而成的山壁耸若擎天一柱,将我的目光拉成了两根利索的直线。我倒吸一口凉气，肩膀上驮负的伙食几欲垂坠,我甚至因而开了哭腔。这时候,村中一位高年级姐姐将我肩上的负重摘下加在自己肩头，鼓励我继续前行。那位姐姐在我肩膀上一拍,说,山是死的,人是活的,往上走一步,山便矮了一寸！就是,旁边另一位姐姐也适时插话道:“待你走几次走顺了脚,叫你不走你心里还不踏实呢！山里人哪有怕山怕苦的呀！”如此几番劝说开导,我才随行而上。

山路着实崎岖,险崛处半边依山,半边凌空,且有石坎阻滞,稍有不慎便会一脚踏空,碎身谷底。走此路段,年岁稍长的姐姐们便会如临大敌般自觉分成两拨，一拨在下边做出防守的架势，以备及时将不慎滚落者接住；另一拨则在石坎上边拖拽，将我们提过石坎去。上了石坎后,我们早已汗流浃背,气喘吁吁,惊魂待定,浑身懈乏。姐姐们也并不轻松，她们不但要驮负自己一周的伙食，还要击鼓传花般承载我们一周的用物，真个是手脚并用。不过她们仍然会故作轻松地说些逗人的笑话讲些动人的故事给我们打劲，渐渐地我们便也会沉入其境，从而忘却了脚下之路的艰险。

待走过这段险境后，我们大都是在森森林木中穿行，在崇山峻岭上盘绕，上有树荫遮天蔽日，下有涧泉古琴扣音，两边蝉声不断，四周阵阵鸟鸣。我们紧一阵、慢一阵，缓急有致，不觉间已至山顶。

深秋时节，沿途各色杂树上蓬蓬勃勃地挂满了一簇一簇的八月瓜，伸手可撷。待成熟后八月瓜便会沿腹缝线自动炸裂开来，其果肉晶莹细嫩若七月新荔，食之细腻鲜美，余味悠长。我们知道，八月瓜一旦裂开，鸟雀必来争相啄食，为抢得先机，在其开裂前我们便将它采摘下来，闷在路边的石缝里、树洞下，待下周放假时复取出来，只需轻轻一扭，鲜嫩的果肉便迸裂出来。姐姐们倒是不争不抢，力争公平，先一份份地划拨好，待我们把自己那份领毕后，余下的才归她们自己所有。

而今，天堑早已变为通途，陡极山小石径被宽硕坚固的水泥路所取代，逐步丧失了其实用功能，就像一块徐徐垂落的帷幕，渐而隐没在历史的烟尘杂草之中。漫月经年，当初的小女孩儿们也早已成长为大姑娘，远涉异乡，或为人妻或为人母，而你们是否知道，骤雨初歇的雨天，合书小憩的雪夜，在大山的故里，在夜的深沉处，有人还会时常地回味，暖暖地感怀，轻轻细数心坎里那些摇篮曲般温软的微澜！

感谢你们，因为有你们的陪伴，一条原本艰辛苦涩，让人望而却步的读书路，得以驻满欢颜笑语，得以播撒出童趣的纯真。你们就像天上那未曾污染过的月亮与星辰，在人生之初，向我播撒圣洁净美的慈爱，给我以最为弥足珍贵的关怀。你们一路引导我前行，过险滩，跨绝壁，不屈不折；你们一路指引我提升，信善、信美！

小石潭避暑地

若说茫溪是一根被清风拂弄的绸线，那么那些澄澈的水潭则无异于悬于这根丝线上的珍珠，在炎炎夏日里构筑了一处绝佳的避暑胜地。其汇精泉而壮其声骨，纳地蕴而成其清流，水质甘爽宜人，体肤触之，心清而气静，魄逸而神飞。

缘于溪流积年累月的洗涤，溪中多石，不污一垢。水边小路皆由石板筑就，光洁可鉴，坐卧由人。溪临绿树，两岸夹花，泉行石上，灵息喷然。

地洼而水聚，石环而潭成，溪中石潭以三处为佳。

最为清浅的是铁砧潭，因其潭尾雄踞一圆柱形巨石，形似铁砧，故而得名。石潭三面皆为近两米的石壁，似被利刃齐刷刷斩落而成；全石以为底，深浅等一，不足没过一孩童的口鼻；潭首处的石壁于水面下近十厘米处延展出一方平整的石台，石台洇于水中,初习水技者半身匍匐其上,头可出于水面,足可蹈水于潭中,实是一处修习的天然宝地。村中长辈们对此早已了然于胸，知晓即便是一个孩子，在此处也绝无没顶之虞，便极力怂恿我们到潭中扑腾,好做一个水鹞子去。对于那些胆怯徘徊者,长辈们便将之扶抱住,边是鼓劲边是慢慢地让其接近流水,直至惧意祛除。我们的水性都在此积习而成,村中男女老少,皆能腾江倒海横绝江河。

由铁砧潭顺流而下,缓缓地往右一拐再往左一甩,便到了黄金潭。若说铁砧潭形似一个敦实的汉子，那黄金潭则就是一位体形苗条的丽人了。其型修狭,宽三四丈,长十数丈,水流柔顺,深浅不一。水浅处,水刚没过小腿肚;其心腹地带却又森不辨底,一个精壮汉子立于潭底,举手不见其指。潭尾处石沙打底,穴罅相生,鱼虾隐匿其中,怡然自乐。熟识了水性的我们,会及时地从铁砧潭抽身出来,转至黄金潭中,那儿有充足的空间够我们嬉闹、欢腾。儿时的我秉性顽劣,最喜欢搞些恶作剧出来。见着胆怯者,我便会悄悄地潜行于水底，冷不防地从其背后跃出水面，或是扮水鬼扯其脚丫,其魂不附体,我却拍手称快。在其责骂声中,我早复飙进水底，倏忽之间行至数丈之外，做鬼脸相送。从日上三竿到夕阳西下，我们皆在清波里跌宕，在绿水中沉浮，直至眼白里渗出了血丝,眼帘外有了梦色,才恋恋不舍地起身,翻上牛背,唱着儿歌,吹着口哨,好一幅恬适的牧童暮归图！其时,虽无人指点,也无电视节目予以借鉴，我们却能自发地捣鼓出许多种游戏出来，并为之设置一整套虽不成熟却行之有效的游戏规则。那种天真烂漫，现在想来，仍让我为之窃笑不已。不消一个夏季，周身多余的脂肪皆被水流消融得了无踪影，甚而肋骨耸立、脱了脸型，却个个动如脱兔，闪如灵猴；浑身上下闪着油光黢黑一片，雨点敲打在上面，皆化作珠玉滚落，迅疾之中不及留下一丝濡痕。那真是一段无知的岁月，而那又是一个多么欢乐的童年！

至于流尸洞，光听那名字便叫人毛骨悚然了。其四周岩壁森然耸立，以“門”之姿荫然于潭上，遮蔽天日，即便炎炎六月也觉阴森可怖。石潭呈锅底状由外往内急剧倾斜，形成一天然漏斗，真个是退一步海阔天空，进一尺则渊深无底。一年四季不见天日的潭水墨汁一般浓黑，一派森森鬼气，望之令人寒毛倒竖，足底生凉。更让人惊寒的则是那些怪诞不羁的诡异传说。相传古时候流尸洞被一点炼成精的犀牛精所霸占，其兴风作浪，祸害乡邻，民众苦不堪言却又束手无策。一位云游至此的老师公决定为民除害。老师公和犀牛精斗法那日，乡民们为目睹这一盛况，从四面八方赶来，竟乌压压的一大片。老师公焚香烧纸敬过天地、拜过祖师爷之后，却突然锁紧了眉头，原来那犀牛精法力高强，老师公并无必胜的把握。于是老师公决定先和犀牛精谈判，谈不拢再去拼个你死我活也不迟。下潭的时候，老师公把自己穿的那双草鞋脱了下来，把法刀也留在岸上，并再三交代乡民，若那两只草鞋板打起架来，则表示他和犀牛精交上了手，乡民们要立马把法刀丢下水去好助其斩妖。老师公入水后约摸一炷香的工夫,两只草鞋板果然打起架来,想来那些凡夫俗子哪里见过这种阵势,一个个竟看入了迷,竟而忘记了老师公的交代。结果那老师公不幸为犀牛精所害,鲜红的血水洇红了整个水潭,只剩一心一肺浮出水面。乡民们后悔不迭,便把老师公的心肺收敛起来厚葬在对面的山冈上,以供世代祭拜。大人们说到此处,总要用手一指对面的山冈,说老师公的坟墓就在那山头上。如此诡异的传说,这便有了如山铁证。每次,不及大人们讲完这个故事,我们早已吓得瑟瑟发抖、两股颤颤,挤作一团,因而流尸洞便成了我们童年时的禁地,只远远地望上一眼,都怕一下子从潭中飞出个犀牛精来。或有小孩儿夜哭,大人们只消说上一句“还哭,就把你丢到流尸洞去”,那小孩儿即刻就住了嘴,乖乖地上床睡觉去了。现在想来,那只不过是长辈们惧于流尸洞独特的地理造型,怕我们在此处吃了水的亏,从而杜撰出这样荒诞不经的故事出来,也真是用心良苦了!其不但阻滞了我们试险的脚步,更是给我们插上了想象的翅膀,开启了我们的智慧之门,在我们脑海的深处,在记忆的源头,叙写出一段不老的岁月、一个温馨的流年!

不老乡情

吾乡僻远,乡民们世代靠肩挑背扛讨生活,日子过得紧,腰杆却挺得直，虽是清苦，却能清芬世守，勤俭持家，无一鸡鸣狗盗之徒，其憨厚、朴实为世所罕见。

由于大山的滞碍、时代的限制，早些年，乡邻们大都被困死在土地上，日出而作，日落而息，劲儿没少出，汗没少洒，却一直无力改变自身窘迫的生存状态，世世代代只能在温饱线上挣扎。纵然如是，乡邻们却甚是豁达，物质上的艰辛并没有消磨掉他们生活上的激情，劳作的间隙或是月朗风清的时刻，山歌、号子便信手而来，张嘴即是，或缠绵悱恻、情溢四方，或铿锵激越、振奋心弦，如引熏风，如掬凉泉，悦人娱己、荡清疲惫。乡邻们四处筹措奔忙，修水库、开梯田、建茶场，以激扬的姿态和命运之神做着不懈的抗争，隐忍而又不屈。然而这种抗争似乎从一开始就注定了遗憾的结局，因天时、地利所占无一，乡民们纵然使尽了浑身解数，却也没有开创出属于自己的传奇，家乡贫蔽的面貌始终没得以彻底的改观。

人世沧桑，岁月流转，进入新时期后，家乡还真等来了时来运转的一天。

乡邻们日子拮据，一辈子省吃俭用，在送子女读书识字方面却一点儿也不含糊，肯花功夫，把“再穷不能穷教育”这句话真真切切地落到了实处。而学子们也深知父母的不易，憋着股劲，个个肯吃苦，舍得卖力气，一个小小的山村，竟接二连三地出了二十多个大学生。这些大学生早年在贫穷、艰难的环境中长大，工作上吃得苦、霸得蛮，处事不偷奸、不要滑，在自己的岗位上恪尽职守，坚韧不屈，个个将自己的事业搞得风生水起，其中不少人更是在短短几年里就有了自己的公司，做起了老板。而那些少为生计所迫，没有读过多少书就南下打工的青年也是让人万分欣喜，他们承袭着父辈们不屈不挠的精神品质，推崇实干，摒弃空谈，非但没有自暴自弃误入歧途，反而踏踏实实地从基层做起，勤学技艺，苦练本领，左冲右突，做到厂长、经理，年薪数十万者比比皆是。

而今，乡邻们的日子宽裕了许多，留守在家的老人们本可就着儿女们的供奉安享晚年，然而他们却是怎么也闲不住，一天不在田间地头走几趟便觉浑身不自在。要是让他们放下镰刀锄头，眼睁睁地看着自己耕种了一辈子的田地荒废掉，那真比剜他们的心头肉还让他们难受。儿女们催得紧了，老人们便说自己生就了一副贱骨头，没那乐享富贵的命，还说只要自己还动得起一天便不会吃闲饭。儿女们只好不作声了，此中道理他们知晓：劳作于老人们而言已是一种习惯、一种生命的寄托，所以也只能依了他们。

春日回乡，但见草木滋华，青山葱翠。田间径垄规整，禾苗黛绿，水渠纵横。其间有白鹭翻飞，有燕子低回，有蝴蝶轻舞，有鸟儿欢鸣，配以疏疏落落的庭院、婷婷袅袅的竹林，恰如水墨淡描，望之令人燥气殆尽，心眼清明，一时间心生诸多感慨，真个是世事沧桑堪可慰，落潮已到升潮时呀！满心欢喜时，却又无可刹止地涌出许多惆怅来，想来村中还在耕种的老人们均已年近古稀，毕竟年岁不饶人,不消个三五年,他们即便有再多的不舍,也只能搬着太师椅坐到门前的太阳地里去晒太阳,到了那个时候,家乡又当是怎样一幅颓败的景象?念及此,悲从中来。父亲见我黯然的神态,知道了我的心思,便说,故乡只在心间!只此弱弱的一句,却令我有如醍醐灌顶:何尝不是这样呢?乡民们世代相袭的优良传统、高古品格已经深深地根植于每个游子的心底,随之撒播到五湖四海,开枝散叶!

经此点悟,我得以彻底释怀,那晚,在大山的怀抱中我美美地睡了一觉,那觉睡得很香、很甜!

只是明中

向太平

一

说来惭愧，若不是在朋友那里看到一张照片，我一直以为挂在大家嘴边的明中，和南方其他村庄没什么两样。照片背景是一条幽深古巷：宁静的阳光，古朴的石板路，布满青苔的石墙。一个五六岁的男孩儿，裤腿半挽，光着双脚，埋头滚着铁环。照片情景让人萌生一睹明中真容的欲望。

从沅陵县城出发，沿319国道往西南方向行驶20公里，在一个叫麻溪铺的小镇拐上东去的乡路，汽车开始一路盘山。司机是临时雇请的，姓马，四十多岁。听我说有点儿晕车，马师傅开得很谨慎。车速一放缓，目光从容起来。远远望去，青山绿水间，大大小小的民居金碧辉煌。经过一处弯道时，一幢三层民居映入眼帘，白墙红瓦，装饰意味浓厚。楼前不大的池塘里，荷花开了不少，清秀雅洁，妩媚可爱。二楼开放式阳台上，一位穿搭时尚的年轻女子正用手机做直播。不及瞧得女子真容，车子就离了弯道，迎来差不多样式的楼房和檐下几张陌生的脸。10公里乡路，眼睛一直处于兴奋状态。车子刚进村道，路面硬化施工，禁止车辆通行的警示牌挡住去路。马师傅将车停在路边。我们商定：他再去跑趟生意，下午来接我。我下了车，把剩下的两公里路交给双脚。

二

时节已是初夏，阳光真的灿烂。空气中弥漫着暖洋洋的气息。这样一个季节，把素颜的明中连同几百年历史送到我眼前：小桥流水，粉墙黛瓦，吊脚木楼，曲径小巷。九栋巍峨的窨子屋掩映在绿树丛中。瓦，依旧青黑；墙，依旧粉白。虽说风霜雨雪斑驳了墙面，但功力尚浅，到不了黯然失色的地步。瓦和墙黑白相间，在山的青色背景里淡雅得透彻。

窨子屋散落在戴氏和夏氏两个院落，二者相距不到两公里。一条叫小明溪的小溪，在幽深如同斧削的山谷中流成一根线，把两个院落缝在一起，后者就像一件旧式衣服上的两个补丁。房屋布局各呈特色：戴氏院落依山而建，屋脊重叠，顺山势朝高处层层排开；夏氏院落临溪而筑，五六米高矮，一溜石级斜着伸了上去。两处房屋结构相差无几，均坐西朝东，外围高墙环绕，里面木屋厅堂。屋与屋之间被高大的砖墙隔得恰到好处，形成一条条青石小巷。木屋也有两层的，沿着楼梯上到二层，是用木板搭建的阁楼，也就是通常所说的吊脚楼。

小溪宽不过十米。溪水清澈，波纹细如布匹上的皱褶。阳光照耀下的水面荡漾着银色碎光，像未凝固的玻璃浆液在水中慢慢化开。这样的光景让你留恋，也可以让你看上很久。目光随一群水鸭游到溪对面，定格在一片田野上。一田油菜，花已落尽，浓浓地绿在太阳下。移动目光，有水或无水的田地里，三三两两的村人正在劳作，一番细瞧，年龄都在五十开外。溪边，几个穿着朴实的女子正在洗衣，棒槌捶碎一溪清水。惊飞的蜻蜓，掠溪而过，在半空中轻盈盘旋。从我举起相机到拍完照片，洗衣女子始终没有抬头，只顾将唇红齿白的微笑映在水里。玩耍的小孩子用小扁石打水漂，用筲箕捕捉石头下的小鱼，清泉般的笑声旋转在芭茅杆做的水车上。

三

进入明中，心中有一种思绪无法表达地缓缓流淌。在走过小桥，以及桥下清流在眸子柔柔滑过的那一刻，水很近，山很近，尘世很远。最初的激情和浮躁的灵魂随水而逝，你能做的，先是忘记，然后是感受。只有这样，你才能了解真正的明中。

和小桥连在一起的，是一块水泥坪场，坪场上停着两台农用车，一蓝一白，阳光下格外抢眼。坪场紧挨着一栋窨子屋，墙上醒目处钉着标示牌:湖南省省级文物保护单位。

敞开的檐廊下,几个年纪偏大的老人正坐在一起聊天,他们讲的是瓦乡话。关键在于,同在一个县域,相距不过数十里,除了笑声,我既不能听懂他们口中任何一个字,又无法形容这是一种什么语言。清朝地理学家严如熤称其为“唔伊之声”,他在《苗防备览》里说:“苗佬猩鼯杂处,无一字可识,偕其同队,作乡语,唔伊之声往往皆是。”因其独特,瓦乡语被语言学界列为汉语濒危方言。有意思的是,他们会说瓦乡话,认定自己是瓦乡人。事实上,他们并非瓦乡族。倘若他们当中随便一人出示身份证,上面赫然标明汉族、苗族或土家族。他们更改民族类别的愿望,考证在专家与学者笔下,成为尚未被官方识别的族群。

听觉上的隔阂并未妨碍我们之间的交流。我简单说明来意,两位老人从长条形板凳上挪开屁股,把友善与热情留给我。他们从屋内取出竹椅重新坐好,用和我一样并不标准的普通话闲聊起来。我有意探寻明中的历史。历史在烟袋锅子里嘶嘶作响。历史在搪瓷茶缸中袅袅飘升。

若干年前,这里是一片不毛之地。元朝时期,戴家祖先带着泛黄的族谱,扶老携幼,从江西移民到湖南,起先落脚于安化,后来,为寻求更好的生存空间,辗转来到这里,见山清水秀、地气祥瑞,加之山高林密,是躲灾避难的世外桃源,便停下疲惫的脚步,用拓荒的目光和力所能及的手段,筚路蓝缕,开田辟土,架屋而居。他们像陶渊明笔下的秦人，在这片远离尘世的幽静之地耕读传家，繁衍生息。木板屋、泥巴路、歪歪扭扭的稻田，依水而建，依山而长，垒成一座村庄，异乡成为他们的故乡。农忙耕种，闲暇伐木，河水暴涨时，将木排由小明溪经荔溪、沅水流放至常德。掺和烟味与茶味的闲谈绘声绘色：一大碗烧酒落肚，戴家先人脸红胆壮，豪气顿生，决然踏上木排。风雨伴他们穿峡谷，过险滩，顺着滚滚洪流而下。衣襟猎猎，水声砰然。荔溪和沅水上空，雄浑的号子顶着河风飞响：

哟嗬嗬——嘿哟！
排古佬闯谷咯，
哎呀——嘿！
排古佬过滩咯，
哎呀——嘿！
到常德哎，
吔哩嚯——嗨！
吔哩嚯——哈！

木排流成记忆，先人的劳绩与河水同在，如惊涛之诗，骨头一般硬朗。

明朝末年，做木材营生赚回大把银两的戴家先人，开始修建窨子屋。木头、青石板、青砖、小青瓦、石子、生石灰、糯米、桐油参与到人类建设工程，以新的姿态和面目出现在应该出现的地方。至此，古村遂成规模。

闲谈中，一位老人从家中取来一本族谱，放到我面前木质凳子上。这是一本用毛笔书写的老式线装族谱，有两本普通书大。我本想探究一番，看看戴家先人当年是否从全国移民圣地之一的江西瓦屑坝出发，扶老携幼，登上古老的帆船，漂过鄱阳湖，进湖口，入长江，然后沿江而上，一路长途跋涉来到湖南。我知道，一本族谱会有一段颠沛流离的经历，总有一些阅尽沧桑的故事。只可惜页面残破不堪，字迹残缺不全，无从辨认。看不出什么名堂，便向老人询问，希望获取更多的有效信息。他背靠竹椅，眯着双眼，口中反复念叨戴氏字辈，伸出左手掐指计算。过不多久，他睁开眼，有点儿兴奋地告诉我，明中戴家传承到现在至少有二十代了。他的回答与我想要的答案，中间空白了几百年。

四

这些窨子屋，隐伏在大山的皱褶里，谦卑了300年。风雨没有褪尽它们的容颜，霜雪没有冻皴它们的躯体。墙裙用大块青石垒砌，青石之上再砌青砖，方方正正，像一枚印章，浓浓淡淡地盖在山水之间。

是怎样的人间风月造就了一方水土久远的奇迹？

封火墙、青黑瓦、木柱头、木板壁、雕花门窗、屋檐上的勾头和滴水琉璃……都与时尚保持了一定的距离。它们的色泽是岁月给予的，并因为迎合了岁月的喜好而得以持久。思想、文化、艺术、风俗、智慧诸多元素浓缩在它们身上，经过时光的筛选与组合，构成一栋栋四方形民居，毗连相依，与天空、山峦、小溪构成一幅素雅的水墨画，静默在悠悠时光中。

粉墙历久，苔迹如墨。这种苔迹在夏家院子同样能够看见。屋前小溪边，有口一米见方的古井，井水清澈，四季流淌。眼睛靠近水面，便见几尾小鱼贴着井底的绿色水草悠然游弋。井壁用大块青石砌就，青石内侧布满橘红色苔藓，隐隐泛着幽光，像是一不小心泼上去的一层油彩。苔迹总是给人颓败之感。或人去楼空，或环境荒芜，苔迹出现，岁月落寞。我不这么认为。苔迹乃大自然造化之物、时光悠长之证，既不能创造，也不可复制。譬如明中，无论是封火墙上的苔迹，还是古井壁上的苔藓，都是天然的水墨、岁月的杰作，更是难得一见的别样景致。

窨子屋的门框由四块青石撑成，静然矗立，气势厚重。木门厚实高大，油漆斑驳，两只铁环紧紧依偎锈蚀的铁皮座，一副患难与共的样子。门楣中间石刻四字，或"震宅宏基"，或"大哉乾元"，或"戴业炳古"……有的字痕清晰，遒劲有力；有的岁月久远，模样黯淡；有的费尽心思，不解其意：第一个字，左边双人旁，右边一个

“者”;第二个字,双人旁加一个“召”;后两字是“金门”。两个异字藏着造字者和雕刻者的诡笑。他们把屋主的心事闭在嘴里，在时间之外让人无法猜透。那一刻,我发现了自己的浅薄。幸好身旁无人,倘若问及,还真说不上一个究竟。事实上,我这个行色匆匆的过客和其他过客一样,走得进明中,走不进明中人的心里。

岩石是近乎恒久之物。戴家先人为把族系的记忆与期待砌进屋宇,首先想到了石头,就地取材,精心雕饰。视觉之外的细节与处心积虑,在曼妙文字间流传下来,历经百年,恍如昨昔。

推开虚掩的门,在门枢旋出的咯吱声里,我跨过青石门槛,一脚踏进300年前的空间。石板铺就的地面正中央是天井，连接天地,采风通光。既可沐浴朝霞,又能夜观星斗。井中的长条青石,凹痕累累，屋檐水的坚实与妙绝，将无数明中的日子滴成世外桃源的往事。天井两边是正房,共五间,为起居之所。中堂最里边是神龛,历代祖先之位。我所到的窨子屋,虽然规模不等,但中堂中心正位都安放着同样的祖宗牌位。如此格局,让人得出如此结论:祖宗是他们的信仰与魂灵。信仰不倒,魂灵犹存,宗族得以延续。这结论并非毫无根据。人类的迁徙与鸟的迁徙一样，虽说空间与场景不同,但同样是生命的拼搏。艰难而漫长的迁徙途中,家族的血液始终温暖苦涩的行程。流淌周身,回归于心,怦然而出的,是对宗族的一腔执念,像一粒顽强的种子,播在寒山瘦水,撒在穷乡僻壤,直到根深蒂固。

厅堂收拾得还算干净，只是，无需凑近就能闻到墙壁和地面散发出的被岁月浸润过的泥霉味。阳光穿过天井，把不大的厅堂半明半暗写意出来。有些慵懒的光晕交织在有些散乱的背景里：风车、板车架、打稻桶、大方桌、犁耙、锄头等家什杂乱放置着，捆好的柴火和细竹竿列在厅堂两侧。在我被慵懒光晕打扰的目光里，屋子显得更加衰老。一栋房屋的衰老，就像一个人老了一样，装在脑子里的，是一些零零散散的东西，不想也不愿去梳理，任凭时光摆布，到后来索性懒得去理会和讲究了。

堂内挂有几块木匾，为陈年旧物，又蒙了灰尘，已然辨不出字迹，其中一块勉强看出是“升偕得志”。烟火沁入内部，让人嗅出久远的气息。蛛网占领了粗壮的穿枋斗拱，雕花与图案依稀可辨，黧黑掩饰不住曾经的精致。门楣、屋梁、雀替、隔窗等构件，或雕飞禽走兽，或刻花卉云彩。这些雕刻装饰掺杂了地道的南方元素，有文章称“尤显湘西古民居建筑特色”。雕工精致，纹饰精美，线条明快，简约但不简单的外表下藏着旧时工匠的耐心与细心。右边一间房子，门是锁着的，中间贴着大红囍字，两边的对联尚未褪色，金色字迹隐隐闪着喜气。左边屋子里坐着一位老太太，嘴巴一翕一动。她正在吃午饭。老人今年七十有余。她告诉我，儿孙都在外地。孙子年前结的婚，过完年，小两口就外出打工去了。过阵子她也去外地，只是还没离开便放不下眼前的一切。她担心的是，再次回来时，这里是否还是现在的模样？老人的话，着实让我愣了一下。看来,文化的情感始终逗留在窨子屋的记忆中,缱绻在老一辈明中人的心灵深处。

五

沿着青石板路,拐弯抹角,穿巷登阶。

一路上,只消稍稍耸动鼻子,便会嗅到淡淡的牲畜粪便味。坦白说,这气味不受鼻腔欢迎,但我相信,这应该是明中最纯正的气息。气味没有难为我, 倒是让蜷缩在路边的两只大黄狗绊住了脚步。我心一沉,生怕它们对我发起突然袭击。我的担心是多余的。它们似乎在睡觉。不过,从它们身边小心翼翼走过时,其中一只狗眯出不屑的那一刻,没有瞒过我的眼睛。走出十来步,路边一段青石矮墙上,一只虎斑小猫,曲着身子,睡得正酣。我特意冲它咳嗽几声,想与它套个近乎,拍个特写,它竟然一梦不醒。

矮墙旁的竹篱笆疏密得当,色泽熨帖,轻盈疏透,弥漫几分“水绕陂田竹绕篱”的古意之美。这种竹篱笆,在明中随处可见,或屋前,或屋后,抑或是屋的两侧。透过竹片左右交叉出的菱形小孔,便可细细阅读篱笆内的庄稼与蔬菜:玉米、高粱、黄豆、萝卜、白菜、黄瓜,辣椒,丝瓜……篱笆墙的根脚,一种细小的绿色植物,黄色小花开满枝头,一朵一朵,在阳光下晃荡着金色光芒。这种植物叫马齿苋,虽说身材瘦小,但相互簇拥一团时,比起来路上见过的荷花，其热烈，其娇媚，毫不逊色。村子里的人，并不刻意去观赏它，而是用来入药或做成美味菜肴。

明中的日子躲着喧闹，藏在巷子里，显得格外悠长。它，不让你着急，也不让你着忙，悠闲、缓慢，甚至是简单。小巷纵横交错，穿行其间，没有半缕商业气息，闻到的是清代建筑的古朴气味。这种气味从墙壁某块青石砖的缝隙或屋脊某块灰黑瓦的楞槽里钻出来，小心翼翼敷在墙上凸出的青苔上。一墙沧桑耐人寻味。浅浅思绪偶尔被远处传来的几声狗吠、牛哞或者公鸡的鸣叫打断，但很快又归于沉寂。脚步叩击石面的回声，给人时光倒流的恍惚之感，这种感觉在其他地方难以找到。走着走着，你突然发现自己的脚步轻了，心绪静了，神经软化了。

巷中行人不多，有时碰到从田间地头劳作，或者从山间采摘药草和果实回来的村人，与他们擦肩而过，便会瞥见一抹微笑，还有他们箩筐或背篓里的“小惊喜”。脚下坚守的这片土地，给明中人带来安稳生活，时不时还馈赠令城里人艳羡的山珍：竹笋、板栗、枞菌、猕猴桃、野蜂蛹、黄葛、小溪鱼、泥鳅、黄鳝、山螃蟹……

在一条小巷口，我碰到一个七八岁的小男孩儿，他端着一碗白米饭，就着小竹笋和腊肉。他被我叫住，靠在巷子的封火墙上拍照。他眼睛睁得很大，目光有些遮掩。相机咔嚓声刚落下，他沾着饭粒的舌头朝我一伸，出了小巷，径直走向一户冒着炊烟的人家。回了头，看见一个靓丽身影：蓝色无领上衣，花边长裤，绾发的头顶饰以银簪、鲜花，双手托腮，纵目远望。有淡淡的暖意流淌在她脸上。

是谁家女子，从一首唐诗的幽怨中或者一阙宋词的婉约里走出，凝思在吊脚楼古老的栏杆上？

青石板路一直通到村子最高处的两棵银杏树下。据当地人讲，两棵树有800年历史了。这种说法，我后来在树干古树名木"身份证"上得到证实。树干根部被岁月侵蚀中空，足可容纳两三人，但树枝遒劲，树叶繁茂，罩住村子很大一块空间。树下浓荫一片，是喝茶聊大和纳凉的好去处。我来到树下时，只有五只小狗与一只小猫围着一位正在剥竹笋的中年妇人追逐嬉戏。我不晓得这两棵树将来还会有怎样的故事与情节，还要经过多少个日子才会走到生命尽头。我清楚的是，眼前的银杏树犹如一团绿色波浪，层层堆叠，卷成锥形的立体湖泊，使明中有了底色，有了活力，更有了灵气。

阳光依然灿烂。站在银杏树下，无论怎么看，明中都是静默、古朴、恬淡的。

六

让我感到疑惑的是，这样一座保存完整的古村落，与沅陵相关的史料没留下只言片语。我仅从《湖南省沅陵县地名录》上得知村名来历，其实，就一句话：因驻地在小明溪中段得名。这样说来，也就不难理解了。明中是内向的。戴家和夏家先人建造它,不是为了名垂青史,而是用来栖居和生活。只是不经意间,那些代替沙砾和土坯的青石,那些雕花刻禽的木头,那些饰以精美图文的瓦当,紧紧挨在一起,贴在山脚下,构成今天许多人放不下的风景。为了表明谦卑，明中把自己隐藏起来，一隐就是几百年，远离尘世与硝烟,躲过无数风雨飘摇的日子。

夏家院落中央,一盘废弃的石磨,仍吸引我的目光与脚步。它斜躺在胡乱生长的杂草丛中，把岁月磨砺成深深浅浅的记忆,向走近它的人虔诚述说，一个从远方迁徙而来的家族，曾经怎样用生活的踏实追寻人类文明的前行。同样,散落在戴家院落的石臼,小沟旁腐朽的木质榨膛(古代榨油工具的主要构件),半埋泥土的青石猪槽……它们以自身独有的方式，参与戴家和夏家先人的生活。所以,它们无论以何种面目出现,其存在的含义不再是一种老旧的物件、一道古朴的风景,而是先辈人安然、生动,甚至是热络生活的印记。

在小溪旁一处窨子屋,遇一夏姓老者,他戴着眼镜,一副读书人模样。

让座。泡茶。闲谈。

我问及夏家先人与明中的关系,他说了句“从江西迁来”就茫然无语了。老实说,除了记载家族繁衍历史的族谱(族谱所言也非全然靠谱),单凭代代相传的口头传说,想要厘清几百年前的事实真相，并非易事。至于，是戴家迁来明中在先，还是夏家；又或是两家先人结伴而来，已无大的探究意义。倒是数百年来，距离和命运把戴、夏两家连在同一方水土，共享一个蓝天，同饮一脉溪水，共守一片青山，和谐相处，世代友善，让人心生暖意。

说到窨子屋，夏老先生情绪有些激动。年代久远，雨侵风蚀，有的窨子屋已经或正在失去居住功能。某个夏天，村子周围盖起了几栋新楼房，让住在窨子屋里的人羡慕不已。年轻人选择离开窨子屋，去城市寻找人生目标。留下来的，或搬离窨子屋，或打算在旧址新建楼房。窨子屋与现实生活渐行渐远。年轻人探寻外面的美好世界，无可厚非，每个人心中都有自己的远方，只是在恰当的时间以恰当的方式抵达而已。

二〇一九年，明中村列入第七批中国历史文化名村，外面进来的人，一批接着一批，感受窨子屋独特的居住环境，消磨数百年绵延下来的悠闲。闲扯到此，我忽然想起钱锺书的《围城》。某种意义上说，窨子屋何尝不是一座现实生活中的“围城”？

外面的世界变得精彩，明中必须面对时代变迁。当下，很多事物变化得让人无所适从，稍不留意，便被时尚潮流挟持着奔向一个并不确定的目标。与之相较，明中的静默与悠闲虽非有意为之，但客观上让人看到一个历史文化的背影。好在政府主导与投资的明中古村落修缮工程正在进行。或许用不了多久，一方奇迹的水土上会再现一个新的“桃花源”，人们诗意栖居，悠闲生活。

用大半天时间走遍明中，从最初进入的那条古巷出来，身后隐约传来铁环碰撞地面的“哐当哐当”声。猛然回头，但见古巷幽深，青苔墨绿，阳光宁静……

折回小溪边，水中倒映着晴空，如镜。放眼远望，偏西的阳光把窨子屋染成一幅水墨画，古雅深邃，苍凉内敛。水墨有墨韵，墨韵生气象，既有自然，也有人文。

明中，只是明中。

藏在深闺，从容于心，淡定于行，风物澄明。

走进古寨

钱艺井

古寨在距离沅陵县城三十多公里的明溪口镇梓木坪村。明溪入酉水之口，明溪口因而得名。很多年前我去过那里，却不知明溪绕山之后，藏着一个寨子。同事老曾是古寨人，清明时节，阳光明媚，受老曾之邀，约三两好友，我们去往古寨。

车子沿着沅水一路向西，水面上波光粼粼，大船、小船来往穿梭。在沅酉二水的汇合之处，可见一条清晰的分界线，一半青绿，一半混浊，那是酉水撞向沅水别具一格的姿态。酉水像个长袖起舞的姑娘，她跳过万重山，累了、倦了，最终收起绿色的长袖，一头卷入苍黄巨大的沅水。而我们此时，正逆流而上，水变得越来越清澈，二酉山在车窗外缥缥缈缈。河流孕育出城市与乡村，这么美的水该滋生出怎样的古寨呢？

老曾说他一早要先回去挂亲，在家准备准备，叫我们导航，大概就一个小时左右吧。

车过酉水，丰哥的手机导航一直指向明溪口的高山之上，看不见河流了，群山之中，鸟儿的叫声让山林显得更加寂静。这几年的乡村扶贫，让原来的土路变成了较为宽阔的水泥路，敏子一边开车一边赞叹“路真好”。盘山的公路送我们上山顶，终于看到那块写有梓木坪村古寨的路牌了，沿着路牌的指向，车子开始往下，路面慢慢变窄，在一片水田之下，一排排青瓦屋顶猝不及防地闪现出来：我们到了。

老曾早已站在他家的屋前等候，一见面他笑着说：“你们绕远了，不用到明溪口镇上去的，从胡家溪进来就可以。”

胡家溪也属于明溪口镇下辖的行政村，是近几年县里重点打造的古村落。每到节假日，人流如织，热闹非凡，刚才经过那里，就见停了许多车辆。但不知道它旁边有条小路是可以通到古寨的。相比胡家溪，古寨还“养在深闺人未识”，但我更爱它的宁静与古朴，像一块还未精心雕琢的玉，天然多么难得。

我们绕山而来，多了四十多分钟的行程，虽然辛苦，但山林的幽远，更为古寨增添了一份神秘感，那露出水田之上的青瓦，像一页页书，吸引着我们走进古寨遥远的历史。走错路又何妨，绕远了又有什么关系呢？

老曾的家大概是在古寨最适中的位置，两棵古木之下，一围土墙环抱一栋青瓦木屋，屋前有一棵亭亭如盖的桂花树，青石铺就的坪场上，大方桌已摆好，好几个老乡正笑脸盈盈地看着我们这几个外来客。

拉家常是乡村常见的事情，不像在城里，每个人都忙忙碌碌，难得有时间好好说话。他们的故事需要听众，好不容易逮住几个外来客，祖宗十八代那是要拿出来炫耀炫耀的，这就是常说的"摆谱"。递上几把椅子，泡上几杯刚出的清明茶，落座，谱就摆起来了。

中国的乡村几乎都是由同一族姓繁衍而来，比如胡家溪的胡姓，明中村的戴姓，莲花池的向姓等，毫无疑问，古寨人也有着同一个姓氏，他们全姓曾。

听来起很遥远，远到700多年前，元朝末年，有一群头包红巾的农民，忍受不了统治者的压迫，终于揭竿而起，一场战火迅速蔓延全国。这一历史现象，在中华大地上，曾多次上演，每一个腐朽王朝的覆灭和每一个新王朝的建立，几乎都是由一场农民起义完成的。战争的残酷，使得山河破碎失色，民众流离失所。曾氏一族，原居北方山东，为避战祸，他们不得不离开故土，往南迁徙。他们先是逃到江西，继而往南到湘西的永顺、古丈，翻山越岭最后来到与之相邻的沅陵明溪口。古寨三面环山，中部平畴，土地肥沃，寨前有一溪流通往酉水，实在是一块风水宝地，离乡背井的曾姓人最终选择了这里。等到他们安定下来，已是大明王朝的初年。

古寨之名并不是曾姓人在此定居后所得，之前很早就有了。这里的原住居民有孟、熊、陈、杨四姓，汉高祖五年刘邦设置沅陵郡，规定小到每一个村落都要有名字，也许是住的时间太久，久到不知从什么时候才有了人类，这四姓人就索性将他们居住的地方取名叫古寨了，这期间，曾经因为一头神牛的皮做成的一面大鼓立在寨中，作为召集四方的号令，古寨曾改名叫鼓寨，很多年后，又恢复原来的名字古寨，一直沿用至今。

曾氏一族迁居古寨并迅速融入其中，他们勤劳，团结，人口越来越多，势力越来越大。迫于曾姓的强大，原住的孟、熊、陈、杨四姓人逐渐外迁，到了一个叫曾文清的人做寨主，曾氏发展到鼎盛，外姓人全部迁出，从此古寨只有一姓——曾。曾文清成了曾姓人心中仰慕的神，几百年来，这个名字从未被忘却。正如此时，那几个摆谱的老乡，左一个曾文清，右一个曾文清，眼里充满了自豪与崇敬。我听得入了迷，眼前不断地闪现出一个个热气腾腾的画面；那位须眉长髯的长者，立在寨口，不怒自威，手一挥，便有一群群曾姓人跟着他，拿着锄、扛着犁，奔向山林与田间。老虎之所以能称霸山林，是因为它的勇猛与强悍，人类也是一样的。我神思恍惚，不小心脱口而出，你们这是“鸠占鹊巢”啊！他们讲得正起劲，突然被我打断，脸上露出既有点儿得意又有些不好意思的表情，看他们那样，我回过神来，赶忙加上一句：胜者为王！

午饭是在老曾家屋前的坪场吃的，农家菜大碗大碗地摆满餐桌，腊肉、山鸡、山里采的笋和蕨，应季的蔬菜瓜果，都是我们现在在城里吃不到的真正的原汁原味的品种，有童年久违的味道。

山风吹来，土墙外的两棵古老的大黄连木树，发出窸窸窣窣的声响，这两棵古树，据说已经两百多年了，它们树形苍劲，直指蓝天，在顶端的枝丫上，托着一个大大的鸟窝，大鸟衔着食物正匆忙地往窝边飞。200年的树，200年的家，飞出去多少只鸟？它们盘旋在山林之间，看见一代又一代曾姓人，移山填土，开垦出一片片梯田，肩挑背扛堆垒出自己的家园。生命的延续，便是家的永恒。

老曾家门前的那棵桂花树，蓬松的枝叶，郁郁葱葱，像个绿色的大球。我问老曾："到了八月一定满树金黄吧？"老曾说，何止满树，满地都是金黄的。我一下想到"摘桂"二字，老曾的独生女儿，前年作为县里的文科状元，考取了武汉大学。我打趣说："难怪你女儿那么优秀，你家有棵'折桂'树啊！"老曾哈哈大笑。

曾超华和曾华伟是两个年龄相仿的年轻人，超华在外打工几年，已回到古寨，在山下开了茶园。我们来时看到绿油油的茶树间已经有人在采摘茶叶了。华伟还在外打工，他说等攒够了钱就回来找个事做。

古寨的房屋依山而建，一层一层共有100多栋，两条青石巷直通山顶。超华要去管理他的茶园，丰哥还要听乡亲们摆谱，华伟自荐给我和敏子当起了向导。站在巷口仰望上去，一抹阳光正好倾泻而下，让整条巷子变得像一条时光的通道。跟在华伟的后面，拾级而上，仿佛走在通往远古的过去。我踩在那些重叠着很多人脚印的石头上，岁月把它们打磨得光滑明亮。摸着土墙上的泥块，手上竟没有一点儿滑落的土渣，这得揉进去多少人的汗与血，才能经过几百年的风雨还如此的坚固？越往上走阳光越刺眼，我有些迷糊，在那些光里，我看见古寨的先辈，他们包着头巾，挥汗如雨。

一扇门打开，我探头进去，不见主人，晒谷坪上，铺满金黄的玉米，一只黑猫像卫士一样守在那里，午后的阳光斜切在坪场上，半明半暗，静谧而美好。

一路上来，没有看到一栋特别高大方正的房子，全是清一色的青瓦木屋，这在别的村寨是不多见的。我之前去过明中村和莲花池，他们那儿都有白墙青瓦的窨子屋，或是门楣宽阔的耕读人家。一见房屋，便知主人身份的与众不同。我问华伟，古寨怎么没有看到高门大院？你们这儿难道没有“土豪劣绅”吗？华伟说：“‘土豪劣绅’当然有，但不一定要住高门大院吧，就连当年的寨主曾文清的家听说也是与大家一样的。”我似懂非懂，朝华伟点点头。

终于爬到巷子的顶端，又看到了那片水田，这一次我是在水田之下，而古寨在我之下。我抬头望天，天色苍茫；俯瞰大地，桑田纵横。水与山，人与屋各安其所。当年的曾文清，是否也曾站在这里，看着他的族人，从外乡人变成这里真正的主人。

从另一个巷子下来，华伟邀请我们去他家看看，说家里珍藏着一方曾祖父留下的砚台。华伟的曾祖父走出古寨时才十八九岁，喜读书，满腹经纶，曾得到曾国藩的赏识，做过他的幕僚。往左转进一个小巷子，很快到了，推门进去，就见坪场边隔了一间别致的小书房，书架上放满了各类书籍，那方砚台，端端正正地摆在书架最显眼的位置。大清国的砚台，厚重，沉黑，墨染着家族的历史。华伟说，后来曾祖父不愿做官，背着这方砚台和一大箱子书回到古寨。历史会留下什么呢？华伟的才华可能远不及他的曾祖父，但他用这方砚台也练出了一笔好字，从华伟的身上我看到了他曾祖父留在他血液里的东西。东厢房里，华伟收藏了十多幅名人书法作品，那些作品装裱在玻璃框里，熠熠生辉。“等我回来，这些东西都会有大用场的。”华伟站在门口，边说边比画，一束光打在他的脸上，那个留着独辫子的曾祖父好像也站在光里，我分明看见他的嘴角挂满笑容。

风景能成为风景，必有它的独特之处，古寨的独特，除了土墙、古树、梯田、木屋的完美组合，还有一处就是立在巷子口的那一排像铜钱一样的大石盘。石盘的左右有两棵枝叶繁茂的李子树，李子花开放，雪白如云，与古朴的石盘交相辉映。只可惜，我们此次去，李花已开过，只剩下满枝的绿叶，看上去也很美。起初，我以为这处景致是他们的先人匠心独运特意打造，寓意招财进宝之类的意思。华伟听了哑然失笑：“不是的，不是的，”华伟连声说，“那是水碾房里的石磨，以前在小溪边开了碾坊，用来打谷磨面。后来村民都用上了机器，碾坊就淘汰了。主人觉得那几块磨盘丢了可惜，就随意立在了这里，没想到竟成了我们古寨的一种标志了。凡来古寨游玩的人，都会来此处拍照留影。”听了华伟的一番解释，我有些不好意思了。人家明明是一件劳动工具，我却偏偏往钱方面去想，是我俗气了。

清明的风是透亮的，不冷不热而又极具穿透力，这七百年的村庄从层层梯田上层层升起。风吹过的地方，水荡起涟漪，见了木屋与老树，一定会有一口老水井，果然，跟着华伟，我们找到了它。

老水井在入寨口的路边，之前来时，在车窗外瞥见一眼，并不知它是一口井。村民们把它修整得就像一个小小的神庙。走近了看，拱起的石门之下，真藏着一口青石古井，井水清冽，明亮照影，舀一瓢尝尝，竟是满嘴的清凉甘甜。水是家乡流淌的血脉，渗透进每一个古寨人的四肢百骸，他们敬水爱水，与水有关的故事，都与故乡有关。每一个疲惫的归乡人，只要看见老水井，就会精神抖擞，加快脚步，因为，家就在不远处了。

走出寨子，已经快下午四点钟了，转了一大圈儿，我和敏子一点儿也不觉得累。华伟在公路上飞跑，边跑边喊："快点，带你们看古寨全貌。"跑到一个最佳的位置，华伟转过身，手指着远方，兴奋地说："快看！"幽远的蓝天之下，绿色的梯田之上，古寨被环抱其中，像无数个被搂在怀中的孩子，那是古寨人的孩子，他们养了七百年。华伟的手没有放下，继续说，等一会儿，到了太阳下山，炊烟升起，是古寨最美的时刻。敏子看了看手机，说："来不及了，丰哥已经打电话在催回城了。"我对华伟说，八月来，看桂花，看炊烟。

车子停在寨子里，我们往回走，去与老曾告别。华伟口里的话像开了闸，还在滔滔不绝，他指着远处的山峦，说："看见了吗？山与山之间有个凹口那里，下面有块大坪，那个地方叫枪里垭，以前是周边县市的商人进入大西南的通道，也是行军打仗的地方，所以叫枪里垭。当年贺龙元帅的部队也从那儿过呢。那上面还立着两块碑——指路碑和功德碑。”我说，可惜时间来不及，不然一定爬上去看看。华伟说，八月来，看桂花，看炊烟，还看枪里垭。那好，我们说，一言为定。华伟思索片刻，像是想到了什么，八月要是我没回来，叫超华带你们去，他不走了，一直在。

一直在，这是我今天游古寨最深的体会。这些年来，我到过许多村庄，几乎每一处都有荒废的房屋和荒芜的田野，唯独这古寨没有，每一间瓦屋都有人住，每一层梯田都有人耕。年轻人不是不向往外面的世界，我问了，在外打工的不少，但他们的家都有人守着。

华伟兴致很高，一路跟我们讲着他未来的人生规划。我知道，古寨已被列入第五批中国传统村落名录。今年搞乡村振兴，建设美好家园，各个村寨像是在比赛一样搞起了基础建设，修桥、铺路，美化庭院。古寨有山有水，有梯田，有别具一格的民居建筑，有古老的历史，更有生动的故事，旅游资源十分丰富。未来的古寨一定会吸引越来越多像华伟一样的年轻人回来参与它的发展，他们将是古寨新一代的主人。

太阳挂在西边的山上，林间不时地传出鸟儿的鸣叫，古寨的青瓦屋顶反射出一层灰白色的亮光，在群山环抱间，那光特别亮。

快到寨子时，空中传出一阵嗡嗡的鸣叫，一群蜜蜂从岔路口飞出，一位身手矫健的老人左手提着一桶清水，右手举着一个水瓢追赶出来，我们赶忙往旁边让路。老人扬起水瓢向着蜂群洒水，不停地追，不停地洒，这场景我从没见过，就问华伟这是在做什么。华伟说这叫“飞儿”，蜂箱里的蜜蜂闹分家呢，在新蜂王的带领下，一部分蜜蜂要离家出走了。“那个洒水是什么意思？”华伟说，洒水是让蜂群停下来，水洒在蜜蜂的翅膀上，让它们飞不动，路边的树叶也沾着水，散发着它们熟悉的气味，蜂王就会带着蜂群歇在树上，养蜂人再用一个蜂箱将他们引进去。要是不及时追着它们洒水，这一群蜜蜂就飞走了，再也不会回来。我的目光追着养蜂人，养蜂人追着蜂群，他锲而不舍，一路追向寨子的路口。

老曾还是像来时那样站在屋前，“回去就走近路吧，沿着溪流走，不要走岔了……”老曾一再叮嘱。

来时绕山，去时经水，车行五六分钟后，听到远远传来流水的声音。这条小溪没有名字，藏在灌木丛中，我们是循着声音找到它的。静水深流，就像离我们越来越远的古寨，在之前很久的一段时间，我不知它，它不识我，今天，一见便喜欢。或许不久的将来，它会像胡家溪一样美名远播，吸引越来越多的人喜欢它，因为超华和华伟还有许许多多的古寨人都会回家。小溪的家在哪里？我只知它会找到酉水，酉水找到沅水……家是无限广阔的海洋。

突然想起那个举着水瓢追赶蜂群的老人，“飞儿”莫飞远，一瓢清水引你们快快回家。那洒向天空的水，形成像彩虹一样的弧，从天而降。

群峰之上

陈　源

一

好吧，那就立冬前后吧。其实，不管什么季节去杜家坪，都是极好的，这时候去，当然没问题。

出自乡村，后来在城市里摸爬滚打几十年的人，到了一定的年纪，就开始怀念乡村的那种生活了。想着去乡下走一走，最好能住上几夜。什么都不想，什么都可以不做。放下尘世所有的浮躁与喧嚣，放空自己的身心，就像秋天的高空，湛蓝湛蓝，连一丝云彩也没有，就那么空空荡荡。这种感觉真好。

要放空身心，不能距离城市太近，也不能太远。已经包装好的和正在包装的那些所谓农庄，不去，因为商业气息太浓。要有山，有雾，有林子，有山泉，有瀑布，有水潭。可以乘车，可以徒步，可以攀岩，可以溯溪；可以亲近泥土和青草，可以数星星，看月亮。这样的地方，杜家坪很适宜。

让我们从一个城市出发，比如长沙；从一个节气出发，比如立冬。从立冬出发，就像语言从表达出发，诗歌从情感出发，爱情从纯洁出发，我们从内心出发。

汽车导航仪先设置好目的地：沅陵县杜家坪乡，汽车自然就驶入杭瑞高速。进入沅陵县境内后，就在第一个出口下高速，那是官庄互通。

官庄是个好地方。从地理上讲，这里是官庄山地，雪峰山的余脉，迎风坡，一年四季雨水丰沛，利于农作物、经济作物特别是茶叶的生长。境内的人有的干瘦干瘦，像一撮刚揉的烘焙好的绿茶，人有味，茶叶更有味。有的人很精神很豪爽，像官庄毛尖茶，泡在90度的水里，根根直立。有的神完气足，像荞麦茶和荞麦酒，怎一个香字了得。

奔杜家坪的"十八拐"，要沿着金山路穿过官庄集镇，然后穿过辰州矿业的矿区。辰州矿业生产金锑钨。矿工诗人陈年喜有两句诗很形象："我把岩层一次次炸裂/借此把一生重新组合。"从矿石到黄金，从黄金到手镯项链之类的黄金饰品，不知道黄金闪耀下的血汗，肥沃了多少破土而出的青草。

二

从鱼儿山村溯溪至十八拐，可能要两三个小时，开车爬坡上去，半小时足矣。十八拐，其实是一段长长的多弯道的陡坡。"十八拐”这个名字由来已久。这是过去的人们对弯道比较多的地方的一种惯用称呼。比如有的地方叫“七步弯”“寸步溪”之类。过去，在柳林村蔡家湾附近有个很大的茶园，在茶园里行走，绕来绕去，走的人多了，就形成了路。曲里拐弯的，十八拐的名字就喊开了。零几年在悬崖峭壁上凿出一条大道来，几年前路面硬化，人们就把弯道多且急的一段呼做“十八拐”。

过了鱼儿山，进入柳林地界，一条路一仄一仄蜿蜒而上。路左边挂着蓝底白字的警示标志：临崖路段，谨慎驾驶。路边的混凝土隔离带渐渐多了。防撞墩上插上了一面面的小红旗。能够展开旗帜的风，早就刮起来了。这是进入十八拐了。在最大的拐弯处，停一两辆车尚有余裕。我们的车熄了火，做短暂停留。

弯道外侧竖着一块长条石头，这块抒情的石头抒发着“天下第一拐”的红色豪情。山风呼呼，这是真正野外的风。有别于阳台的风和空调的风。抬头望望天，太阳正当头，有些晃眼。内侧峭壁上，上漆的钢架子上举着两行字“英雄难过拐，过拐真英雄”。这两行字，是夸赞肖克率领的红军部队一九三四年从这里路过，是夸赞修这条路的民工，是夸赞每天从这里路过的人。我注意到，钢架子下面的排水沟边长着一丛丛野花，紫色的，白色的，小小的花朵，密密麻麻，充满野性。这些花遇见眼睛，就是一种缘分。这是大自然在向过往的人事致意。不需雕琢，这个季节，也能让你感受到青草、野花和暖意。在家或者办公室，我们只能用窗台上的花盆，纪念锦绣大地。

绕过“天下第一拐”的那块石头，顺着山脊，有一条林荫小路下到山谷底下。路顺着悬崖走势用水泥砌成台阶，下到谷底共473级台阶。峭壁罅隙多生枫、栎和青冈。偷眼瞄一瞄对面山壁，垂直而下，怪石嶙峋，树木黄绿相间。此时节气虽已是霜降，枫叶却未红。春天也还在赶来的路上。若是春天，山上的野樱桃、山桃、杜鹃盛开之时，一团团彩色的云雾飘在山间；鸟鸣啾啾，阳光暖暖，山花灼灼，溪水潺潺，瀑布哗哗，白云团团。耳听为虚，眼见为实，春天来看看就知道了。随着心走，走到哪里，哪里就有充满意味和惊奇的事物等待被发现，被容纳。青草、流水和阳光的力量，只能在野外获得。

从鱼儿山溯溪而上，可从这里起坡上岸。细细的水流，听不到水声，静静地流动，像一个文静的少女。有一个水潭，十多个平方米的样子，夏天可以泡澡。溪谷中全是大石头，磨盘大的居多，也有比碾子还大的，鸟儿将粪便留在石头上，宣示着它们的主权。我蹲下身，太阳将我的影子印在石头上，黑黑的一团，像洒了一捧水。没有鸟儿的鸣叫，时光好像是静止的。往上游望，群峰壁立，一条蓝色丝带像一条蓝色的河流，从头顶流过。太阳映在水中，明晃晃的，只有光在动。来吧，洗把脸，洗却那些闲烦恼。我倾下身子，水沁凉。翻开一块石头，又翻开一块石头，没有螃蟹，也没有虫子。我捡了一片枯黄的树叶轻轻放入水中，它打个旋，缓缓向下游流去。我想让它把一个陌生人的善意与祝福带到远方，使下游的人们同我一样，对上游充满美好的憧憬和向往。

溪流那边，是山壁。有青苔铺在石壁上，色泽枯黄，好像绿色“的确良”洗得掉了色。但我知道，春天到来后，它就会绿意盎然。石缝中还有一丛石蒜，绿莹莹的，不受季节和干旱的影响。它静静地卧在那里，“只在此山中”，像一个山中隐士；身边的溪水，就如世事，任它一去不回头。

我们跃过几块大石头，上岸。离岸三四米的地方，有一个黑窟窿。下来时有荒草掩着，没发现。我拨开荒草，往里望望，是一座坍塌多年的炭窑，大约可以安放两三个立方米的木柴。我想象着一个中年汉子，怀里揣着几只红薯或者几个蒿子粑粑，来到这悬崖底下烧炭，更多的时候午饭是一钵冷饭就酸菜。炭烧好了，整整齐齐码进竹筐，妻子用背篓，丈夫用扁担，一步一步顺着峭壁挪上十八拐，再迈开小步子出蔡家湾、化香湾、鱼儿山，一直到湘西金矿；饿得前胸贴后背，也不舍得买一个饼吃。他们身边或许还跟着一个小男孩儿，扛着路边砍下的一根毛竹，同样准备卖给湘西金矿的工人，来做晾衣服的竹篙。就像一条河，有着拼命去外面看看的动力和豁然宽阔的梦想。如今，那个从山里走出去的小男孩儿，是否还能找到还乡乃至返回童年的路径？

我发动汽车。风，把我们引向更高的高处。

三

山路边渐渐有了人家，三两户，不成气候。

山路边有座牌坊，有一副嵌字联："龙踞虬蟠几多贤达频回首，潭清水碧无数墨客视如家。"爱好钓鱼的可以住下来了。龙潭山庄就建在黄龙潭边。从水库里钓上来的高山冷水鱼立马可以在山庄里下锅，鱼质细嫩，味道鲜美。龙潭水库虽然不大，但是，白天可以钓鱼，晚上可以钓月，春天可以钓雾，冬天可以钓雪。夏天来此避暑，晚上不用空调。

黄龙潭水库上有一座插满彩旗的钢索吊桥，桥头倒着一棵核桃树，对岸是菜地，没有路，只能从菜地经过。桥大约一米五宽，铺着木板，一直到对岸。桥面很干净，少有人走。我用步子量了一下，101 步。河水跌落，裸露出一丘丘农田，一层层，那是流水坐过的台阶，露出她质朴的容颜。河风拂过，有泥土的气息。桥面很稳，可以跑一跑，做一回追风少年。

我们不住山庄，当然也可以住。我们另有目的。就在前面，拐几个弯就到了。我把车开进了一户人家的禾场。背靠大山的一座房子前面，太阳底下，有两个老人坐着，一个在给另一个剪脚指甲。见我们下车，老人将撩起的脚放进拖鞋，两个老人同时站了起来。

两个老人是中国农民的标本。仿佛只要想起土地在熟悉的地方等着他们,他们的心灵就会平静下来。我称呼他们老哥老嫂。我不是第一回来这里住。我把带的鸡蛋糕和几个包子馒头，还有两三斤新鲜猪肉拿下车,放到堂屋的桌子上。老人头发没白几根,牙有点儿不好,适合吃软一点儿的。

看看手机,时间还早,不到两点。

我让老人别急着提椅子出来,先拿两把锄头浸浸水,我们换上自带的雨靴,让老人带着我们去挖红薯。老人提出锄头,放到厨房外的水龙头下,拧开龙头,让水滴在锄头楔上。这水是从山上接下来的山泉,可以直接饮用。我接了两捧水,洗一洗脸,然后又歪在水龙头边,灌了几口。一股冰凉一下子窜进胃里,像三伏天喝冰水一样。

红薯地不远,几分钟就到了。种远了不行,野猪多。红薯藤早都被老人割了喂猪。抬眼看山,埋头挖薯。今年的红薯有点儿难挖,很久没下雨,地很硬,红薯也小。半个多小时,出了一身臭汗,挖得一背篓。我已经很小心了，手上还是沾了一些薯浆。这东西很讨嫌,白色浆汁,见风变色,沾在手上黑黑的,很久都洗不掉。地边的狗尾巴草长得很繁盛，在天地之间，呈现出它们不为人知的巨大的力量。若扯上几支回去插在笔筒里,定有几分野趣。

老人背着红薯扛着锄头回家,我们在田头路边去找马援苦。一人掐一大把,洗干净下火锅,带点儿微微的苦味,好吃极了。春天,野芹菜,鸭脚板,多的是。真正的美,日常生活的美,在劳作中,在贫困和朴素中最微妙地显示出来。

屋头一株桂花，因为干旱，桂花开得迟，到立冬还残留些许甜香。没人注意到，今年的桂花是寂寞的，应该开花的时候没开，刚展开花朵又谢了。老人拿出蛇皮袋子，把一个个的红薯掰掉泥土，装进袋子，用薯藤捆好袋口，放进我们小车的后备厢。

留在家里炒菜的人也准备得差不多了。大锅里煮的锅巴饭散发出阵阵米饭香味。将谷仓里取出来的腊肉洗净，切成大块。将春天晒干的水竹笋用冷水泡发，和炒香的腊肉在小锅里炖成一锅；捡几块木炭，烧一个炊炉子，炊起来。再炒一个酸茄子或者酸椿巅，炒一大碗鸡蛋辣子，炒一个小白菜、一个萝卜菜。马援苦下火锅吃。足矣。把饭桌搬到禾场，摆上菜，把马尾松做的椅子提几把出来。桌上排开几只大碗，将堂屋角落摆放的一口大水缸上的薄膜揭开，酒香溢出，顿时盖过了菜香。这是老人酿的重阳酒，今天才拆封，用樟树掏空的木瓢把酒舀出来，给几只碗满上。“绿蚁新醅酒，红泥小火炉。”白乐天的诗句正合适。可惜没有雪，雪花还在赶来的路上。

几个人抽着烟，喝着酒，开始吹牛皮，各讲各的故事。

黄昏从高处落下来。风轻轻掠过，就像掠过逝去的年华。暮光环绕，屋顶之下就是人间。大家身上渐渐有了凉意。我们把桌子搬进堂屋，桌下再添一盆炭火，桌上的炉子再添几块炭，不一会儿，锅子里又咕噜咕噜起来。灯光下，几个人的脸都带上了春色。时光仿佛慢了下来，这样的日子真好。

山边的房舍，在宁静中散射着暖橙色的光。夜色如水，屋檐下靠墙的锄头发出微光。在这里，我们得以找到可以安放身体和内心的一间屋子、一个夜晚。在人生的某个时候，我们不妨试着放下一些什么，让自己变得空空如也。就像今晚，我们不用去寻找厕所，就打开农家堂屋的大门，走向旷野，听小便哗哗的声响。远处传来两声犬吠，很寂寞。随意抬头，就能看到那轮月亮。思想里没有任何愿望，如同秋天的夜空。

四

第二天早上，老哥杀了一只鸡，做母鸡炖板栗。吃完早饭，我提着猪食桶帮老嫂子去给猪喂食。听见脚步声，一头将近两百来斤的黑猪，将蹄子搭在了铁栅栏上，嘴里哼哧哼哧发出声音，尾巴乱摇，眼睛黑漆漆似懂人语。听着栏里那头猪吧嗒吧嗒的吃食声，那一刻，我最怀念的不是那些终将消失的事物，而是此刻的宁静。仿佛我与猪食，与猪，甚至一团冒着热气的新鲜猪粪，还有天空，以及天空中偶尔飞过的一只鸟，是一样的，纯粹而坦荡。

早晨的阳光照在屋顶上，给屋顶的红瓦镶上一道金边。老人从堂屋的角落拎出两个大南瓜，给我们放进后备厢，和昨天的红薯挤在一起。南瓜老成了深红色，又带点儿青皮，肯定甜。我们放下

500 块钱给老人，老人说，南瓜红薯吃完了后，就杀猪。老人的沅陵话带安化口音。他约我们下次杀年猪再来吃年猪肉。

接下来菊花给我们引路。阳台上或公园里人工培植的菊花太肥硕了，少了菊花的风骨。赏菊一定要到山上，生长在山里的菊花有山的风骨和气息。我们将车慢下来，任秋风刮过山野。微风透明，太阳已经爬得很高而且晃眼。这时候要做一些很慢的事，才能与这样的光阴相匹配。想起诚斋野客杨万里的《戏笔》：

野菊荒苔各铸钱，金黄铜绿两争妍。

天公支与穷诗客，只买清愁不买田。

没有荒苔，只有野菊，星星一般闪烁。野菊一朵一朵开向远方，形成一道金黄色的小溪。接连不断的花开，使人觉得很有盼头。那种淡淡的香气，吸引着我们，去关注渺小，关注内心，热爱树木、野草和花朵。

秋天最适合做一些闲散的事情。比如此时，若是挎一个花篮，将小小的金黄采摘下来，在阳台上晒干，有好朋友来访的时候，取几朵，用滚水泡一杯菊花茶，菊花仿佛有了第二次生命，满屋子都会氤氲菊花的香气。那种感觉，仿佛一个转身，人又回到了野外。一边采菊一边吟诵着："采菊东篱下，悠然见南山。"

正有了这样一个念头，前面就有了更多的人家，这里是木王村的村部。冥冥之中，好似内心的秘密被神灵窥到了。过了村部不久，夹道迎接我们的是五节芒。长长的白色的花穗随风摆动，和青草湖的芦苇近似。披上一条红围巾，就可以唱《九儿》了。只是拍照的感觉不太好，五节芒的叶片有锯齿，人和围巾都得小心被划伤。

落叶，落叶。小车仿佛钻进了原始森林，大树参天。路面被落叶挤占了三分之一。就这么一直铺着，落叶仿佛成了这条路的主人。其实我们可以下车走走。“无边落木萧萧下。”我们踩在今年去年前年甚至不知道多少年前的树叶上，还可以拾一片刚刚飘落的树叶，嗅一嗅树叶那种干燥的味道，那种饱含阳光的味道。落叶带着收集了三个季节的阳光，又回归大地。

猛然之间，一棵高大的树就来到了我们面前。

远远望去，树身上有一种令人向往的静气。树长在高出路面4米左右的斜坡上，靠近它，要上十几级一米宽的水泥台阶。台阶上，有树上落下摔破皮的白果，杏子大小。上去后，看到边上竖着一块石头，同样是抒情的，刻着“银杏王”三字，字赭红色，很规整。这三个字分量，在湖南，大约当得起。树身有木栅栏围着。树干粗大，大约五个成年人可以合抱。芸黄的银杏树叶，不紧也不慢，三三两两，轻轻落下，像一些正在发生的事情。这是从大唐盛世走来的一棵树，我更愿相信，每一片落叶就是一首唐诗。落叶飘落在肩上、脚边，好像我也成了诗人一般，正在吟诵一首传世的古诗。花朵，果实，还有时光，被这一年一年的落叶厚厚覆盖。树身上钉着一块铁质“湖南省古树名木保护牌”，上面标着树龄：1300 年。1300 余年，一个生命的存在，可以辽阔深远到不需要任何背景。我多么希望，我能够和银杏树一样生长缓慢，此刻还停留在九岁以前。

这棵树，宜仰望，而且只能仰望。在大地之上，太阳底下，岁月的痕迹，在粗壮的枝干之上体现。古树尚未落尽的树叶斑斑驳驳，颜色很有层次感，呈现出它独有的内部节奏和外在姿势。我想起苇岸的几句话：“我希望我是一个眼里无历史、心中无怨恨的人。每天，无论我遇见了谁，我都把他看作刚刚来到这个世界的人。”这正是一棵眼里无历史、心中无怨恨的树，就那么自自然然生长，每天陪着太阳东升西落。人类来到它的面前，都是刚刚来到世界的孩子。

步上最后几级台阶，栅栏上面，有一户人家。有一所木房子，越过红色屋脊，可以望见屋后面的大山。一只黄犬趴在檐下壁角，正回头张望。见了陌生人，尾巴扫两下，打个哈欠，不吠，也不站起来躲开，站在大门前往外面张望，银杏王好像就栽在自家庭院里。头上的天空是如此寂静，我多么希望自己能够生长在这里，扎根大地、泥土，站成一棵树，去赚取青草、露珠、阳光和鸟鸣。

五

关于“三八路”这个名称有两种说法，一种是说除了从杜家坪乡政府出乡的乡道外，此处还有两条岔道，与乡道一同形成了三个“八”字;一种是说当年修路的都是妇女,所以被称为三八路。

穿过黑夜,不到五点,我们就到了三八路。这里是林区,不准抽烟,我们小声说着话。“不敢高声语,恐惊天上人。”鸟的鸣叫从山谷下升起来。

我们静静等待,气氛有些压抑,生怕太阳不出来。西边,那一面黄金锻铸的鼓渐渐坠下去了。大家都没入黑暗之中。天空底层里充满石子似的星星。

天更黑了,唯余启明星在东方的高空闪烁。极远极远的天边,有丹青妙手，用画笔细细地勾勒山起伏的轮廓，在山的上边泼上深蓝色的颜料;然后点出一团红,顺着山的轮廓洇染,让周围的深蓝由浅入深。渐渐地,一团橘黄色的光冒了出来,随即橘黄色变成了金黄色,范围不断扩大。金黄色的外围是红色,红色的外围是浅蓝色,然后蓝色调不断加深。此时,我深深感受到自己美术知识的贫乏,无法尽情描绘所看到的景象。红光的右边,用笔点出三五个黑点,像飞翔的鸟儿黑色的影子。然后影子拉长,稀释,好像风在追赶着这些鸟儿,更像鸟儿飞翔留下的残影。更高的天空,蓝色的海在追赶着天空。远近山峦开始有了层次，山脚下的村庄被浓浓的白雾所笼罩。那些鸟儿的残影化成了大大的一团虚影。一团白光冒出来,虚影幻化成棉絮,浮在空中。白光只露出一半,天地间便已经霞光万道。这时候,背景的天被风吹得很蓝,头顶,有一丝云彩，就那样随意飘浮着，只随便瞥一眼，便仿佛有生命深处可依托的东西涌现。

时间仿佛静止了。我们站在群峰之上，屏气凝神，眼睛不敢眨一下，生怕错过这震撼的瞬间。太阳老高了，这才回过神来。在乡村星空下长大的我们，后来在城市工作那么多年，我们何曾在忙碌的早晨或者尚未下班的傍晚，抬头，看看天，看看天边的云彩。

草木寂寂，鸟鸣啾啾。

据说，雪后初霁的早晨，三八路的日出更是非同一般，这只能遗憾地等待下次了。人生怎能没有遗憾呢。不同的游客，来到杜家坪，都会有不同的收获。即便看不到日出，得以看每一朵白云都升向天空，每一条沟谷都流向大海，那也是极好的。

头上的天空，和我的内心一样平静。这样想着，我又抬头望了一眼天空，把我深情的最后的注视，落在那巨大的蓝色虚空里。

我们坐进汽车，有一只长尾鸢，从前方掠过，转眼不见。天色大亮，我们和太阳一起出发。

又见鸬鹚

毛 晶

终是秋天了,从沅陵县城驱车往西北,沿着西水河而上,沿途青山相对而出，树荫斑驳，清风肆意飞扬，如拂尘般扫落心中烦恼。车行30多分钟,转入一片葱茏,河道变得弯曲有致,但是依旧碧水如镜。车行山道之间,犹如云中漫步,清风徐来,水波不兴,别有一番宁静。

今年的秋意较往年来得迟了,夏日的热气久久不愿离去,蒸发着九曲十八弯的河道,褪去湿润的外衣,只徒留白色粗糙的砂石,也是被烘烤得斑驳无比。浅浅滩涂,几根水草在倔强挺立,突然,在那滩涂的水草后面,我看到了一只鸬鹚,蛰伏在一汪浅水后,我惊叫起来:“鸬鹚,快看,鸬鹚。”仿佛看到了稀世珍宝一般。同车的人循着我的视线看去,再次确认了我的认知:的确是鸬鹚,三十多年了,时隔三十多年了,鸬鹚,再次闯进了我的视野。

中南门的人声鼎沸穿越般再次划过耳畔，回归到河边的吊脚木房子。奶奶与叔叔住在河边木质的两层楼房子，只要爬上二楼就能看到沅江在眼前缓缓流淌。

那时候,江里的清晨和日暮是最为美丽的,温润的光彩,照应着舟楫横行、捕鱼人撒网,一片星河灿烂。河水清净地流淌,荡得人心摇摆,偶尔的欢笑和渔人之间的谐谑,如家乡菜的味道,弥散着,又反复着,在日复一日的日出与日落中寻找生活的气息。

我趴在楼上的围栏上,看着渔人捕鱼、小贩收鱼,听着来自沅水河里的声音,不知疲倦。小叔从架空的阁楼顶楼上拿起竹篓子、鱼竿,老黄狗跟在后面,和他一起径直朝河边走去,我知道,他又要去钓鱼了。

河边长大的人,一辈子与水结下了不解之缘。游泳与钓鱼就是不浅的缘分。姿势没有章法,却化身蛟龙,在几十米宽的河面上扑腾而上,潜身而下,吞吐之间,都是如鱼得水。没有哪个河边的孩子不会游泳,对于我们来说,那就是天生的。但凡天气一热,住在一起的孩子,穿着裤衩,光着脚丫,呼朋引伴,鱼贯而出,扑通扑通就往水里跳。

初生的牛犊,胆子比天大,尽管家长们招呼着我们不要随意下河, 但是河水的清凉、嬉戏的畅快很快就让我们把长辈的嘱咐抛在脑后, 再加之父母长辈们疲于在口粮上挣扎求存, 野生野长最终成为我们这代河边长大孩子的标志。

小叔的水性在附近是极好的,听说能在河里来回游几次,他那时也就是 20 多岁,工作所在的食品公司刚好改制,年轻的他成了一名下岗工人。那段时间,他沉默寡言,每每坐在固定的石板上,扬起鱼竿，静静地，仿佛融入了这河面，随着波光起伏呼吸，身旁的老黄狗也是静静的。从日出到日暮，他就在光芒中清晰，又在光芒中暗淡下去，似乎日子也就这样生长着。

平静的日子是没有喧嚣的尘埃，在日出日暮中过得稳定而沉闷。我很久没见到小叔笑了，那种张扬而发自肺腑的笑。我记得有一次早捕，渔人的网撒下去，很久都拉不上来，岸上围观的人一看这架势，开始七嘴八舌地喊起来，其中就有小叔，仔细辨认，我发现他的声音其实最响亮："用力拉啊，用力拉啊！"声音里的紧张凝结成男人脖子上的青筋爆出。渔船上的渔人倒真是不急，悠哉地叼着旱烟，闲庭信步般收拉着网绳，到了最后，才赶紧绞着手上的绳索收网。隔着老远，我都能看到很大很大一条的鱼，比我人都大，在渔网里活蹦乱跳，惊得河水四溅，飞溅到了渔人的脸上，他抹了一把脸，瞬间笑开了花。

岸上的人都等着，等着大鱼上岸。收鱼的小贩一只手紧拽着手里的秤杆，一只手随意地拿着秤砣，看起来在谈笑风生，其实他们的脚已经出卖了他们—— 前 后的脚，是奔跑的姿势，他们想要最大的鱼。最大的鱼是财富，是幸运，是每天最大的期待，河边的人就是有这样的期待，才能在这流淌的时间里找到生存的意义。

渔人们齐上岸，合着力气把大鱼抬上岸，银白色的鱼鳞闪闪发光，鱼嘴还在不停地一张一合着，摆动的鱼尾继续扑腾，接着就是一阵喧闹的讨价还价，收鱼小贩的声音一个高过一个。最后，出价合适的小贩得到了大鱼，快速地用秤杆下的钩子钩住鱼嘴。小贩和渔人两个人用鱼钩硬生生地勾进去,几个人一合力,把鱼吊起,大鱼被吊起的瞬间,大尾一甩,周边的人惊呼一下,快速闪开,身形步伐出奇一致,避开了那条挣扎的尾巴。

小叔在人堆里,看着大鱼被吊起来,笑得张牙舞爪,似乎鱼是他抓的。看抓鱼卖鱼看得多了,小叔也逐渐和渔人们熟络起来,偶尔给他们递上一支香烟，笑眯眯地听他们说抓鱼捕鱼的事，或者聊聊最近鱼的卖价,七来八往,小叔倒是交上了几个渔人朋友。

下岗后的小叔沉寂在河边垂钓,几乎和渔人朋友极少交流,偶尔说上几句话的就是那个老渔夫，如今他在我的脑海里已经模糊,但又是我记忆很深刻的人。已经记不起他的长相了,但是记得他在船上摇橹的样子,悠闲而自在,不急又不慢,随着波浪,一前一后、一左一右,分不清是他随波逐流,还是波浪随着他的节奏在推动船行驶。

六月一天的中午,小叔又去钓鱼,太阳晒得人睁不开眼,小伙伴们又一头冲进水里，犹如浪里的小鱼，翻腾来翻腾去，打着水花,快活得不行。那时的我不熟水性,只能在河边泡着脚,傻傻地看他们闹来闹去。突然听到一个惊慌失措的声音:“救命啊……”大部分孩子没见过这种场面，吓得一下子僵在那里；胆子小点儿的,直接吓哭了;还有大一点儿的孩子,拼命向岸上呼救。然后,我就听到两下“扑通”声,岸边的小叔早已跳进水里,只能看见河面激起的水花。那水花大而晶莹,在正午的阳光下闪闪发亮,亮得我视线都模糊了。在模糊的光晕中，我就看到小叔不停交替抡起的胳膊,快得我都分不清是一只胳膊还是两只。那段时间是静止的,又是飞快的。在大孩子的叫喊声中,小叔很快锁定了大概位置,他快速潜下去,不一会儿就托起一个男孩子,而男孩子另一边,则是一个年纪较大、皮肤黝黑的男人。是那个老渔夫,他们快速游动,将孩子托举着送上岸。

旁边水里的孩子,也尾随着上岸,小一点儿的吓得不敢动弹,大一点儿的孩子就催促着他们快上岸。他们围在那个孩子周围,我也一样,吓得都不知道该怎么办。

小叔和老渔夫快速地将孩子先放在地上，将他的口腔打开看了看,然后使劲按压他的胸腔。随着剧烈的咳嗽声,小孩儿的嘴角流出了一些水。然后老渔夫叫小叔帮忙,把孩子靠在他身上,又在后背上拍了拍,又出来了些水。最后,老渔夫把孩子的脚抱住,从上面倒了过来，叫小叔又从屁股拍下来，孩子嘴里的水一下又出来了些。看着那孩子倒过被老渔夫拎起来的样子，我想起来了那条被卖的大鱼，倒挂在秤上任人宰割的样子，滑稽得我不觉笑出了声。大概是这样子真的很好笑,围观的孩子都一下子笑了起来,刚才哭的也一下子笑出了猪声，逗得小叔又好气又好笑，每个人屁股上扇了一巴掌,叫我们快点儿回家。他自己则背起小孩儿,和老渔夫一起把他送回了家。

河边的人感谢最为质朴，除了不停地说“谢谢”，还有一桌饭菜比千言万语似乎更有情感，但是小叔和老渔夫谢绝了这一场盛大的感谢。他们蹲在我家门口，夏季的衣服已经不滴水了，但还是有点儿湿漉漉地粘在皮肤上。小叔从屋里拿出香烟，用火柴点燃，有一下没一下地抽着，又有一句没一句地聊着。我站在屋头的墙角下，看着他们头上烟圈儿散了又起来。他们聊些什么，我听不到，但是最后，老渔夫拍拍小叔的肩膀，慢慢踱步回到了船上。

第二天，小叔上了老渔夫的渔船，我听我奶奶说，是去学捕鱼了。然后小叔早出晚归，开始了新的生活。有时候，他甚至不回家吃饭，奶奶就包好了饭送到船上。在一天傍晚，我屁颠屁颠地跟在奶奶后面，夕阳西下，落日的余晖在河面映照，折射出金黄色的光晕。渔船停靠在河边，竹篾织成的船舱外，小叔远远地朝我们招手。我们走近船身，发现老渔夫抽着烟斗，蹲坐在船后，他的旁边，站立着两只那时我不知道叫什么名字的鸟。

它们的体型不小，站立着，高度差不多和蹲坐着的老渔夫的肩膀平齐，通体乌黑发亮，黄绿色的大嘴，一双眼睛犹如蓝宝石一样闪闪发亮。它们的爪子紧紧地抓着船舷边上的桅杆，像两个卫士一样一动不动地注视着湖面。老渔夫看我看这两只鸟出神，叼着烟斗笑着看了看我，扬起了一只手，做出一个向下的姿势，这两只鸟像得了命令一般，张开翅膀，直挺挺地冲下河去。阳光里水花四溅，很快它们又飞冲出水面，头顶上的毛被水浸润得更加光亮。很快，它们飞回船上，只是脖子比刚才下水时鼓胀了很多。

老渔夫优哉游哉地将烟斗放在一边，顺了顺它们的脖子，一条不小的鱼就从鸟嘴里吐了出来。纳闷之际，我才发现，它们的脖子上都拴上了绳子。看着它们被迫吐出到嘴的食物，我感觉到太不可思议了。老渔夫顺手把鱼丢进了竹制的鱼篓里，又如对待孩子般整理下两只鸟脖子上的绳子，然后从一旁的盆子里又掏出很多小鱼，他随性地往鸟站立的地方扔出小鱼，鸟儿们的蓝色眼睛专注地盯着小鱼，然后如杂耍一般，张开宽大的翅膀，瞬间位移，一口把小鱼吞进了肚子，那囫囵吞枣的样子甚是可爱。

我拉着奶奶低声问："奶，这是什么鸟啊？""鸬鹚。""它们好厉害啊，我们也养一只吧……"小小的要求，引得老渔夫笑了起来，小叔打趣说："等你长大，你再养一只。"

木质小船随清波摇曳，几人爽朗的笑声，还有鸬鹚扑腾的翅膀，在沅水中有声亦无声。余晖下的岁月啊，就这么沉浸到人的心里，成为不可多得的美景。

天生天养，水边讨生活的人依靠着水把日子过得还算可以，但是总有石头会激起波浪。二十世纪九十年代初的市场经济发展大潮，如热浪一样席卷全国各地，沉寂的小县城也不例外，外出打工，经济建设，大兴开发……我们离开了那条祖祖辈辈傍居的大河，迁往新城，时光如沅水东逝，我再也没有见过那悠闲的渔船与渔人，小叔做起了其他生意，奶奶也被时间带走……

而沅水依旧在奔赴大海的旅途中，几经回转，千年的平静被物欲打破，击打了波光里的翡翠，令其几近支离破碎。挖沙的轮船不停地作业，无情的喧嚣在这个古老的县城里极度刺耳。大肆地消耗让这条母亲河破败不堪，星河的璀璨变成了不堪的浑浊，漂浮的杂物污染了人们的眼球，也污染了心灵的净土。

搬迁之初，小叔得了闲，还在家附近的地里挖几条蚯蚓，带上鱼竿，慢悠悠地从新城走到河边，吹着和风，叼着香烟，静静地垂钓。这些河边长大的孩子与生俱来的爱好，仿佛刻在了骨子里，不管经历了多久都不会忘却。但是后来，小叔连鱼竿几乎都不动了。读大学的我刚放暑假，恰巧看到了屋后的鱼竿。但鱼竿和以前不一样了，以前的鱼竿油亮又水润，而现在的鱼竿没有一点儿光泽，我半开玩笑地问小叔："叔，你这鱼竿都要长锈了，难道是你年纪大了，钓不上鱼了？"小叔看都没看我，有点儿无奈地说道："河里还有什么鱼？现在都是些小小的鲫盒子(鲫鱼)，连个鳜鱼都没有。还钓什么钓？"我惊讶于这些变化，但是没有深究。很快，一次游泳的经历彻底打破了我的认知。

夏季的炎热，让我们这些曾经在河里的小娇龙们相约着一起去游泳。出发前，我和父亲打了招呼，父亲连忙劝阻："现在的大河里又脏又臭，你们不要去了，找个小溪去游游。"沅水河里的变化，我也在偶然间看到过，成片的垃圾随着浪花漂浮着，一浪又一浪的，像天空中的白云，可是在浑浊的水中，又显得格外突兀。伴随着夏天的高温，腥臭而湿润的味道充斥鼻腔。基于我们这群娃心理上的障碍，我们选择了一处离城较近的河边去游泳，那也是儿时不错的地方，有浅滩芦苇，沁人心脾的清凉，偶尔还能看到小鱼小虾在身边畅游，一下子让我们雀跃起来。但是到了那条小河，我们却败兴而归。死寂一般的河水已全无灵性，散发着一种说不清道不明的药味。河水虽然不算浑浊，但是鱼虾全然看不见了。我们垂头丧气地回家，和父母讲起这些所见，父亲摇了摇头，叹了口气，说："这些人太缺德了。现在用电打鱼，用药药鱼，也不管大鱼小鱼，这一河的鱼啊，怕是……"

是啊，那段时间，野生鱼的价格噌噌猛涨，但是买回来的鱼却越来越小、越来越贵，曾经我们碗里那些习以为常的食物随着时间流逝变得越来越稀少了，似乎都要变成美好而不可触及的回忆了。是啊，似乎真的要变成回忆了。就如曾经沅水河里的鸬鹚，在我幼小的心灵中逐渐模糊，似乎要消散了，但是又似乎不是。

后来，我在书本里又学到了与鸬鹚有关的内容，打开了新的认知。"关关雎鸠，在河之洲"，就有学者认为这诗中的"雎鸠"就是鸬鹚，因为结伴的鸬鹚，从营巢孵卵到哺育幼雏，它们共同进行，和睦相处，相互体贴，代表着婚姻的幸福与和睦，中国人对鸬鹚有一种特殊的感情，大概也是因为这种美好的寓意吧。

古人眼里的鸬鹚，代表爱情，也代表亲情，岑参在《还高冠潭口留别舍弟》中就写道："东溪忆汝处，闲卧对鸬鹚。"鸬鹚更代表对家乡无限的眷恋:“霁后江城风景凉,岂堪登眺只堪伤。远天蝃蝀收残雨,映水鸬鹚近夕阳。万事无成空过日,十年多难不还乡。不知何处销兹恨,转觉愁随夜夜长。”人的情感总是相同的,幼年的惊鸿一瞥,也是一种缱绻的情怀,随着岁月的增长而变得更加深沉。

长大后我才知道,野生的鸬鹚并不会听渔人的号令,它们通过不断的驯养学会了隐忍和奉献。唐代诗人杜甫有诗云:“家家养乌鬼,顿顿食黄鱼。”这“乌鬼”便是鸬鹚。而诗人杜荀鹤在《鸬鹚》一诗中写道:“一般毛羽结群飞,雨岸烟汀好景时。深水有鱼衔得出,看来却是鸬鹚饥。”而生在江畔的人啊,如鸬鹚一般,依赖着江水,仰仗着江水,对一江碧水,总有缱绻之情,总有念念不忘,总有守候,总有回响,江水也将回馈给山城不一样的情谊。

再遇鸬鹚,也是必然,就像兜兜转转的命运,总会在拐角之处有惊喜。鸬鹚找到了栖居之所,是因为那江水又开始了新的轮回——生态文旅的发展。对沅水进行保护的时候,我已经毕业参加了工作,禁渔退捕开展得轰轰烈烈。看着那一张张织得极密的网被收起来,看着那些电鱼的、药鱼的人被惩治,我心里竟有些兴奋了。三年过去了,偶然去到酉水边时,凤滩的原住民高兴地和我比画着:现在电站泄洪时,他们都能在河边捡到鱼了。有次一个人捡到了好大好大一条,他在阳光下认真地和我比画,突然,我透过耀眼的光,穿越回了儿时的河边,看到了那条被抓起来的大鱼,白色的鱼鳞在阳光下闪闪发光。

砂石船的嘈杂也成为历史，一切又回到了从前，60多岁的小叔又扛着鱼竿到河边垂钓，垂钓的兴致成为他老年的快乐；偶有渔人就着晚霞，撑着长篙在河里优哉游哉；河里的蛟龙们奋力从这头游到那头，激起的浪花带着欢悦；河边奔跑的孩童，笑声不断。河上清风荡漾着波光，宝石般闪亮。河两岸，虽没有了老城的痕迹，但是整齐干净的滨江大道，岸边垂柳摇曳。静坐河堤旁，身后的龙兴讲寺，黄色的琉璃瓦、红色的围墙，穿越悠悠千载，依旧伫立，晨钟暮鼓无声又有声，朝升暮落之间，打开了心门。还有安放乡愁的云庐，紧靠着龙兴讲寺，灰墙青瓦，屋檐上点点青苔，院中的银杏树叶在秋风起时随风飘落，满院杏黄，是离人愁，是相思愁，是等待的执着。

沅水，就如静默的老者，看着它们，看它们春雨化露，烟锁重楼；看它们夏阳炙热，蝉鸣鸟叫；看它们秋叶飘零，霜落屋檐；看它们白雪披头，煮茶论道……他知道，等待的都会来，所以他一直等。等人们的相聚别离，等欢喜悲忧，等一代代敢于横江的小孩子在江边长大，等一代代蹒跚踱步的人在江边老去。

沅陵是一座水城，环城的是沅江，它是母亲河，从云贵之境奔流而下，经过崇山峻岭，把最温柔的情怀留在了山城里；境内大大小小的河流九百多条，每一条都与土地、与山川相依。沅陵的水从来不是滔滔不绝地奔腾，而是归于宁静的经久不息。你看她，在晨光下，在朝暮中，在余晖下，静静流淌，碧波万里，看似平静的下面，却是一种绵绵不绝的生命力，不管经历怎样的困难，都将她的坚韧、豁达传递给这片水土上的人们。而每一代沅陵人，将这种生命力接纳，对生活和生命付出最真诚的努力，隐忍而善良，就如我的父母、我的小叔，不管经历怎样的困难，都在沉寂后继续向前，而对生活报以最真诚的情感。

如果你来沅陵看水，一定要看懂这水，这是至清的水、至纯的水、至性的水，是生命的水；看看这水上，渔船轻渡，渔人轻摇船橹，延绵几千年的情怀；看这里的人，真诚又热情；看这里的鸬鹚，在水间捕鱼，轻快自在。

沅水静静流淌，我知道你会来，所以一直在等！

山中一日

杨新才

一

这是个寻常的早晨，如同流逝的无数早晨。早上七点整准时醒来，微信叮咚一声，我收到云的位置，县城一处假日酒店。这小鬼，什么时候来的，也不吱声。

三年前，某公众号推出我的一首小诗，云甚是喜欢，联系我加为好友。之后，云换了头像，改名云知道。她早年在房地产销售行业干得风生水起，后来市场低迷，逐渐淡出江湖。谈过的男友都没结果，她于35岁生日那天释怀，此后寄情山水，行行摄摄，优哉游哉，朋友圈晒晒图，配点儿心灵鸡汤女子诗文。图简约，诗空灵，细细品味，会觉出灵魂深处的些许忧伤。诗歌见心见性，如此女子，或许至真至纯。

司机小钟早早赶到酒店，红色路虎泊在那里特别惹眼。小钟家底殷实，大学毕业后去南方闯荡，大人终究不放心，派亲戚将他撵了回来，如今安心在家直播带货，还搞起了自媒体，人缘好得不得了。小钟靠着驾驶椅，眯起眼睛听音乐。阳光拍打着那张白皙的脸，细密的胡须泛着亮光，有种金属质感，令人怦然心动。音乐是《斯卡布罗集市》。何老师吹这曲子的口哨特别好听，有段时间我上网搜听各种版本的口哨音乐，再也觅不出那种味道。老师著作等身，书画俱佳，仿佛一座艺术综合体，他不经意间流露的，是深厚的阅历和底蕴，寻常人无法企及。

酒店大堂里，摆放着高仿真皮沙发、栗色实木茶几、曲线形玻璃花瓶，百合花开得香艳。说是大堂，不过是吧台一角置放着几件家具。一位中年女子外套咖啡色毛呢大衣，内里上身葱白条纹衬衫打底，下身穿黑色紧身束腰筒裤，留着齐肩短发，干练潇洒，端坐在沙发上，随意翻看着一本旅游画册。

“嘿，你好。”我几乎吓了云一跳。用过早餐，问去哪里，云耸耸肩，眨巴着眼睛说：“随你啦。”云没有尘俗中那种美，眼睛深邃，看你的眼神好像能洞穿一切。“去山里吧，借母溪有个弟兄开了家民宿，约过好几次，吃喝不是问题。知道借母溪景区不？国家级自然保护区。借母生子的故事晓得不？富裕限制了你的想象力吧？”云摇了摇头，随即又认真地点点头。

借母溪村山高路远，穷乡僻壤光棍多，或有女子被骗成婚，最终都不堪贫困逃出深山，留下男人孤苦一生。为延续香火，村民们商讨一起集资，找到山外穷困人家，租借能生养的女人，借母生子以传宗接代。女人产后才能回家，继续原来的生活。传说中规矩多，比如被租的女人须蒙住双眼进村，蒙眼回去，母子不得相认。这样的女人唤作狃花女，干这种生意的人叫狃子客。电影《狃花女》，借母溪的实景剧《狃子花开》，演的就是木匠春牛和典妻女碗儿之间的悲欢离合。

二

越野车沿着宽阔的柏油路疾驶，浩渺的五强溪库区，沅江水水波不兴。时值深秋，苍翠的山林间红叶翻飞，江对面大片竹林青中泛黄，像饥荒岁月里受苦的孩子。翻过竹山下道坡便是我的老家。山脚下的村庄叫下怡溪，码头边曾经有生资站、供销社，繁华得很，小时候砍的柴、烧的炭都挑来卖。当年供销社柜台里，成捆的布匹花花绿绿，大缸里盛着红糖，赶场时肉丝粉油亮、滑嫩、脆香，滋溜一声蛔虫似的钻喉入肚，隐隐还有千回百转的声音。云有点儿走神，不置可否，或者说这些在她认知之外。我们沉默着。秋天原本删繁就简，略过夏日的浓烈，拒绝冗长的告白。

汽车悄无声息地滑行，驶过深溪口集镇迅疾转弯九十度，告别大江大河，溯溪上行。七月后县内无雨，深溪溪水细若游丝，躺在那里瘦得可怜，阳光直射着溪滩上大片砂石，明晃晃的有点儿耀眼。“据说这回的旱灾百年一遇，许多村寨饮水成了大问题，各家各户忙着四处找人打井。事情并没那么简单，光鲜亮丽的背面，或许有不为人知的辛酸。”云若有所思，喃喃自语。

祥子的民宿紧靠借母溪保护区，临溪而建，古柳环绕，寂静清幽。溪水几近干涸，少了往日的清秀和灵动。曲折的石板路通往柳林深处，两旁植满各色花草，小园香径独徘徊呢。祥子早早候着，见面特兴奋，忙不迭介绍。民宿大门外墙挂着一众鎏金的牌匾，“沅陵县作家协会创作基地”赫然在列。“怎么样，够文化吧？”祥子咧嘴憨笑道。他从冰箱里拣出当地上好的高山云雾茶，拿玻璃杯冲泡片刻，芽叶便出落得俊俏如妙龄少女，在众人面前亭亭玉立。那茶汤色鲜亮，清香弥漫。云小口品着，时而闭目，仿佛回味初恋，只记花开不记年。柳林里传来若有若无的蝉鸣，极力挽留秋天。

祥子开始张罗饭菜，多日不见，兄弟当不醉不归。饭点还早，云想往深山里走走。“去蓝溪坪吧，那里计划建水电站，以后怕是要被淹的。你们多拍点照片，指不定将来就是文史资料。”祥子还说，那儿有他过命的兄弟，他家山货多。说话间已电话安排妥帖。

水泥盘山公路三米多宽，弯弯绕绕，两侧林木遮天蔽日，密不透风，恍若时空隧道。终于登顶马头脑山，平坦处零星映现几亩山田。田野寂寥空旷，草垛整齐地码上田垄。一只麻雀在草尖探头探脑，张望抑或守护；稻草人还在，孤零零地与麻雀对峙。云下车后抱着莱卡相机奔跑，感慨蓝天辽阔、万里无云。“云在人世间。”云因为兴奋而泛红的脸格外生动，我笑着调侃。

三

南溪坪坐落在两山之间，南溪穿村而过，溪两岸散落着数十户人家。老人们说二十世纪末这里还住着几百人，喊声“哟嚯”全村回应，热闹得很，后来打工的打工，外迁的外迁，村里人陆续搬出大山，村子日渐寂静。今年年初，中国电建集团中南院地质勘察设计人员进驻，租了村头一处平房办公，村里逐渐热闹起来。租用的办公室里陈设简单，一位中年男子双手撑住桌面，在满桌的图纸前深思。祥子认得这位唐姓工程师。唐工参与过五强溪、凌津滩、托口等沅水流域诸多水电站的建设，一生在山里行走，浑身便着了山的颜色。唐工不喜言谈，提及家人便满脸愧疚，“亏欠太多，无从谈起。”狠狠地抽烟，烟雾飘向窗外，在风中散尽。聊到即将开建的这座电站，他的眉目才舒展开来，仿佛阖家欢聚的日子降临。电站建成之日，或许就是他退休之时。

“车坪抽水蓄能电站嘛。”唐工弹了弹烟灰，顿了顿，脸色肃然，“简单讲，抽水蓄能就是在电力富余时抽水蓄水，用电高峰时放水发电，相当于一个大型蓄电池。车坪这个项目是在大合坪乡团坪村和借母溪乡蓝溪坪村分别建设上下两座水库，由下库往上库抽水，在山里打洞安装 4 台机组发电，循环利用水资源。电站装机 120 万千瓦，投资 100 亿，由湘投国际投资有限公司和沅陵县共同开发，计划八年建成。项目纳入了国家‘十六五’能源专项规划，应该会提前至‘十四五’实施。这是湘西地区建设的大型绿色环保骨干调峰储能电源,将担负湖南电网的调峰、填谷、储能、调频、调相和紧急事故备用,功在当代,利在千秋啊。”

我们睁大眼睛,似懂非懂。唐工嘬口茶,目光炽烈。“沅陵对这个项目可真是上心,要什么给什么,环境一流。上次开展项目预可行性研究专家评审,书记县长全程陪同。山里简易公路湿滑,查勘现场爬山时轮胎原地打转,险象环生,他们硬是完成了地质、水文、环保等现场勘探,真有股子蛮劲狠劲啊。车坪抽水蓄能勘探平硐是整个项目的控制性环节,已经动工掘进了五百米,标志着车坪抽水蓄能电站可行性研究工作正式启动,项目前期工作取得重要进展。”

唐工指了指对面的明阳山,接着说:“这儿地质构造较好,全是青岗岩,难得的好岩层,建电站牢靠,目前正进行可行性勘察、设计和研究。”他沉醉在美好的未来,眼睛熠熠生辉,“从筒车坪国道还有一条穿山隧道直达下水库,即将动工兴建,以后来这里不用翻山越岭,方便得很。”唐工直视着云,“八年后,一定要故地重游啊!”云笑了笑,算是应诺。直至我们挥手告别,唐工还念念不休,仿佛他这座沉默的大山找到了出口,满腹的话讲也讲不完。

四

土生土长的张老师，从村小学教到乡中学，退休后回蓝溪坪定居。老张一头浓密的花白头发，肤色红润，仙风道骨，笑声朗朗，对当地山水人文如数家珍。

我敬上一根烟，老张摆摆手，说："戒了。这地方出名人呢，有毛主席的同学。当年北伐军路过时，部队首长曾专程登门拜访一位老先生，送上重礼。这地方过去是交通要道，东西有永顺府通常德府的次官道，南北有辰州府通大庸府的次官道，蓝溪坪处在十字路口中心地带，是兵家必争之地。肖克将军当年率红二军团驻扎火场准备攻打大庸，组建过蓝溪坪游击队。四十七军入湘西剿匪时，这里还驻扎过一个连的解放军。这地方好啊。听说过四十八个码头下桃源的典故吗？这后山顶就是第一个码头。从山上往下看，山脉东去，像一级级码头铺开，若是云雾天行走，仿佛腾云驾雾。"老张眉飞色舞，伸出食指摇向后脑壳，"传说还有一位得道高僧云游四方，路过蓝溪坪时见观音潭外波浪重重，想起师父'遇石浪而安'的嘱咐，于是安营扎寨，逐浪而居，余生在此潜心修行。"

老张的儿女在县城都有商品房，老友们劝他进城安享晚年。他有时会去城里小住，和孙辈们唠叨半天，可心里总是空落落的，只有回到山里才睡得踏实。"谁不说自己家乡好啊，蓝溪坪只是深藏功名。等隧道贯通，电站建起，走出大山，必定惊艳。"老张脸色刚毅，语气坚定，朗声诵读起自己的一首词。认真听完后，云找来纸笔，恳请张老师把它写下来。老张揉揉眼睛说："没戴眼镜，怕是写不好呢。"说着将笔记本举出老远，一笔一画书写，字迹遒劲刚韧，刀砍斧削一般：

明月秀，马头雄，观音潭边石浪重，印心坡下听狮吼，牯牛背上嬉牧童。钟笔嘴巅天鹤聚，香炉岩前古木葱，芭蕉湾里铁扇在，太平庵中庙貌隆。

方竹钓，金丝笼，南溪山水伴闲翁，信步林泉情恰恰，端居陋室乐融融。试问诸葛楼何在，敢笑子云亭无踪，满目风光谁是我，余心不慕小桥东。

——张春尧(号永贤)·长乐词

祥子的兄弟毛佬已把酒菜备好，过来相催。毛佬四十来岁，在外打工多年，赚得个城里人做老婆，回家后买了辆二手车，给乡里乡亲拉货，生意不愁，小日子过得舒坦。他的两层木房建在石浪坪，独门独户，双手推车布局，青石板铺设的晒谷场一亩有余。房子有些年岁，前些日子整理打磨刷了层青漆，如今内外簇新，亮堂得很。据说这栋房子在下水库淹没区，将来要搬迁，会有一大笔补偿金。毛佬有点儿中年发福，笑呵呵站在大门口，说话声如洪钟，大咧咧的不容置疑，逢人三分熟。

堂屋方桌上架起三个炉子,满满当当一桌菜。“就是些土货,随便吃点儿,随便吃儿。”毛佬招呼他那漂亮的老婆过来倒酒,热情里不乏得意。金缨子泡的纯米酒,橙红鲜亮,云端起酒杯左闻闻右看看,小心抿了一口,说:“嗯,真香。”祥子起身道:“来来来,欢迎远道而来的美女,这第一杯干了。”仰脖一饮而尽。几番推杯换盏,半坛米酒见底。祥子眼色迷离,舌头开始打转,被毛佬架去沙发上睡,很快鼾声如雷。毛佬还要拿酒,我们起身辞谢,交代他晚上照顾好祥子。

五

汽车很快爬上山顶, 我让小钟停车, 到一棵大松树下坐着抽烟。这棵松树被县林业局挂牌保护,应该有点儿年纪了,枝枝叶叶伸展开去,笼住大片清凉,树干树枝疙瘩太多,像我的祖母那般苍老。祖母当年是不用打谷的,心情好时,她会送瓶凉水到田间,然后坐在田垄上,看满田的金黄。也许下次不一定来,也许不会再走这趟道。日子如流水,哗啦啦地行走,片刻不停留,带走了童年的清香。我们穷尽一生,不过是一只蚕蛹,试图突破命运。山风拂面,我有点儿走神。

不知什么时候云也下了车,在向阳的斜坡边采了束野菊花,捧在手里悄然走来。“你未看此花时,此花与汝同归于寂;你来看此花时，则此花颜色一时明白过来。”这女子大概喜欢王阳明，拈花而笑，深嗅低语。太阳翻过最高的山岭，蓝溪坪人家屋顶升起零星的炊烟，密林深处牛铃声清晰传来，大山一片苍茫。“四围山色中，一鞭残照里。”

“下车看看吧。”在城郊沅澧山水观景台，小钟给我俩拍了张合影。云努力将肩膀侧向我，显现亲昵状。我正了正身子，大叔嘛，必须挺拔而庄重。

“江中小岛是河涨洲，岛上白塔叫龙吟塔，上下五公里内还有凤鸣塔和鹿鸣塔，称作辰州三塔，沅陵外八景之一。”云眨巴着眼睛，说“那不是河涨洲，应该叫桃花岛。”我想起自己写过关于河涨洲的诗，贴在朋友圈。“看见了吗，龙吟塔正对着这边江岸的石桥叫黄头桥，我读高中时走过，五强溪电站蓄水后沉于江底，今年大旱后重见天日。眨眼间三十多年了。”

“想听关于黄头桥与河涨洲的传说吗？明万历年间，怪臣满朝荐由家乡麻阳赴任西安府咸宁知县，途经河涨洲上岛游玩，听闻‘河涨洲，水涨洲也涨’的传说，一时兴起，面对江边舟船信口吟道：‘河涨洲，洲外舟，水涨舟流洲不流。’无人回应。一位放牛的老人指着江岸对答：‘黄头桥，桥边荞，风吹荞动桥不动。’满朝荐惊叹‘老农皆如此，辰州府尽人才也。’”

云的父母曾是水电八局职工，她伴随五强溪水电站建设长大：童年里大江截流，初中时机组发电。这次携沈从文先生的《湘行散记》,在桃源乘船而上,过柳林汊入麻伊洑,经清浪到沅陵,沿途一会儿看书,一会儿赏景,船行不止,默然无声,仿佛世间只有先生一人。可惜两岸吊脚楼消失殆尽,令人心痛。

一对青鸟在江边嬉戏,似乎受了惊吓,扑棱一声向下游飞去,浓缩成两个黑点消失在天际。太阳甩了甩尾巴咚一下滚落山那边去了,河涨洲、龙吟塔渐渐模糊。天完全黑了。"巨大的落日在山顶停顿/俯瞰人间/仿佛一颗疲惫的心:立于黄昏/饱满而宁静。"随手写下几行字。云一字一句读完,看我的眼神有了深意。

"一县好山留客住,五溪秋水为君清。"

云的声音舒缓而温热,充满期待,又怅然若失。这一刻,穿透漫长岁月的美好浮现。那是个阳光温和的秋日,一位毕业后不曾谋面的同学在我办公室闪现,说是随团交流,当晚我大醉一场,次日游过龙兴讲寺,她便回程。我想给她发一则短信,思索很久,借用了林则徐路过沅陵时写的这句诗。那天寺内桂花开得猛烈,金黄的桂花籽洒落肩头,铺满青石板小路。而我们,正年轻。

银杏黄，香樟绿

唐春燕

一

“妈妈，新校区好漂亮好气派哦，感觉像所大学！校园里花草树木挺多吧。有银杏树吗？”张可在信末加了几句。

给远在家乡沅陵的母亲每学期写两封信，这是去年上大学时母女俩的约定之一。仿佛心有灵犀，在微信里，母亲问：“贝贝，交大的银杏树多吗、壮吗？也该黄了吧？”母亲平时一直是唤她“贝贝”或者“贝啊”，哪天连名带姓称呼时，准是她犯了错，或者有很重要的事儿要发生。还好，自从她去上海念大学后，好像更早点儿，从她上高中后，基本上，母亲对她的称呼都是柔和的“贝贝”。她下午专门去银杏林处拍了照，把手机对着那几棵银杏晃了晃，说：“哪里有我们一中的那棵好看啊！”

话音落时，她知道自己有点儿想念家乡了，想念一中了，想念那棵百年银杏了！那是她爱的银杏，是妈妈爱的银杏。她和妈妈在银杏树下不止一次合影。

犹记得那年春天，母亲差点摔断了脚，在病床上躺了两个月。夏天，母亲能拄着拐杖走动了，回校后她有时来到银杏树下来回地走；秋天，母亲甩掉了那拐杖，带着她在金色辉煌的银杏树下照了一张又一张照片，有时单人照有时合影。

那也是爸爸的银杏树，爸爸说他以前冲食堂总是前三，食堂就在银杏树旁！他不止一次路过那里，仰望着银杏变绿变黄！爸爸自己也由少年到中年啦！

爸爸说，那也是爷爷的银杏树，可儿不相信："爷爷在距离县城最远的乡下，他小时来过县城？""爷爷那时也在银杏树下张望过吗？也照过相吗？那时有照相机吗？"

爷爷是个医生，从赤脚医生做起，一辈子都在治病救人，可是最后呢，66 岁那年的一个晚上，他心脏病发作猝然离世，谁能救他呢？医学不是也有遗憾吗？医生不是有时也治不了自己吗？

很多个寒暑假，张可是在乡间度过的。爷爷是医生，很多时候是忙碌的：给病人把脉，开药方，挂药水；有时候半夜里也会被叫醒，去附近的小村庄抢救病人。小山村是真正的偏僻啊，留在村里的都是老弱病残的妇女、儿童、老人。也正是因为这样的情形，爷爷的医术，也许不是最高明的，但他却是整个黄岩坝村最需要、最离不开的人。

没有病人的时候，奶奶张罗着家务，爷爷有时会看报，有时候会给张可讲故事。小时候她常常仰着脸儿听爷爷讲那些故事，爷爷的故事里总有一棵大大的银杏树。

夏天的傍晚，爷爷用大大的蒲扇给她扇风，一边扇风一边出谜语或者讲故事。

“春天绿，秋天黄，一把小扇可乘凉。可可猜下是什么？”

“猜不到。哦，小扇子我知道，就是爷爷的蒲扇啊，一个暑假都在扇。”

“再想哈，爷爷的扇子春天会变绿吗？”“没有啊。它一直是黄色啊。”

“那是什么？可可才不蠢，我猜不到可以翻书。妈妈买了很多的谜语书。”她终于找到那本有着好多漂亮图画的书。

“为什么是银杏呢？哪里有银杏啊？”她问。

“你妈妈上班的一中有一棵好大好大的呢。要十几个可可才抱得了呢。”

“爷爷怎么知道？那棵树那么大，那得有多少岁了啊？”

爷爷总是说：“应该有四五百岁了吧？你将来去帮爷爷打听打听，好吗？”

在张可考进初中时，爷爷很自豪地对她说：“还记得爷爷跟你讲过的那棵巨大的银杏树吗？你现在就可以去问问他有多大了。你现在读一中了哈，你爸爸是一中毕业的，你妈妈在一中教书，你知道爷爷也是一中的学生吗？”

可可睁大眼睛：“难怪爷爷写字好整齐，算账好快呀！爷爷还会打算盘呢！”她知道爷爷读过书，但是不知道爷爷是她的校友呢。

二〇一五年的那个秋天，张可升入了初中。她的爷爷张胜贵，沅陵一中24届老校友张胜贵，也来到了久别的一中。在也是沅陵一中第48届校友的儿子的引领下，爷爷在校园里转了好几圈儿。爷爷摸着银杏树旁的栏杆，想触摸那青灰色的树干，手又缩回，感慨万千。

银杏似乎有种魔力，能让一座城市的时光倒流，就像满地的银杏叶让北京变成了北平，让西安变成了长安，让南京变成了金陵。此刻，这棵银杏让爷爷变成了沅陵一中24届的张胜贵同学！让爸爸也变成了那个48届的乡下来的少年。就是这棵银杏啊，曾让一个个乡里孩子多少次地抬头仰望！看它的青，看它的黄，看它树梢头鸟雀的翻飞和枝叶间漏下的阳光！

这银杏到底多大了无人知晓，人们只知道它在静静生长。春来，叶子绿了；秋来，叶子黄了。无论春夏秋冬，它总是默默地陪伴着晨练的师生，虔诚地守护着鼎沸的球场。沅陵一中建校百多年来，从天宁校园走出的莘莘学子已遍布祖国四面八方，无论是在东海之滨还是天山脚下，他们都可以凭着对天宁校园的感知和对百年银杏这个特殊“符号”的熟悉找到同乡与校友。

张可从地上拾起一些叶子，那小小的黄色的银杏叶，就像一把微型的扇子，只是，摇着扇子讲故事的爷爷越来越老了。

一家人在银杏树下合影。

那张照片成为永远的珍藏，因为一个月后，爷爷就离开了。乡村，夜晚，猝发的心脏病，带走了这位大半生都在为别人治病的老人。年少的她在爷爷葬礼上没有放肆地哭。后来回到校园，走过银杏树，她一下就哭出了声。

那年寒假，回到老家，回到爷爷的小药铺，一个个小抽屉里的草药都发霉了。奶奶没舍得扔，也没空儿管，没想到草药也发霉！那天她写了篇长长的日记《爷爷的草药霉了》，后来被妈妈看见，她看见妈妈边看边擦眼泪。

二

一中校园内有很多风景让一届又一届的学生难忘，比如怀泽亭，比如世纪钟，又比如那轮椅上洋溢着笑容的妻子和推着轮椅的高高瘦瘦的男人。他们有时说着话，有时不说，但早饭和晚饭后，他们和朝霞、晚霞都那般和谐，共同构成了一幅美丽的画！

又比如小馨的外公和外婆。外公高而瘦，外婆矮而富态。外婆的耳朵听力不好，外公有时笑着对别人说："你和这个聋子讲话要大声点儿！"可就是这个聋子让他心疼，他买菜做饭，他洗碗拖地，他接送孙子孙女。由于只有三个女儿，外孙外孙女在他眼中都是孙子、孙女。相处多年，"聋子"听得懂他的话，不用发声，每一个动作、每一个眼神，都是他们特定的语言。

花草树木也有语言，阳光白云也有语言。阳光穿过银杏树叶时很慢很慢。仍然有金色对黄色的抚摸，有黄色对金色的问候。金色的阳光抚摸着每一片树叶，也抚摸着看树叶的人。小馨的脸上就抹了一层光，淡黄的光、温柔的光。

小馨和妈妈、外公外婆就住在银杏楼一楼。风大的时候。推开厨房的窗户，银杏叶就像蝴蝶一般争先恐后地飞来。

外公把银杏不叫银杏，他唤银杏为白果。在他老家北溶的一个小村庄，就有好多这样的白果树。

可惜一场史无前例的山洪暴发，北溶发生了山体大滑坡！二〇〇四年六月，沅陵县境内普降暴雨，发生百年不遇的特大自然灾害。灾情发生后，沅陵县委、县政府果断决定，将集镇上乡直单位和各村组群众集体有序地迁入县城。

外公分到了廉租房，两室两厅，不太宽敞但是够用，而且光线好，室内明亮。

但是外公喜欢小馨，小馨最爱吃外公做的红烧肉。于是外公外婆搬到一中和女儿、外孙女一起住。

由于外婆的耳朵不是特别好，跟外婆说话得非常大声，所以小馨和外婆的交流远远少于和外公的交流。

“馨宝，白果树发芽了，馨宝，白果树叶子长得很宽了！”

“馨宝，你莫天天吃零食，不长高不长肉的！你看白果树这小枝比你腿还粗呢！”

“馨宝,白果树叶子黄一半啦！”

白果树还没变成一片黄色风景时,外公住院了。白果树掉下了最后一片叶子,妈妈说:“馨宝,你外公昨天走了！”

从5岁到15岁,这银杏树下守望的背影啊,馨宝永远记得!

外公走了之后,外婆的身影显得更加孤单,她常常在银杏树下一坐就是一个上午，或者一个下午。小馨从窗户里看见外婆神情落寞,她总想说什么可是什么也说不出。一阵风吹来,银杏树沙沙地响,那是外公在安慰外婆吗？再多的絮絮叨叨,外婆肯定都听不见。只有坐在银杏树旁,外婆脸上才有安详的笑容。

高考很快到来,然后,又在无数家庭复杂的目光中离开了。

外公,我要读大学去了。陕西师大,很不错吧?小馨临出发时在心里说。

回头看,一楼的家,家门口的一树半绿半黄的银杏叶,都在秋日的阳光下闪着金黄的光。

三

五楼的颜朗朗一开窗户,淘气的银杏叶就闪了进来,躺在他的窗台上晒太阳,或躺到他的台灯上,又或者来到他的写字桌上。他有时就从四楼望下去,或者视线横过去。银杏树和他无比亲近,他忽然发现，自己站在窗前看银杏的样子像极了父亲，可惜父亲没有等到他成家，没有等到抱孙子。人生无常啊，如果，住在银杏树旁的人家也都像银杏树一样高寿，一样禁得起风吹雨打，那该多好！

颜朗朗的父亲叫颜中书，沅陵一中德高望重的语文教师。我们曾经同一个办公室。

我的备课本上至今还有“特殊的一课”。那是几张复印的手写稿。记得课文是《游褒禅山记》，我们一般的做法可能就是参考现成的教案，再融入自己的思考和特色。但基本上，文字还是教参上的。但颜老师就不，他都是有自己的教学思路。最可贵的是，他手绘了几条游览路线图！于是全语文组复印学习。我听过颜老师的课，他擅长说文解字，多年的教学经验让他能够谈笑自如地应对学生在课堂上生发出的问题。我们有时候要预设很久的东西，在颜老师看来，那都不是事，凭他的才华往往让提问者心悦诚服。

有一次，学生来问他古文中的“大司农”是什么官，他大概说了好几分钟，由表义说起：“这是掌租税钱谷盐铁和国家财政收支的官员，为九卿之一。”一般我们大致回答了即可，而他还让学生温习，“你想想，生活离得开盐吗？古代可以没有酱油味精，但绝对离不开盐。历史上实施盐政管理的最高衙门，汉代就是大司农。唐代先为最高行政机构尚书省，后专设盐铁使。宋代权归太尉府。元代的盐政最高管理机构是中央政府中书省。记得住吗，我的名字呢？”光是一长串管盐的官名我都听得惊讶了，我说：“你们颜老师都要抢历史老师饭碗了。”不知学生懂没懂，但是乐呵呵地回教室了。

还有一节课让我难忘,那节课讲归有光的《项脊轩志》。这是一篇我很喜欢的课文，我有时读着想着会热泪盈眶。因为喜欢所以重视,也想把课上得更好,于是去听同事们的课。颜老师这节课上得一点儿不煽情,平静而有所节制。文中有一句"迨诸父异爨",讲到这时,他强调了下生字的写法。只见他一边一笔一画地板书,一边教科书般地说文解字:"古人把烧火做饭叫作'爨'。你们看,这字从上到下可以分为四节：最上面一节，像双手捧着炊具放在灶台上;秃宝盖为第二节,像灶口;'林'与'大'的组合为第三节,表示双手拿着柴火推入灶口之内;最下面一节,火已经在灶腔内燃烧起来了。送你们一个口诀:'兴字头,林字腰,大字底下架火烧'。"

整个讲解的过程,就像做饭时在灶台前后的动作流程。在下面听课的我,似乎看到了古人的日常生活,室内热气萦绕,室外炊烟袅袅。

有一天早上,他很高兴地对我说:"来来来,给小唐送几片银杏叶,听说你学过园艺的,会做书签吗?这是今儿早上刚刚落下的没受污染的,夹到书里面,很好看哦。"

那时我还年轻，刚从凤鸣学校调到一中。在凤鸣我教的是初中，虽然都是语文学科，但初中和高中的教学还是有太多的不一样。无论我个人如何努力，总有一种力不从心之感，每天勤勤恳恳,每天战战兢兢,生怕学生问一些高深的问题。

很感谢人生路上遇到那么多的良师。刚到一中的我得到了同组老师比如曾庆培老师、邓必伟老师、颜中书老师、万勇老师的无私帮助，也感谢学校领导不唯文凭论，进一中第四年就让我教了两个最好的文科班，让我如履薄冰，也让我收获满满。

可能同事们看出了我的焦虑，就想着要鼓励我。可要是论上课的艺术，哪怕只是技术，我都只是“小白”一枚，他们找不到任何夸奖我的理由，于是就只好夸我衣品好。哈哈，第一次听说还有“衣品”这个词！

邓老师对几个年轻妹子说：“你们啊，穿衣搭配要学一下唐老师喽。”

颜老师说：“我们办公室有三个最会穿衣的，向老师是俏，宋珍是靓，唐春燕是雅，都会搭配。”

这么一个高度的定调让我找不着北，以至于经常赶早自习衣装乱搭配一通冲向学校时，都感觉到自己对不起这两位仁兄。

现在我的衣品好坏再也没有人提及了，宋珍老师送完那届高三就去了省城，听说已是长沙的名师了。而向姐姐，退休后就安心地去做最美警嫂了！邓老师已经调至长沙。颜老师呢？已经离开七年。

岁月啊！催着人生，催着人死，也催着我们老！它催着一届又一届学子走出沅水奔向远方！

四

记忆中有一个春天，油菜花开得特别让人心动，当时我就有了出游的雅兴。刚好在荔溪的老同学发来邀请："天天忙什么呢，我们荔溪的油菜花开了，花期就这么两个星期，怀化市电视台都来取景了，赶快来哦，莫错过！"

我这个荔溪同学名字叫德约，像极了沅陵话的"得药"，唉，都说儒家是粮店，道家是药店，人生有时候又何尝不需要备些药呢？我外婆家乡就在荔溪明中村，这同学大我几岁，按说我要叫她表姐，可我偏不，天天"德药德药"叫得欢。我和她初中时就一起办过一张班报，全部手写，手绘，报纸名为《新青年》。想想都好笑，也不怕陈独秀老先生指着鼻子骂我们侵权！毕业后我俩失去了联系。毕业十多年后，县委宣传部要评选最美沅陵人，刚好安排我采写她的事迹。于是上天让我们又联系上了，只不过这次不会一起编写《新青年》，她已经变成了新农人！经过十多年的资本积累、外出打工、技术学习、家底担保，个人努力诸多因素，她已经成了沅陵的农机大户，是巾帼英雄、劳动模范，家里有十多种不同名称和型号的农业机械，家中常有领导光临、同行取经。

当时刚好月考完毕放月假，于是我就邀请当时的高三语文组同仁，一行人浩浩荡荡地奔赴荔溪。

颜老师也在其中，他平时其实是很不爱出行的，那一次我特意嘱咐他跟随大部队一起去。他说:“小唐邀请,肯定要去。”我们在荔溪那大片大片成规模的油菜花中拍了好几张合影。然后我们去了明中古村落。

荔溪乡的明中古村落,是明清中晚期的古民居建筑群。寨子里的古建筑都是石头城墙相围而成的“窨子屋”。这些老屋均坐西朝东,由多组天井合院组成。小溪绕老屋墙脚而过,幽幽古井沿溪而立。墙院外,参天古树掩映。古民居院落包括民中村的戴氏院落和夏家溪的夏氏院落。院子四周是马头封火墙,北面开门,建筑布局严谨,做工考究,特别是穿斗式梁架上雕刻装饰及图腾崇拜刻纹,尤显湘西古民居建筑特色。

古屋上有的写有繁体字,一些字由于年代较久远斑驳或者脱落,需要我们去脑补。这时,颜老师就成了我们的解说专家。

游完古村落,三三两两拍照之后就自由活动了,只待吃晚饭时会合。有的往河边走一走,缘溪行,忘路之远近;有的就地拍摄古村落或者油菜花。我则带着女儿和几个同事的小孩儿去老同学的“庄园”里挖葛根,采香菇。回来时,只见颜老师手里拿着一棵长树苗和一截树枝,忘了问他是什么树。只觉得同事们都还玩儿得尽兴,吃得开心,笑得舒心。

从荔溪回来后,有一天在办公室,颜老师看见我在整理一沓打印稿,遂拿去看了下,看后大加赞赏,还题了一首诗:

春光最忆荔溪行

燕语尤觉涧水深

编锦织素如图画

辑萃撷英文学情

——贺唐老师年度文稿集成

同事颜中书壬午仲春

其实这根本不算是年度文稿，只是我的一个习惯，每年会将读过的一些好文编辑成册，有时候可能只是一些演讲稿或好作文，一些作家创作谈，或是趣文轶事类，或者当时的热门话题，稍加整理，去印刷厂编成一册，丢到班上，让学生们看一看，自己有时候也会重读一遍。

但颜老师看见了却大为欣赏，欣然题诗一首。后来细读时发现还是藏头诗，更加佩服颜老师的才情。

颜老师，不单单是对同事加以鼓励，对学生也是非常的用心。因为用心，也有过发火的时刻，但更多的时刻他是非常慈爱的。据说当年有位学生要考北京电影学院，颜老师连夜帮他拟出五十多条不同的台本，这真是光有才还不行，还应该包含着对学生深深的关爱！

后来，年级组不同了，见面少了些。大概是二〇一五年时，听说他住院了，我们去看他，但那时的他病情已经严重，只能在抢救室,我们都见不着他,只能默默地祈祷。

他终究还是走了,去了另一个世界,那里没有病痛,那里绿草如茵。那里是否也有一棵大银杏树,如同他推开窗户时的惊喜。

颜老师，您门前的银杏树又一地金黄了，您儿子也早已成家了,我经常会在银杏树下,在林荫道上,看见师母。我看见师母抱着小孙孙,您看见了吗?

五

二〇〇〇年,银杏树旁的一幢六层楼里,辰郡楼 601 室,一个婴儿响亮的哭声划破夜空。戴蓉老师在这里诞下儿子辰龙。

曾经,那个懵懂无知的乡下小女孩儿,手中拿着一份北溶区中学初一第一学期成绩单，莽撞地来到沅陵县第一中学，她总忘不了初见这棵银杏树时的惊艳：漫天金黄的银杏叶，像是一群拉动裙摆飞舞的快乐精灵,欢笑着、雀跃着,从枝头轻盈落下,纷纷扬扬；又如同是穿越了大半个宇宙，从天空急匆匆赶来的点点阳光燃烧了这天空的沉闷色调。

多年后董卿在朗读者里说,古往今来,有太多太多文字,在描写着各种的遇见。“蒹葭苍苍,白露为霜。所谓伊人,在水一方。”这是撩动心弦的遇见。“这位妹妹,我好像在哪里见过你”这是宝玉和黛玉之间，初次见面时欢喜的遇见……遇见仿佛是一种神奇的安排，它是一切的开始，在那个初入一中的金黄的秋天，戴老师深深地感激生命中的遇见。

后来，生活的故事里就有了银杏的点缀。有时是完成老师布置的作业，任务是捡拾树叶，用剪刀修剪，粘贴在白纸上，构成图画。那就捡拾金黄的银杏叶吧。有时是突发奇想，捡拾形状完整的漂亮的银杏叶夹在书中做书签用。过段时日，叶片像绸缎似的。儿子惊异于银杏叶的变化，也爱用银杏叶做书签，珍惜地夹在他阅读的书页里。银杏果成熟了，捡来放在口袋里，没事摸摸，心里会踏实些。

生活和工作中也会有迷茫，她常常会到银杏树下走走，与一棵树默默交谈，时间定格在岁月深处。有时夜深人静仿佛可以听见叶落的声音，心平气和地想象，每棵树心里都有摇曳的梦，也拥有肩负的责任。

曾任国家计委经济研究所高级经济师的高 18 届校友潘一燕回忆起儿时，对银杏树充满感情："那时银杏树已要 4 人牵手才能围住，树冠枝繁叶茂，我们经常在树下躲猫猫。秋深时候，银杏成熟，果实大如桐球，等稍微放几天，外果皮剥落，露出米白色的银杏果，放在热灰中焙烧，果壳炸开，果肉好软好香好好吃……"

二〇〇八年，陈明霞老师从凤鸣学校调到沅陵一中。她丈夫就联系买下了银杏楼后面的辰郡楼的五楼居室。陈老师热爱生活，勤于锻炼，对大自然的花草树木有着更深的理解和感知。在她的记忆里，早晨的大银杏树是鸟雀最快乐的窝，还有大路两旁高大的香樟树。清早，校园里先是细碎的跑步声或者鸟雀的欢鸣声，然后就是教学楼传来朗朗的读书声，无论是语文还是英语，她觉得都是一中早晨最好的交响曲。

一些老校友怀念着天宁山的桂花香。校友杨家深曾写过一篇《天宁桂花香》，文中，杨老师深情回忆："五十年过去了，天宁钟声一直在我耳际萦绕，桂花树球场上的奔突与呐喊时常在脑海里回闪，为我日后掌握立足社会的本领奠定了基础，帮我构架了学习人类文明的阶梯。天宁桂树播撒的馨香和爱意，一直影响着我后来的人生。几十年来，那曾带给我太多感激、依恋的桂花树和校园在我心头时常涌现，再过几十年，我还会时常把她们想起！"

这篇文章引起很多校友追忆，追忆的是逝水流年，追忆的是一代人不可复制的青春！

据说杨老师笔下的那棵桂花树原来在运动场的东北角。每当她秋来开花时，天宁山到处洋溢着浓郁的桂花香！当年，桂花树旁边有个灯光球场，人们习称球场为桂花球场。后来这棵树因修学校运动场而被砍伐。如今树虽然不在了，但桂花的幽香却久久飘在天宁山，成了天宁校园古朴悠远和情感纽带的见证！又何况，在崭新的一中新校区，在蓝溪之畔，新植的一批桂树已经拔节冲天。一所年轻而又古老的学校正焕发出勃勃生机。

"桂花在天宁香飘四溢，它对应的是浪漫与温馨吧！而银杏更应该是一中的象征，它沉淀的是庄严与厚重。”一中德高望重的老校长糜健说。我深有同感。

六

每一棵树，都应该有前世今生，有属于它的似水流年。

时节已经是立冬了。古人说“冬者，终也。立冬之时向，万物终成。”冬至节气到来，预示冬季最寒冷的时候到了。我来到老校区看望老朋友。

我再一次走近这棵百年银杏。风一吹，树叶沙沙作响，是在娓娓诉说它的过往吗？我走近它，抚摸它青色的树皮，多想了解它收藏在时光里的秘密。

终于，在林业局为古树悬挂的身份证般的标牌上，我找到了这样一组珍贵的数据：

古树编号：43122201491

调查号：1491

调查时间：2016 年 8 月

中文名：银杏，别名白果树、公孙树

科属：银杏科银杏属

生长地：城区，沅陵镇荷花池居委会沅陵一中

经度 110.39,纬度 28.45

树高 28.5 米,平均冠幅 16 米

保护级别:国家一级

估测树龄:550 年

又过去了六年,按照林业局的这个数据,这棵荫庇了一代又一代一中学子的银杏树已经 555 岁了!

该是明朝时吹过的哪一阵风,携来了一粒或者几粒银杏种子;又是明朝时的哪一阵雨,及时地滋养了这种子,让它得以破土萌芽,得以抽枝发叶,得以经受风吹雨打。又是哪些良善睿智的前辈,在披荆斩棘到达当时的这片荒郊野岭时,如何发现并呵护了这株树苗,让它得以有别于其他的杂草而保留了下来,成为树,成为风景,成为传奇!

要知道,银杏的起源久远,栽培历史悠久,被称为“活化石”。它坚韧不拔,生生不息,成为“历史的精华,永恒的标志”。银杏精神,是中华民族精神的重要组成部分。学校栽种银杏树,一方面能够弘扬中华传统文化,另一方面是让学生学习领会尊师重道、坚韧不拔、质朴无华、友邦善邻、多予少取的学校精神!当年孔子银杏树下设坛授学,不正是育人、渡人,扬其精神吗?

就像一中校园内的这一棵,哪怕现代建筑的挤压,让它的生存环境变窄,但这并不能碾压到它的一切,它的枝丫依然直奔向开阔的蓝天，春去秋来，风采依旧。金黄的银杏叶在冬日中私语：一中精神不正如此吗？风雨无阻，百折不挠！

一位哲人曾说“在伐木者看来，一棵古树是一堆木材的存储；在科学家看来，一棵古树是一个气象数据库；在旅游者看来，一棵古树是一幅风景的图画；而在我看来，一棵古树就是一部历史教科书。”是啊，这棵百年银杏啊，就是一届又一届沅陵一中学子在天宁山上读过的最美的书！

我想，就以我曾在日记中的一首称不上诗的字句来作别老校区，作别老朋友：

一天的时间太短暂，短暂到未拥抱清晨就已握别黄昏
如校园的百年银杏从绿意葳蕤转眼就到了绚丽金黄
一生的时光太短暂，还未细品青春与初恋
就已手握保温杯啜饮有老有小冷暖自知的中年
一地的黄色小扇子透叠着层层光芒，青春校园，如此生动明亮。
那么多着金衣的蝴蝶，立在褐色树枝头，
等候远方的风儿也等候心上的人儿
银杏古老，腰肢粗壮粗粝的树皮生着墨绿青苔，
不知收藏了多少人的脚步，不知见证了多少人的牵手
那谆谆的严师，那活泼的姑娘，不断流动的脸庞四季轮

回的模样

那么多青春的笑脸曾在树下仰望

今生有幸，陪伴百年银杏一段翩舞的时光。

七

北京，秋天。天是那么高，那么蓝，那么亮。

看到母校将举办建校120周年校庆的新闻时，窗外阳光大好，北京的银杏在碧空与暖阳下迸发出一种金灿灿的盛大。偶尔会来一阵风，叶子像跳华尔兹一样旋转而下，落在地面、车顶或行人的头上，时光悠然得像一个黄澄澄的梦。张诚的心里忽然就敞亮了、温暖了，工作上的一点儿小烦恼已然抛到了脑后。故乡，就这么神奇：年轻时，千方百计想着远离它；人到中年，故乡反而是治愈自己的良药、解药。那亲切的乡音一呈现，那熟悉的场景一一呈现，他在外打拼逐日坚硬的心会不自觉地变柔软。

饭桌上，有妻子炒的红椒炒豆豉、青椒炒肉，还有常见的炒肉片与炖萝卜。没错，吃得辣的湖南人，入京二十年，依然湘声湘味！也许京城米贵，由于工作由于生意由于应酬，由于工作单位的不同，忙碌的事情有别，夫妻俩其实交流工作并不多，能真正引起他们兴高采烈谈论的，只有那来自故乡的风物。比如沅陵的晒兰肉，比如沅陵的猪脚粉，比如尤家巷的油粑粑，比如那成条状的黏而有劲道、酥而醇香好吃的龙兴酥糖。味蕾不会说谎，味蕾自带乡愁。

“怎么办啊？当家人？”丈夫故意发愁地望向妻子。

“什么怎么办？”

“你的母校过生日呢？”

“那不是你的母校吗？”曹军没好气地说。

其实两个人都看到了母校120周年校庆的消息，都在想着该如何表达远方游子的心意！

“我读书时成绩没有你好，又调皮，母校哪里记得我，母校啊只记得你们这些文人！”丈夫故意调侃说。

去年也在为生日礼物而发愁。去年是高中班主任六十大寿。送老师什么好呢？同学们为此左思右想，辗转反侧。老师除了脑袋上的头发不大够用以外，别的好像什么都不缺。可话又说回来了，现在这年月，大家脑袋上的头发都不大够用，谁也不会嘲笑谁。最后还是班长高明，订制了一块山水画长卷匾，署上沅陵一中五四(1)班全体同学。

身为记者的文人妻子忽然有了一个念头：“我们捐一棵树吧。”

说这话的时候，北京正在浓郁的秋色中，这是曹军眼中最美的季节，这份美，饱含着成熟，厚重和韵味。只要有树的地方，放眼望去，就是色彩斑斓的图画，像画家不小心把颜料桶打翻，泼洒开去，天地间多了目不暇接的美丽。红色的枫叶张扬着生命的热烈，黄色的银杏沉淀着岁月的华章，青青的樟树散发着属于青春的华丽。还有其他叫不上名字的树木花草应时变色,金与红,还有绿,一起和谐地谱写着秋日的童话。

油画在继续铺展,树叶在继续飘零,思绪在无边蔓延。

她想起了远在沅水两岸的家乡，想起了见证一个少年变成青年的高中校园。沅陵一中,那是自己和丈夫共同求学的地方。校园的林荫道上是一排排香樟树，科技楼外有好几棵桂花树，远动场边有好大一棵银杏树。有一次体育课后，她和五六个女生手拉手围绕银杏树一圈,居然够不着!

我们的校园有好多书,还有好多树!爸爸妈妈至今还在笑话她当年写回家的第一封信。哈哈,哪个校园没有书没有树?

哪个中国人不喜欢树？尤其是文人墨客,他们把树写进诗文、绘入图画,这已成为不可动摇的文化传统。书是案头的山水,而树是山水的眉目。

诸葛亮在给后主的遗嘱中写道:“臣家有桑八百株，薄田十五顷。子弟衣食,自有余饶。”一片朴实的桑林,道尽一代名相本色;三国神医董奉行医济世从不收费而是要求病人栽种银杏树，从此医学界就有了个“杏林”的雅称。

人与树,相伴相助。对中国人来说,植树在环保与致富之外还意味着丰富的情感体验与生命沉思:史铁生笔下的《合欢树》总让人感动,归有光的“庭有枇杷树,吾妻死之年所手植也,今已亭亭如盖矣”亦让人动容。有时一棵树的生长史也是一个人、一个家族的成长史。

八

“捐树，好啊。我还真没想到！还是文人思想开阔。”丈夫张诚又在调侃。其实他的故乡就与树木有缘。小乡镇叫楠木铺，大人们都说那里曾经有满山的楠木，还有杉木。甚至有传言说，当年唐太宗赐建龙兴寺时，寺中最大的那根梁木就取自楠木铺。他不想去考证。他只知道，一个树多树密的地方，也应该是出人才的地方。

“那么，捐什么树？”

“种桃树，桃树好！”曹军毕竟是女性，她的脑海中有一个画面，“去年今日此门中，人面桃花相映红。”崔护当年题诗给哪位姑娘已经不重要，这该是很多女子心中渴望的一个画面。再说，校园，就应该桃李芬芳啊。

“种柳树，柳树好！”另一个声音说，柳条柔媚多情，在临溪一边堤坝上种长长的一排柳树，“杨柳岸，晓风残月”，不也挺美吗？

“桃树不够大，柳树太柔美，新校区那么宏伟，还是要匹配些吧，再想想。”

两个人开始查找资料。要适应南方，要大型乔木。要好看。最好还要能开花，有香味。

此刻，他们为了一个共同的目标而开始查询，交流，商量。只是寻找合适的树呀,不,那也不只是树,那还是他们对母校情感的见证,出走半生,他们仍是少年,仍是沅水孕育的山里娃,是一中考出去的高材生啊。

几天思考和比对后,夫妻俩选定了香樟树。

作为一种景观树,香樟树枝繁叶茂,树冠巨大,树姿壮丽,常年墨绿,生长期长,无论是夏天还是冬天,它们总是那么蓬蓬勃勃。同时,它还寓意长寿、避邪、吉祥如意,象征着正直、和平以及坚韧。它在初夏时开出花来,花开六月正当时!

二〇二二年植树节前夕,沅陵一中校园公众号报道了这样一则新闻:

> 十年树木,百年树人。二〇二一年十二月二十六日,我校成功举办了建校120周年庆典,近日,校友张诚(高54届)和曹军(高56届)夫妇向母校捐赠了一棵约五十年树龄价值约20万元的香樟树,表达了对母校深切的感恩与浓浓的眷恋之情。
>
> 三月二日,这棵蕴含着校友浓厚情感的香樟树顺利运抵我校新校区,在新校区门口扎根生长。学校领导到场见证了这棵校友捐赠香樟树的种植,高度赞扬了两位校友"饮其流者怀其源,学其成时念吾师"的高尚情怀,对校友为母校送来如此情意满满的礼物表示感谢。我们期望,更多的校友能发

挥所长，为沅陵一中的跨越式发展建言献策、贡献力量。

又是一个春天，校园里，绿意在生长。尤喜校门外，校友赠送的香樟树长势正旺！

六个主干道——“虎溪路”“天宁路”“蓝溪路”“辰州路”“辰郡路”“朝阳路”，还有五条小路——香樟路、丹桂路、银杏路、求真路、尚学路，都在暖阳下静静地、无声地延伸着。

从十年前的方案出台，到现在高中部整体乔迁，一中新校区凝聚了小城太多关注的目光。从荷花路到龙兴大道，从天宁山下到蓝溪河畔，改变的是一个地址，不变的是地址那端的笑语欢声、书声琅琅。

想起了一中老校长舒易芳先生在新校舍落成时的抒怀：“更有三千生众，正勤舟苦经，继晷穷年。钟鸣键扬乐动，曼舞翩跹。青春意气，共驱驰，地阔天宽。凝目处，前程一片，果垂枝灿花妍。”

是的，愿我们的校园风轻轻，树青青，地阔天宽，前程一片！

怡溪里的来溪

朱安民

一

怡溪，总共有三条，从东往西，有从新安溪流出的，有从杜家坪流出的，有从奔溪、小榨流出的。

从山腰往下看，一条溪水安静地从山脚下潺潺流过，树枝与屋檐镶嵌，偶尔传出的鸡鸣狗吠声，止不住陌生的脚步。山腰上被树叶所遮盖，布满野猪蹄痕的一块一块荒地，看不见举着竹竿的稻草人和燃烧过的草木灰，看不到用白色石头砌成的巨大宣传标语，也看不见被村委会仔细研究过的路碑和指示牌。天空中除了安静的太阳和缓缓移动的白云，没有一点儿杂质，即使一只鸟飞过，即使飞过时不经意发出呼唤，也会在刹那间永恒。

这是中间的那条怡溪。

几年前，我徒步这条怡溪，从齐眉界山下，经黄腊溪、李家坪，过宜家湾、栗子坪，已有两年。今年，我再次继续沿着清澈的怡溪一路追逐，寻找视线内外能唤醒内心深处所做梦的景色，寻找一朵能永远开在记忆中的浪花。

中间的这条怡溪，当地人都称“来溪”。顾名思义，从上游而来，从远方而来，从远古而来，有自己的来头，有自己的去处。许多年的光阴，我被这条溪水滋养成人，渐至健硕，渐至衰微。遗憾的是，很多时候，我只能凭借一些滞后于时代的意识，评判与描述被这条溪水养育，依旧充满生机的土地，这除了让我自身陷入人生的纠结与岁月尴尬外，我知道无益也无碍于思维的拓展。

清早，窗户的玻璃铺盖着一层蒙蒙的水雾，一只小鸟在窗台上叫个不停。我觉得脑袋有点儿沉，脚步有些飘，昨晚与表哥喝的米酒后劲的确有点儿大。毕竟，我很久没喝过家酿的米酒了。打开窗户，小鸟扑腾而起，落在对面的屋檐上。看着清冷的空气涌进屋子，虽然窗外的田野湿漉漉的小草挂满水珠，但群峰之上的蓝天白云却如图如画。

一个很好的天气！我的心情便愉快起来，脑袋也轻松了很多。

当我在老家镇子上的小粉馆里吃了一大碗热气腾腾的猪脚粉，摸了摸发胀的肚子后，一辆摩托车停在我的面前。打眼看，就知道这已经是一辆很旧的摩托了，这种摩托车是一些追赶时髦的年轻人淘汰下来的，几百块钱处理转卖给人。老家的乡村公路比较发达，一些中老年人掏钱买来走亲访友，或去远一点儿的地里做农活儿，也能方便一些。

接过钥匙，骑上车，一声轰鸣，摩托车驶出，此刻，我发现摩托车头牢牢地插着一面小小的五星红旗。

摩托车骑出小镇半小时后，到了上次我驻足的峡谷。我把摩托车交给坐在我身后的族弟，独自向来溪走去。

路边的杂树和野草，都冒着一丝丝白烟。来溪两岸零星生长着河柳，沙滩慢慢变宽，不时从山上流下来的泉水将身体匍匐在水面上，水中的藤蔓和茅草慢慢变远，变模糊。溪里的水慢慢变多，流速慢慢变快。

儿时，我经常与兄长到这段溪水里捕鱼，对这段溪水的自然风貌很是熟悉。第一次到这里记不清是几岁，我正把兄长从溪里抛来的鱼放进鱼篓，一个与兄长差不多大的赤膊少年突然从草丛中蹿出，我拼命护住鱼篓。后来，少年被兄长打哭了；再后来，一位远房姨姨带着鼻青脸肿的少年来到我家，原来是远房表哥与我开玩笑，他认识我们兄弟，而我们却不认识他，只是这个玩笑被兄长开大了点儿。不过，很快没什么事，我们在母亲与姨姨家常还未聊完时就嬉闹在一起了。

表哥以前的家就在溪边，现在不远处芙蓉关旁建了一栋两层楼的砖房。芙蓉关，千百年一直叫狐鹰关，用省城长沙话发音，“狐鹰”很容易与“芙蓉”混淆。加之伟人毛泽东有诗句“芙蓉国里尽朝晖”，于是二十世纪八十年代狐鹰被人改名成芙蓉关。芙蓉关也是吴三桂镇守大西南的第二道关，第一道当然是东边那条怡溪旁更有名的辰龙关。

生活在一个风云变幻的时代，现实复杂而丰盈，而很少可以留住的本真。所以我一边前行，一边寻找，一边又在问自己：本真在哪里？值不值得去寻找？

我坐在当年捡鱼的沙滩上遇见一位钓者，他很瘦，像根竹竿。他认识我，可我不记得他。他接过我递出的一支烟问："什么时候回来的？"

"昨天。"我看着架在沙滩上一动不动的鱼竿反问，"有鱼吗？"

"前些年溪里四处挖沙，水浑浊不堪，比黄河还要黄，这两年政府整顿，溪水干净了很多。"说完，他一双眼睛紧盯着前面，做了个安静的手势。突然，他跑了过去，抓住钓竿，用力向后一甩，一条半尺长的石斑鱼在沙滩上拼命挣扎。他娴熟地从鱼嘴取出钓钩，把石斑鱼放进装有溪水的塑料桶。当挂上钓钩的鱼饵再次抛入溪里，我们已找不到原来的话题。看着提桶里安静的石斑鱼，它也许知道自己已离开了这条自由的溪水，不再挣扎，无非是享受一次最后的安逸。我伸出手去抚摸这条石斑鱼，它微微一颤，绕开了我的手指。

与钓鱼者打了个招呼，我继续前行。有狗吠声从不远处一片稻田传来，这是来溪上游的最后一段路。

路在岸上，隔着稻田，只能听见潺潺的流水声，沙滩、钓竿、石斑鱼都已不见。20分钟后，我看见千百年来都未曾更改过名的那座来溪桥。

二

我没有蹚着水走，也没有在不远处的乡村公路上大步而行。我在溪岸的田埂上踏着流水的节奏。这样既能更短距离地接近来溪，又可以减去脱鞋脱袜的麻烦。

站在来溪桥上，看着桥下的浪花瞬间溅开时，我发现自己变成了山顶寺庙废墟上坚硬的冰块，在电闪雷鸣中与一些风化的瓦片、石头慢慢滑向山下。透过草丛，透过枝叶，我看见山下一条绿色的玉带——来溪，看见了溪流旁边绿色的田野、现代的楼房以及来溪桥头那座红红火火的工厂。我被季风感染，我化成了一滴水。嗯，是的，我化成了一滴水，与潺潺流动的山泉一道穿过沟壑。

在山尖之上，面对主宰白天黑夜的太阳月亮，面对浩瀚的星辰，面对自由自在的风和云，我沉默了许久。我终于可以放开声音大声朗读吴三桂当年立马在此所作的对联："来溪桥桥上荞风吹荞动桥不动，老马路路边鹭箭射鹭飞路难飞。"在来溪桥下稍作停留，我看见一座规模不小的厂房矗立在桥头。山上的藤条被现代车床和村民灵巧的手编织成一把把漂亮的椅子和茶几，然后在村民幸福的笑语中装上汽车，从 319 国道出发，经杭瑞高速，漂洋过海，在日本，在欧美，留下这条溪水特有的味道。

带着默默的祝福，我继续奔流，眼前是千亩良田。看惯青绿秧苗和金黄稻穗的我，要去集镇旁边那集旅游观光、采摘营销于一体的350亩蓝莓基地。基地里，村民们正在除草。记得去年夏天参与诗社的活动，主办方在茶话会的桌子上摆放着一些水果，身边的一位诗友拿起一枚蓝莓对我说："云宸兄，你老家的蓝莓味道还真不错。"我这才知道，在国家关于新农村建设政策出台后，楠木铺村委会组织村民小组多次讨论，决定引进外资，以合作社的形式建成了该基地。除去分红，村民每年还可获得劳动报酬60多万元。

当然，这里不只有蓝莓基地，还有引进外资建成的百十亩药园。但是，还未能去观光，眼前一黑，我和众多水滴一起跌落地下。周围是一片油亮的石煤，人们把地表以下一至十米的煤矿叫"露天煤矿"，煤层下面是一条暗河，没有人知道有多深，也没有人丈量过有多宽，至于河流经过的路线，更没有人知道。而我知道是很深的黑暗，曲折的河道，安静的水流。

我有些迷迷糊糊地开始睡去，醒来时，日子过去了大半天。

我出现在一条连接来溪的小溪里，是被几只鸡鸭的声音吵醒的。我从一块石头的缝隙钻出，嘀嗒一下跳到水面上。我看见很多花草藤蔓长在旁边，有芦苇、菖蒲、麻叶、水仙。我看见一栋栋现代楼房整齐地排列着，看见几条宽敞的村道从集镇的国道出发，向来溪的上游和下游延伸。我还看见很多不同颜色的小车、不同型号的车辆，黑色、白色、灰色、红色的车，轿车、货车、面包车、越野车。超市商店里，琳琅满目的商品总是崭新的。

经过放着轻音乐的理发店，经过一个散发着米酒香的小饭馆，经过广场，带着笑脸的大妈们踏着流行的节奏，跳着欢快的舞蹈。经过一所学校，我想进去看看刚识字的孩子把“水”写成了什么模样。但我不敢进去，我害怕没有孩子会把我注入笔尖，不能让“水”字增添神韵。在一口水井边，一个老人把提桶没入水中。这个打水的老人把我带进古驿道旁的木屋里，再往里是后院，有篱笆、菜园、果树，有石磨、灶房、炊烟。喝茶时，我落在院子里的石臼上，我看见煮熟的糯米黏合在一起。一旁抹满香油的木板上，女主人一个一个地摆放糍粑，嘴里不停地念着：“这边是给城里儿子做的，那边是给女儿的。”此刻，她的心像水滴一样晶莹。

我担心一不留神会被糯米黏住，我来到屋顶，发现已近黄昏。当再次把目光投向院子，我看见猪圈里的猪正在酣睡，牛栏里的牛正在反刍；鸡笼里匍匐的是鸡，狗窝里趴着的是狗。柴棚里装着的不仅是柴，还有锄头与镰刀、背篓与箩筐。不同物件，相同的生活。我还发现小溪快到了尽头，而尽头的来溪早已张开了手臂。

感到有些亲切，同时又有点儿激动。感到亲切是因为曾经那段纯真的童年记忆，有点儿激动是因为流水将合二为一，我将继续在大山，在村舍，在田野，在河柳树下，在浪漫与深沉之间，与更多的水滴一同讨论、一同思考“我们究竟从何处来，要向何处去”这个似乎简单又似乎深奥的话题。于是，我恍如一滴水，又一次跳进溪水里，与小溪的流水一道汇入来溪。

可能是时间耽误得太多，也可能是担心以后的河道太长。总之，我与众多的水滴一起加快了速度，没多久，便离开了这个集镇，离开了这片田野。天也慢慢变黑，一些露水慢慢从溪边树叶上落下，与我们一道在来溪中流淌。我们与西边那条怡溪会师时，天空结满了星星，像蓝莓，又像眼睛。一些云靠近月亮时，就像木屋的后院，一个妇人，准备拿起一个糯米糍粑。

三

距离与西边那条怡溪交汇处3公里，曾经有一个村级水电站，二十世纪七十年代修建。供电不到三十年，或许是电坝上游河床升高的问题无法解决，也或许是其他原因，总之，电站废弃了，电坝还在，只是水流落差已经变得很小。

电坝上游两边都是陡峭的崖壁，西边地势略高，有一条公路通向怡溪的终点。东边崖壁百余丈高，两三棵小树稀疏地挂在上面。偶尔发现几丛青草，全然没有半丝点缀效果。崖壁上除了小鸟，也只有寻找铁皮石斛的人来过。如果用抽象思维对整个崖壁进行观察，你会发现，一扇巨大的石门隐约镶嵌在上面。

坝下100米，水道以标准的弧线形式紧贴一块巨大的圆形石头。石头直径大约30丈，上面长有草木。这圆石远看像座小山，再远看像颗珠子。有人叫它龙珠，有人叫它宝儿岩，还有人干脆把圆石和这个地方统称为“二龙抢宝”。

传说远古时期,天降宝珠,附近怡溪的那条蛟龙赶来与当地蛟龙争夺宝珠。引来了三年六个月的倾盆大雨。山洪肆虐,百姓流离失所。禹王得知,驾七彩云而来,斩杀前来夺宝的蛟龙,化石壁为门,将另一蛟龙囚禁于此。再后来,洪武皇帝金陵登基,蛟龙脱困,投胎至当地一农户,孩子天生神力,取名“草头王”。15岁时,他弯弓试射,箭破长空而去,钉于金銮殿殿梁之上。于是有了刘伯温斩断各地龙脉的传说,于是有了“五尺溪”的金矿被皇帝封印后留下的古石磨石礤,有了“岗嘎冲”日晒雨淋的天然太极石图。

少年射箭的地方叫帝王界,我在二十世纪八十年代读初中时到过那儿。那时乡村公路少,很多运输靠人力,学校为了扩建教学楼,组织全校师生徒步去十几里地外的山中搬运木材。我们几个男生回来时没有走大路,而是选取了一条最陡峭,但也最为快捷的路线:翻越帝王界。帝王界两山之间有一座天然石桥,它是龙脉七寸所在,据说刘伯温就是从这里用皇帝御赐的宝剑砍下去的。至于石桥的来历,则众说纷纭。我只记得石桥上长满了杂树与荆棘,最窄的地方不足3米。我们都是小心翼翼拖着木材从石桥上爬过。

下山的路线很简单,顺着山泉,沿着一条慢慢变深变宽的水沟直达坝上。虽然过去了三十多年,如今每次经过这段溪水,都会抬头往帝王界方向看看。

走过“二龙抢宝”,一段沙滩消失后是泥泞的草地,表面很结实,一丛丛菖蒲与双脚纠缠着,弄出许多细密的声响。而下面却很松软,每一步下去,都有一次小小的塌陷。又走了一阵,面前再也没有平整的草地，而是多年的青苔与盘曲细密的草根在石头上形成的一个又一个的脚印，像一群八月瓜躺在石头上。从一个脚印跳到另一个脚印，我的身上很快就出了一身细细的汗水。当这些脚印都不能连续成片时，便被一个又一个淤泥深重的明亮水洼隔离成了一个又一个相距遥远的村子。

几只土鸭在自由觅食,这些家禽或许是在享受最后的时光。再过几个节气，它们就会被放在中秋的餐桌上，运气好点儿的话可以看见冬天的雪花。若能在明年的此时还在此地自由觅食，它们上辈子一定拯救过这片水土。叹了口气，在土鸭不屑的目光中我不得不离开这片沼泽。走到贴近山边的地方，双脚又踩到平坦坚实的乡村公路。

回身望去,土鸭在继续觅食,时而聚在一起,时而在水洼间散开。

溪水在上午倾斜的阳光下折射出一线闪烁的银光。我一直远望着溪水。一小片沼泽消失了，宽敞的峡谷给两边的景物缩了一次水,我又回到了溪边。这里,溪里的水量又增加了,透过清浅的溪水，可以看到水底下自由自在游动的小鱼。很多干干净净的水草在水里流苏般飘荡。我喜欢这种景象。

我想,再往下游走短短的一段,就会看到水流的重大改变。那也是这条来溪生命中的大事。不过这仅仅只是我个人的臆想。

至于来溪，有人说它的终点在双河坪，双河坪也是西边那条怡溪的终点，在很多人的思维里，溪与河的概念通常比较模糊，大一点的溪流可以称河，小一点儿的河流可以叫溪。而这里，即便两条怡溪汇集成一道更大的水流，只有部分人称它为溶溪，还有一部分人依然平淡地把它叫来溪，依然在平淡的生活中看着来溪在壮大中越去越远。

这些年，改溪造田或退耕还林，抑或开荒垦田。这条溪流的农耕文明从来没有断代，不过这条溪水周边多了一些现代厂房，多了一些机器的声音。这里的石头、草木、粮食经过现代科技的加工改造提炼，开始运往全国各地，甚至飘洋过海。这条溪水流淌着传统的儒释道文化，同样流淌着红军当年留下的思想。我不是民俗学家，也不是宗教研究者，只是时常想，如果有人能仔细挖掘一下这条溪水和周边的风土人情，并把它们抽丝剥茧，或许会有一些新的发现。

但我知道，这只是我个人某一时刻的想法而已。很可能是一个没有意义的，而且完全浪费时间和精力的想法。所以，很多时候，我只是留意这条溪流两岸的风景，留意这条溪水中游戏的小鱼。在山洪暴发的时候，我还留意是否有龙从这条溪流腾空而起，在电闪雷鸣的云层里舞动。

四

怡溪流域的一切景物——大山、树木、沙滩、梯田、村舍，似乎并不是自始至终生长在这里，而是流水带来的。

从双河坪沿溪下行，河道宽敞，水流落差不是很大，激流与浅滩相连，每隔一段距离便有一个或几个超过丈许的深潭，而深潭旁边总有一棵或几棵大树。

弯弯曲曲的公路就在怡溪旁边几米或者几十米高的山脚上，和湘西很多地方一样。风景缓缓落在眼前，又慢慢移到身后。风景从水流两岸抬起，左转，右转，再抬起……然后，某个像我这样用心的人，拿着手机或者更高级的数码相机，步行 20 里，不管有用无用的风景，一并记录：厚重深沉的大山，曲折迂回的水流，袅袅升起的炊烟，还有山民和他们的篱笆，和他们的鸡狗。再然后，那些风景在一个拐弯处挤出山门，落在一群张开的翅膀上。

这里属于两河口村的属地。行走其中，总会让人觉得一切都被自己所捕捉，又无法留住。似乎自己被周围的风景包围，却始终无法融入。追求本真的人，为了克服这种对立的情绪，会去平和内心深处的自然。为克服外来者的思想，我也平和，平和于高山与流水的自然。

其实两河口之行，也是跟随怡溪流水行走的最后一段路。穿过茂密的丛林，经过村子、农舍、牛羊、鸡狗、稀散劳作的老人，以及不时在眼前飞过的蜜蜂，我带着匍匐的影子去仰慕那座叫“青草尖”的高山。青草尖是怡溪流域最高的山，属于次原始森林，有多种珍稀动植物（麋鹿、麂、娃娃鱼、穿山甲、红豆杉、楠木等）。这里森林茂密，杂草丛生，看不见理想中的曲径通幽，丛林中潜伏的野兔野猪、松鼠会在某个时候突然从身边窜出，若无其事地又钻进林子，如同久居此处的山民，把头伸出虚掩的门，又缩了回去。刚刚走过，又见几缕阳光从树枝缝隙落在地面，穿过去，又见小鸟扑腾着翅膀。风摇曳着树枝，驱赶着天空的云团。而低处，潺潺流淌的山泉依然那么酣畅，那么自然。就这样，一条山路拴住了风景与心境。

我努力平和自己的心绪，继续往上爬，在一处空旷的石头上，虔诚地仰望这座高山。如果说平和是虔诚的起点，那么我此时此刻的感受却是基于某种忧虑，基于岁月的变迁，这片怡溪流域固守的大山与流水在无法挽留中分道扬镳。山还是从前的山，水却不是从前的水。我知道，在沿着这条怡溪行走的过程中，似乎缓缓流去的风景以及依附其上的所有，不是在流逝，而是在汇集，向着前面的沅江，向着远方的大海。平凡的生命终究难以抵达，朝圣之路因此而更加神圣。

从青草尖折回到一个叫山门村民小组的公路上，几公里路，是一天的行程。黄昏时分，我沿溪穿过山脚下零落的狗吠声，穿过渐渐亮起来的稀疏灯火，穿过两河口桥，抵达了两条怡溪汇合之地。

或许是站在青草尖上眺望蜿蜒溪流的心绪未平，或许是因为朋友庄园似的楼房只有一位老人留守，我只觉得心里空空荡荡。

于是,我站在二楼房间的窗前,看汇合后的怡溪流出两河口,以一个U形路线左转而去。

难道是不舍这片土地，像上有老下有小的村民去往城市打工离家时的一步一回头?

我知道,这种对比有些伤感。怡溪回转不久,就右转而下陈家滩乡大庄坪村的驮子口。沅江在前方不停地拉扯，落花落叶以及落在流水中的果实,再也无力回到曾经的山涧和山谷之中。

站在两河口的桥上,俯视泛着微弱波光的流水,眺望东边那条怡溪在桥的下游迫不及待地汇入其中，此刻，它已经浇灌过了许多土地,也穿过了许多山谷,洗涤了许多世俗的风尘,同时也接纳了许多被遗弃的光阴。此刻，它的心态早已不是以前包容与被包容的坦然,而是经过野蛮与文明,寂静与喧腾,有了一条大河的胸襟。或许它已经忘记了自己在山村被烟火气息熏染的表情，也或许它忘记了一弯山泉遇见它的本乡本土的声音。

两河口夜晚的灯光很美，一定是与这条溪水的电站有关。二○一二年七月,政府投资4000万元,采取打洞引水的方法,利用水流落差在这里修建了一座发电量7600千瓦的电站,解决了当地居民多年来的用电难题。当朋友端着一杯茶送进房间，问我要不要再走走,我看看窗外,点了点头。

夜色中,曾经所有一切的一切,无论视线内外,都正在模糊一个依稀的梦。

潮瓦溪的春天

朱彩辉

一

我从花格子窗帘的缝隙中看到了灰白的天光，听到窗外不知名的小鸟“叽叽”“吱吱”的叫唤。我躺在床上默神了许久,才想起自己身在何处。不一会儿,我听到隔壁邓红星开门的声音,便也从床上爬起来,尾随他去菜园。

三年来，邓红星每天早上起床第一件事就是去农场屋后的菜园里转一圈儿。他说这是一个农民应有的习惯。

现在是阳春三月,新年才过,路边的几株樱桃树上的红灯笼依然簇新。樱桃树开花了,衬得灯笼更红,樱桃花愈白。清晨的空气湿漉漉的,像被西水河浸洗过似的,拧得出水来。

我们绕过田塍,走进樱桃园,满园的樱桃花开得那样肆意。难怪前几天邓红星对我说再不来看，花就老了。樱桃花一树树一簇簇,丛丛堆砌,颇有气势。一直以来,我觉得樱桃花花形花色并不好看，因为披了晨雾，沾了露水，樱桃花于是添了几分娇嫩和柔美,少了几分太阳下的坚硬。樱桃园如一个硕大的香水瓶,每一寸空气里都饱含浓郁的花香。樱桃园也是一个硕大的蜜缸，成千上万只蜜蜂在花丛中采蜜。它们似乎更懂得“一年之计在于春,一天之计在晨”的道理。它们将半个身子深深探进花蕊里,采完一朵，即刻爬到另一朵花上,忙得不亦乐乎。

邓红星蹲在蜂箱边看密密麻麻的蜂儿爬进爬出，他长手长脚的神态真像极了一只工蜂。我在樱桃林中的小路上立定，深深地吸了一口气,抬头看到天空高远,山峦苍茫,山村寂阒。一群麻雀从坎边的灌木丛中飞出来,翅膀振动空气发出“呼呼”的声响。

樱桃园的南边紧邻水泽,那水泽东接西水,西连群山,有如一个大湖泊，东西皆望不到头。吸引我来农场小住的就是这一片水域，它比任何一个季节都有艺术底蕴。山水皆氤氲在一层朦胧的薄雾里,水墨画一样,让人的心即刻柔软起来。山脚的落叶树木尚未发出新芽(其实,有些树木已挂满紫红的苞芽),粗壮的树干半淹于水泽中,光秃秃的树枝纵横交错,空蒙如梦。环境的优劣,鸟类最能感知，一行鸥鸟飞过水面的上空径直去了开满油菜花的那一边，麻麻点点的野鸭在水中戏耍，突然间有三只小野鸭向远处飞游过去，像顽童用片石在水面上飞出了一串串长长的水漂。成群的白鹭栖息于河滩上,那样多,染白了河滩,不细看它们单立的腿，以为是哪家养殖大户家的白鹅。这些鸟类都是一些不动声色的猎手,湖泊里有的是它们想要的食物。水中有千万只青蛙“呱呱呱呱”,打破山村的宁静,表达对春天的热情。水岸边层层叠叠的小蝌蚪乌压压的,不细看以为是一堆一堆腐草。

樱桃园其他三面则是菜地、葡萄园以及油菜地,一直绵延至远处的山脚。按地属范围来讲,这里属潮瓦溪的地域,但这些旱地以及周遭的水田、水塘都曾属农场,现在任由潮瓦溪的村民和太安搬迁户耕种。农场离城近,老百姓种点儿啥都能变成钱。邓红星轻快地跳到西边的田塍上,两个大汉抬着耕田机从葡萄园里钻出来,新犁的泥土厚实肥沃,猪板油一样油亮。一位阿婆在平整过的田里起垄施肥。邓红星问阿婆准备种什么,阿婆说四季豆、长豆角、黄瓜、甜菜等等都会种一点儿。阿婆心里清楚,他们种的菜蔬,有一小半都将卖给邓红星的农家乐。邓红星像是读懂了阿婆的意思,笑笑说:“多施点儿农家肥,少施点儿化肥哦。”阿婆立起身,用手指着田里东一堆西一堆的猪屎说:“你看看,全是农家肥呢。”邓红星点点头,跨过田坎去自己的菜园。

“今天天气好,又是周末,应该会有好多人来踏春看樱桃花。”邓红星边说边扯了 大把大蒜和香葱。我跟在他屁股后面,掐了一大捆红菜薹和青菜薹抱回家。我喜欢蔬菜煮糯米粑粑当早餐,特别是这种才从地里掐回去的青菜薹,吃起来新鲜清香,菜市场里的没法比。

二

邓红星洗漱后，换了衣服，准备进城去买菜。这也是邓红星每天的功课。

大桥未通之前，邓红星进城都得坐船，但这里从来没有自己的客船，不得不坐上游落仙处下来的船，每天一趟，早晨来，中午回去。当然，也有从凤滩、二酉下来的船，但依了本乡人坐本乡船的规矩，潮瓦溪人一般都是赶落仙处的船。尽管邓红星城里的家就安在酉水西岸的阳光水岸，潮瓦溪的正对面，看得见的高楼大厦，却像隔着天涯，没长翅膀，飞不过去。酉水现在已完全没了客船。沅水流域下了禁捕退捕令后，潮瓦溪码头彻底安静下来，唯有一只老龙船搁在江岸边。

三年前酉水大桥终于通车。那天，我们陪邓红星的父亲徒步穿过大桥。大桥在酉水与沅水的汇流处，那里烟波浩渺，水域宽阔，像一面硕大的湖。大桥右边是酉水，这条来自湘西武陵山脉的河流，一路激流浩荡，走到沅水的入口，脚步彻底沉静下来。

也是在酉水大桥通车那一天，邓红星决意辞了工作，回到农场。

在外人的眼里，邓红星是“太常印常”农家乐的老板；在他自己眼里，他现在更像一个农民，一个新时代的农民。农家乐开办之初几乎没有生意，他全靠养鱼、种菜、种水果维持生计，光是油菜就有一二十亩。在外打拼多年，他感悟最多的就是：这个时代，就是不断地打破藩篱，又不断地迎接新生活。但无论什么样的生活都有得有失，关键在于自己怎样去看待这些得失，怎么在这个大时代中去抓住某些机遇。他回到农场，一半是为他父亲，一半是为他自己，正如他向往的生活，一半诗意，一半烟火。邓红星是个聪明人，看得到现在乡村振兴的政策，更看得到这个老农场存在的发展商机。他是农场的老职工，拥有天时、地利，至于人和，他有与生俱来的好脾气。

三

邓红星临走时，农家乐的服务员万玉来了。万玉是潮瓦溪的村民，住在庙场坪组，每日早出晚归，跟上班似的。邓红星交代她清扫庭院，把桌椅都搬出来，说今天天气好。

农场的前院宽阔。方方正正的一个四合院，四面都是青砖平房。西边的这一栋是邓红星的农家乐，北边的一栋住着农场的两个女职工，东面和南边的平房已完全荒废。坪场足够大，一半停车，一半作菜园，菜园里还兼种有柑橘、柚子以及一些花花草草。东边的青砖房子完全破败了。”出口在南面，有两个，一边通往西水码头，一边连通太常公路。

邓红星 10 岁时随母亲从官庄太平铺搬到农场，做了随场家属。他们家就住在东边的平房，里外两间房，外面那间既是客厅也是他和弟弟的卧室，前面的走廊当厨房。去年冬天，老父亲于弥留之际还对这栋破房子念念不忘。他懂老父亲的意思：这些青砖乌瓦记录着他一辈子的花红柳绿、风霜雨雪。

往前推，农场的历史更加久远。抗日战争爆发后，沅陵成为“战时省会”，办公地点就在现在的太常便民服务中心附近（沅水和酉水的交汇处）。大批知识分子涌入沅陵，在沅陵城、太常、乌宿、白田四地创办水利、艺术、农业等学校。太常还修建了大马路，时称“伯陵路”（指挥长沙会战的薛岳将军字伯陵）。潮瓦溪紧邻太常，在沅陵城的西边，酉水汇入沅水的最后一个码头。在交通全靠水运的年代，这里实在是一处上好的后勤保障之地。长沙、常德、洞庭湖的货物，都是从沅水运过来。从中南门码头逆水而上，立在船尾看一看南岸笔架山迷离水雾，北岸龙兴讲寺红墙飞檐，半盅茶的工夫船便弯过了两条河宽阔如湖的合聚之域，进入“夹河高山，壁立拔峰”的酉水，再行百十米，便到了潮瓦溪村码头。

二十世纪六七十年代，知识青年上山下乡，成立了“太常知青农场”，原先的木房子改建成四栋青砖乌瓦的平房，平房外围皆是农场的菜地、鱼塘和水田。后来，坪场东边还加修了一个可容百人的小小电影院，每个周末都放电影。小时候，邓红星在这个小小的礼堂里不知看过多少遍《地道战》《铁道游击队》《鸡毛信》，我有时候同他聊天，他会突然蹦出来一二句老电影里的台词。

邓红星的父亲后来成了知青农场的生产队队长。知青们回城后，老队长留守农场。不久，农场再次变更身份，更名县农科所，成为农业部门下属单位，制种产粮。邓红星也就是在这个时候招工成为农场职工。虽然身份不同，领了一份工资，但也是种田养鱼，跟农民干一样的活儿。

农场有100多亩水田、几十亩水塘，还有自己的菜园、果园、养殖场，老老少少有上百名职工。这些年，邓红星时常梦到自己当年在农场劳动的场景，点点滴滴都烙进了他的生命里。几十人一起抬岩、挑土、栽秧、薅草、割谷；收工后一起去酉水边洗澡，一起在坪场开会、学习，吃饭、打闹。春天栽秧的时候，泛着天光的水田里麻麻点点布满了人，不用几天，水田便像被一阵春风吹得绿油油的；秋天割稻的时候，几十人一字儿排开比赛割谷，只听到镰刀割在稻秆上的“沙沙”声，眼看着一排排稻禾被放倒，如数辆同时挺进的收割机，那种气势和速度真可以用排山倒海来形容。生活虽然艰苦，却总有使不完的劲儿，就如一个新买回来的皮球，怎么使用也不会泄气。

他以为他会一辈子当一个拿工资的农民，没想到不过几年，五强溪水电站修建，沅水中游水位上升，父辈开出的田原本就是水下田（即沅水108水位线下的田），沅水倒灌后，农场的部分水田便成了一片水泽，高处的农田和农场的青砖屋被围成了一个孤岛。农场员工陆续离开，偌大的四合院只剩下几户人家。太常农科所撤销后，渔塘边的农技楼更是人去楼空，完全空置下来。后来潮瓦溪的村民孙一晚住了进去。农技楼的左侧有大大小小几丘田，以前是农科所的制种田，现在做了孙一晚的菜地，靠近西水的那一侧种了小半亩樱桃。因为紧邻西水的缘故，每年开出的樱桃花格外粉嫩好看。昨天，邓红星和我去看那里的樱桃花，发现樱桃树已全部被砍掉，还挖了数十个坑，看来孙一晚准备改种其他水果。当年农科所的职工们在楼前栽种的十三株香樟树已高过楼房，树干粗得一人合抱不过来。

农场名存实亡后，邓红星也走了出去，先是去读大学，专业是汉语言，毕业后当过几年老师，后来又去考了会计证，做过十年企业会计，如今重回农场。人这一辈子就是不断适应社会的脚步，奔向新生活。

四

邓红星从城里买菜回来，摩托车刚进入大堤转弯处，两只黄狗老远听得声响，箭矢一般飞过去迎接。大堤上净是来来往往的城里人。我在这里小住几天，有一个感受：只在清晨和夜晚，农场才会现出乡村的味道。

春阳下的农场是属于城里人的。庭院栅栏边高挂着的“太常印象”招牌，在阳光下泛着红光。农场更是热闹，地坪里坐满了男男女女，下象棋、打桥牌、打跑胡子或是麻将，看牌或是打牌的都是那样专注，站着的几个女人打扮得花红柳绿，脸上搽了厚厚的胭脂粉，嘴巴红得如笔架山上的晚霞，手里拿着大红绸扇子，好像才从哪里表演回来。几个小孩子在坪场里东跑西蹿。其实，真正在这里用餐的人并不多，我看到他们当中好多人自己带了零食水果，甚至便饭。邓红星像是早已习惯了这种热闹，跟老人们一一打招呼。自他在这个农场开办农家乐以来，老知青们隔三岔五来这里集聚。有时候，他甚至感觉，他又回到了从前，回到了父辈们的“知青”年代。那真是一个火热而纯真的年代，他们的青春全在这里。

我帮邓红星将菜提到屋后的阶檐下。万玉坐在水龙头边洗蔬菜，厨师在厨房忙着炸煮。我闲着也是闲着，有心帮万玉洗菜，她连忙谢绝，说莫弄湿了我的衣袖。我于是给自己泡了一杯茶，坐在阶檐下的竹椅上看人头攒动的樱桃园。等邓红星终于忙完坐下来陪我喝茶，太阳已爬到了屋檐外的葡萄架上，一片一片的阳光跌落在架子下的青石板上，随风摇动。

樱桃园里人比花多，回个头都能遇上熟人。樱桃好吃，樱桃花不好看，太阳下的樱桃园像一朵硕大的灰白的云，挂在绿油油的菜园当中。其实，城里人看樱桃花只是个由头，春天来了，到城外走一走，看一看，放松一下筋骨才是真。况且，潮瓦溪村远不止樱桃花可看。彼时正是春花全开的季节，潮瓦溪的土地十之七八都种上了油菜，放眼望去一片金黄。春雨未来，酉水河窄，河滩格外空阔，一丛丛灌木坚韧地从乱石坪中发出春芽。溪岸边、田坎上四处点缀着桃花、梨花或是李花。我看着樱桃园、油菜花地、田垄、水洼边四处游走的人群，心想，这应就是人们想要的田园生活吧。

乡村与城市的距离只隔着一座酉水大桥。这几年，酉水大桥附近的太常、白羊坪、黔中郡等村的农田都成了菜地或果园。大桥通车后，1路汽车的起点站从溪子口延伸到了酉水桥头。年前，沅水二桥通车，接通了城南与太常，菜农们过桥卖菜也就十分方便了。邓红星买了一辆车，从北岸去，南岸回，也不过半小时的车程。

邓红星正准备起身去厨房看看要不要帮什么忙，孙一晚来了。邓红星搬过来一把椅子请他坐，自己也重新坐回到椅子上。孙一晚专门过来跟他聊承包水塘的事。去年一个冬季，潮瓦溪村都在做水库转包的前期准备工作，听说有好几个村民报名，邓红星曾找他商量，说二人合伙承包农技楼下边的水库。不出意外的话，这几天就要发包了。邓红星边递烟过去，边问他承包款准备得如何了。孙一晚深深地吸了一口烟，慢慢地吐出烟圈儿后说，他准备从信用社贷款，前期手续已办好了。

邓红星点了点头，两个人不约而同将目光投向樱桃园。阳光万丈，樱桃园的红灯笼红得像一团火。春天正浩荡而来。

渡口那边的岸

周万水

是哪些因素决定我们长成现在的模样并且不可抗拒？

多年前在一个渡口，我忽然想起这个问题。那是我第一次来到这个渡口，我要到渡口那边去。渡口那边是一个小镇，名叫乌宿。

乌宿在酉水的下游，河水在这里丢下最后一个滩头，便汇入了沅江。我从来没有想过自己的人生会与这个地方有交集，直到有一天我扛着简单的行李，坐在一辆装木材的卡车上，顶着一脑袋黄土灰，来到一个叫堂门前的地方。卡车司机扔下我，指着河对岸码头旁一片错落的黑瓦屋说："过了河就是乌宿了。"

那时候，乌宿看上去山水秀美，是个绝对可以入画的地方。河水清澈透明，河中卵石和大鱼小鱼都清楚可见。水边山峰嵯峨，山色青黛，岸边竹林茂密，三两农舍隐约其中，炊烟几缕，依稀上浮。渡口边泊着几只渔船，每只船上都蹲着一排鸬鹚，黑乎乎的，因为闲着，都是一副无精打采的模样，如河岸上那些兀立的礁石。那画面很有些吴伟《江山渔乐图》的味道。等了很久，渡船才从对岸开来，是一条带着乌篷顶的机船，船尾冒着黑色的浓烟，柴油机咚咚咚地震耳欲聋。上岸的时候我顺便问了问同船过渡的人，为什么这个地方叫乌宿，问了好几个人，都说不知道。在我离开那里之前，我曾无数次问起同一问题，都没人给我一个明确答案。通常的说法是：很久很久以前，这里就叫乌宿了。

我那时有些落寞，没想过从师范院校毕业后会来到这个连地名都不知来历的地方。我有些不安。我甚至担心若干年以后我自己也会变得来历不明。毕竟，把一个普通的人扔在人海里，时间久了，再要把他找回来也不是那么容易，所以在很长一段时间里我一直很纠结。

乌宿是个很普通的小镇，码头上的小街随地势而蜿蜒曲折，不过百十米，只有在赶场的日子才会热闹起来。此地苗民居多，无论男女，赶集时必背着一个竹编的背篓，买卖的货物都装在里面，这让本来狭窄的街面显得格外拥挤。女人的背篓里常常背着小孩，他们在母亲的背上或东张西望或呼呼大睡。镇上的日子过得很慢，日暮时分，我时常会坐在那条河边，看着几只白鹭超越那只渡船从渡口那边飞过来。等到江面上所有的船都泊进有棵大河柳树的水湾子，集镇安静得能听到河水流动和拍岸的声响，还有远处的村子里传来的三两声狗的吠叫声……

在那些日子里，我还是在琢磨那个问题：这地方，为什么叫乌宿呢？一直都叫乌宿，又是从什么时候开始的呢？

“乌”，最早出现在西周金文里，本意就是乌鸦，是一种羽毛呈黑色能反哺的孝鸟，小尔雅云："白项而群飞者，谓之燕乌。"在中国古代神话中，太阳的中心蹲着一只三足乌鸦，也叫金乌。所以乌鸦在古代算是一种吉祥的鸟了。乌鸦的名声是后来变坏的，我想这与它漆黑的羽毛有关。因为到后来很多黑色的鸟都统称为"乌"了。古人的诗词中"乌"总和黑夜连在一起，是诗人们制造寒冷、孤寂、不安、凄清意境的经典物象。如明人的《乌栖曲》："城头老乌夜夜啼，来我门前树上栖。作巢折我树上枝，树枝未尽风凄凄。"又如曹孟德的"月明星稀，乌鹊南飞"和张继的"月落乌啼霜满天"等。这里面的"乌"大约就是一类黑色的鸟了，至于是不是乌鸦大可不必深究。再后来乌鸦的黑色羽毛彻底毁了它的名声，成了大家嫌弃和厌恶的模样，说到它就会想到一个阴森森的词——死亡。小时候，早上出门，如果听到乌鸦呱呱的叫声，外婆就赶快让我"呸！呸！呸"三声，表示马上去掉晦气。我不知道这与乌宿地名的来路不明是不是有某种联系。但作为昔日太阳崇拜中的神鸟、孝道文化的典型形象，乌鸦混成今天这副模样，着实是有些冤的。

我一直认为乌宿是个很有诗意而且十分吉祥的名字，甚至带着一种不为人知的神秘。听说，很久以前，乌宿是有很多大树的，每当黄昏时，太阳坠入林木繁茂的西山，酉水边的各种鸟成群结队地穿过薄暮，归林栖息。宿者，本义即为睡觉。金乌归位，乌鹊栖林，多好的意境啊！你可以想象当太阳西夕，残霞渐暗之时，一群鸟儿的剪影消失在山林之间。到了山间月牙初上，这些鸟与白天喧闹的小镇一起沉入梦境……这应该是“乌宿”最好的解释吧。可如今，乌宿不过是酉水边一个并不起眼的小码头，起个什么渡、什么寨、什么洞、什么村的名字都是很好理解的，可偏偏取了这样一个有古风、很文艺、很有内涵的地名，这就不免让人生疑了，这背后一定隐藏着我们还未获知的真相。我们今天看到的乌宿或许并不是它当初的模样。光阴是无法回放的，今天的乌宿只剩下一个名字，名字背后的故事却不知所终。它可能知道自己是谁，但它不会说话。它站在你面前，像一个不知从何而来的神秘行者，脸上写满隐约的沧桑，让你在疑惑中生出莫名的敬意和解读的欲望。

我笃信这里是有故事的，它以一种隐喻的方式存在着，密码被什么人带走了，也可能就埋在哪片废墟里。

乌宿是酉水最靠近沅水的码头，古时候，沿水路一直向西，据说是可通滇黔、巴蜀到长安的。流传下来的酉水船工号子中就有“下洞庭、上江汉，四十八站到长安”的说法。那时的沅水和酉水是连接大西南和中原地区的两条重要黄金水道。春秋战国时期楚国的黔中郡就在酉水下游，其管辖范围覆盖了湘、黔大部分地区，甚至包括了今天的湖南省会长沙。在统一六国的战争中，秦将司马错攻楚，正是从汉中、巴中，经乌江进入酉水和沅水流域的。那时候沅酉之上这个小小的渡口与西津渡、风陵渡、瓜州渡这些著名渡口相比，其地位应该是毫不逊色的。只是到了中原大一统之后，酉水流域成了中原中央政府与西南少数民族土司王朝势力反复争夺的地区。乌宿，也成了所谓“生苗”和“熟苗'”的分界线，乌宿以西的西南地区成了所谓的“苗蛮”之地。即使如此，在很长的一段时间里，乌宿依然是西南地区重要的地理与文化分界线。只是到了近代，随着水陆交通的逐渐衰落，人们对沅水和酉水流域曾经繁荣的记忆才越来越遥远了，乌宿渡口也开始变得寂寥。

偶遇一个地方，有些人喜欢用“邂逅”这个词来形容。《诗经·郑风》说：“有美一人，清扬婉兮；邂逅相遇，适我愿兮。”我倒觉得所有的不期而遇的背后都有些说不清、道不明的必然。“邂逅”只是我们人生剧本已经写好的情节之一，在那些必然到来的情节里我们常常是身不由己的。

在乌宿的那些日子，也正是我喜欢胡思乱想的日子。渡口那只船发动机突突突的响声在江面上远远近近，来来回回，与我的脉搏同步跳跃。除了琢磨乌宿的前世今生，我还时常在想：这世上到底有多少渡口？想那个船老板用了多长时间才把那条摇橹划桨的小船换成噪音很大的机船，又是怎样把自己从一个精壮汉子变成现在这个胡子拉碴的老头儿，想起那位徐姓同学毕业时迷茫的眼神……

乌宿是水带来的。长河载来了船，船载来了人，于是有了码头。码头是水边的驿站，聚集着船夫、纤夫、排牯佬、商贾和流放者。不断有人在这里落脚，也不断有人从这里离开。它就像水边的一棵大树，一些鸟飞走了，一些鸟又飞来了。这棵树叫什么名字也就不重要，重要的是它承受了所有的栖息与流浪，所有的归宿其实都是翅膀的尽头。久而久之，故乡也好，异乡也好，边界就变得模糊了。

你可能会经过很多渡口，也可能终生厮守着一个渡口。可走得太远，是不是也容易丢失自己？或去向不明，或来历不明。面对一个渡口，渡口那边等着你的是什么？祸兮福兮、归途和远方也都写在某个剧本里。也难怪过去的文人墨客路经渡口时总是生出“江上行人空自愁，壮年双鬓已惊秋。不知风里千里浪，何事无情也白头”的感喟，在他们眼里，渡口就是水边的长亭，渡口那边的岸也一定是碧草连天。

乌宿当然也是有诗的，只不过是在渡口对面那座山上。

乌宿对面的山叫二酉山，我很喜欢看它在月亮下的样子。山不算高，被两条交汇的河水环绕，看上去水面比天空还要开阔，即使在清朗的夜里也看不到多少星星。有月的夜晚，山的轮廓十分清晰。月亮通常从这边山的背后冒出，又很快从山的那边落下，似乎完成了一次无声的横渡。小镇被水天一色的清辉笼罩，静谧祥和。偶尔有大鱼跃出水面，几只夜鸟在渡口之间滑过，无声无息地消失在山的阴影里，还能听到河水拍打小船的声音和落滩时的哗哗声响。河水四季重复着月亮的丰盈和消瘦，小镇的前世今生都写在这千百年永恒不变的循环往复里。

我觉得那时候的我，灵魂也如同一只不眠的夜鸟四处游荡。

后来我知道，这地方的名气与二酉山有很大关系。二酉山是个断层山，大约是远古一次地震造成的，坍塌的山体形成一天然石洞，这就是著名的“二酉藏书洞”。说到“二酉藏书”，在中国古代文化史上应该是很著名的，有句形容一个人学识渊博的成语“学富五车，书通二酉”，说的就是乌宿的二酉山。

古人称藏书多以“二酉”自比。明代著名学者胡应麟就把他的藏书楼命名为“二酉山房”。清人张澍也曾将其所编撰的丛书命名为《二酉堂丛书》。至于“二酉藏书”的渊源，也就是谁曾经在这里藏了书，却是众说纷纭。流行的说法是：秦始皇焚书坑儒之时，有书生冒险将经史子集千册偷偷运到乌宿，藏于二酉山上，使很多文化典籍得以留存于世。但具体可考的文字记载仅北宋《太平御览·荆州记》和南宋《方舆胜览》中有寥寥数语“小酉山上石穴中有书千卷，相传秦人于此而学，因留之”和“小酉山石穴有书千卷，相传避秦人所藏”。其他都是些无据可考的传说和杜撰。

二酉山的名声来历很显然并不是毫无根据，也没太多争议。宋真宗年间，真宗皇帝曾下旨在二酉山顶为上古隐士善卷建立祠堂。明朝时不大的二酉山上就建有翠山、妙华两座书院。黄庭坚曾在《朝拜二酉山》的诗中写道：“巴山楚水五溪蛮，二酉波横绕龙蟠。古洞寻书探奇字，思怀空吟三千年。”可见二酉山藏书的功德的确被历代文人墨客所仰视，二酉山一度被尊为天下名山。只是那些关于藏书以及二酉山名扬天下的真相还是扑朔迷离，仿佛永远都是一个谜。与乌宿相比，酉水上游的里耶就幸运多了，在那里人们发现了两口井，里面埋藏着数万枚秦代竹简和那段曾经湮灭于历史长河的真相。

除了时间不可逆转的侵蚀，中国古代的历史一直都是很折腾的，也一直伴随着文化劫难。从秦始皇开始，粗暴的焚书和有预谋毁灭文化典籍的情节一再重演，关于二酉藏书的真相恐怕早已灰飞烟灭了，其中大概也包括乌宿这个地名吧。这其实很有点儿黑色幽默：一个以藏书闻名的地方，也因为书的毁灭而变得来历不明，说它曾保护了众多传统文化典籍，我是有些不敢相信的。

现在的二酉山不过是座普通的山，山上增修了一些凉亭飞阁，大多数拜访者对导游讲的那些煞有介事的历史典故没什么兴趣。冲着“学富五车，书通二酉”的名头，每年高考前，倒是有许多家长带着孩子来这里拜谒一番，以图为孩子讨个功名。当地政府为推动旅游索性将“乌宿”改为“二酉”，从此，乌宿就变成一个小村子的名字。它只是失忆罢了，它经过的上古，经过的魏晋、唐宋，就像曾经刮过的风一样没留下任何痕迹，而历史真相消失的方式远远不止焚书一种。现在的乌宿一定不是从前那个乌宿，我担心哪一天它会彻底消失，毕竟现实中这样的例子很多。

历史的断层，坍塌往往只是表象。

乌宿渡口边的酉水，到现在依然是湘西一条少有的、清纯而美丽的河流，沈从文先生为它写了不少深情的文字，其中就有关于乌宿的描述。“由沅陵沿白河上行三十里名‘乌宿’，地方风景清奇秀美,古木丛竹,濒水极多。”从文字上看,沈先生应该没有在乌宿停留过,只是在坐船上行酉水去湘西时,几次路过了这个地方,并没有追索这个诗意的地名究竟因何而来。诡异的是,沈先生怎么也没有料到,在他的人生剧本里,乌宿,后来居然成了他一生的隐痛,先生以后的文字里,再也没出现过关于乌宿的只言片语。这一切,都是因为一个叫九妹的女子,她的名字叫沈岳萌,是沈从文先生的亲妹妹。

一九六〇年的那场饥荒中,乌宿街上死了一个疯女人,这个女人就是九妹。那时,镇上很少有人,甚至包括九妹自己的儿子知道她真正的名字是叫沈岳萌,更不知道她还有个叫沈从文的哥哥在北京。这个疯女人的死像河柳树上的一片叶子寂然落在水面,没发出什么声响。她被草草地埋在了乌宿旁边的那条小溪旁。那个年代,我们这代人还不知道这世界上还有一个叫沈从文的作家,更不知道他居然写过那么多书。这也印证了这世上很多真相是可以被掩盖的。直到二十世纪八十年代初,沈从文的名字在沉寂数十年后再次出现在报纸上,一位当地的老师拿着报纸告诉九妹的儿子:“这个沈从文就是你亲舅舅,快去北京找他吧。”这一年距九妹辞世已过去了二十年。

在乌宿我曾隐约听到过关于这个疯女人的故事,她是跟一个姓莫的瓦匠从河的那边来到乌宿的。她看上去有些疯癫,还不时说一些当地人听不懂的洋话。刚来时她还穿着旗袍,后来旗袍破旧不堪了,才不再穿了。油菜花开的时候,她会在凌乱的头上插一些油菜花。偶尔站在学校教室外听老师上课,说某位外语老师发音不准。

九妹是怎么来到乌宿的,和这里的地名一样,至今没人能说清楚。她曾是一个卑微的人,在饥荒中凄凉地死去。又因沈从文的缘故而受到关注,虽然这种关注对她已毫无意义。在各种不同版本的述说和传说中,九妹成了宿命无常、红颜薄命的感叹。镇上那些曾见过九妹的老人,不断地对前来寻访的人讲述着她的故事,可每次的述说都不太一样。

熟悉沈从文作品的人,大约都是知道九妹的。沈从文早期的《玫瑰与九妹》《冬的空间》《阿丽思中国游记》《湘行书简》等作品里常常会出现九妹的影子,如“以后花越开越多,九妹同六弟两人每早上都各争先起床跑到花钵边去数夜来新开的花朵有多少。九妹还时常一人站立在花钵边对着那深红浅红的花朵微笑;像花也正觑着她微笑的样子……”在这些文字里既有现实中那个天资聪颖、娇嗔任性、秀丽敏感的真实的九妹沈岳萌,也有沈从文先生对湘西女子全部的美好描摹和寄托。沈家人对九妹是很宠爱的,从文先生更是如此。他把九妹带在身边,让她学英文、法文,学写作,一心想让她摆脱湘西女子的传统宿命,成为像凌叔华、林徽因那样的知性女子,进入名媛的圈子。在叶圣陶主编的一期《小说月报》的封面上,九妹甚至与当时名噪一时的丁玲女士同框。这个九妹真的就是那个在酉水边因饥荒而死去的疯女子吗？

时间的流逝，拒绝了所有的假设。

九妹终究没有走进哥哥为她预设的世界。她的精神世界是如何崩塌的，同样扑朔迷离。黄永玉先生认为："关于她有种种传说。她曾随从文表叔（沈从文先生，本文作者注）去北京到昆明，动荡使九妹远离往昔生活，战乱使她增添了恐惧和不安，她患了精神分裂症，以后被送回沅陵家中。"我觉得其中"远离"和"恐惧"是最值得品味的。有人说，不管九妹自己做出过怎样的努力，她的心智和精神从来没有真正接近和理解那个湘西之外的世界，也无法超出过湘西加在她身上的那种限度，她和宠爱她的哥哥都无法掌控。九妹疯了，命运最终让最初动人的兄妹情终走到枯竭和决绝的地步，从此变成了两个世界的陌路人。数十年后，当九妹儿子千里迢迢到北京见到舅舅时，沈从文先生激动地说："是的，是九妹的孩子。"他是从外甥的眉眼之间又看到了那个曾经明眸善睐的九妹。

如同沈从文先生所说的，他自己生命中有着命定的"悲剧性力量"，九妹也未能逃脱宿命般的力量。她可以是沱江里的鱼，是沱江边的树，可以是《边城》中的翠翠，是《沅陵的人》里那个嫁给匪首的夭妹，但她却注定成不了林徽因。

如果人类可以选择，那神的意义又在哪里？如果可以选择，那又该如何理解命运？一切都没有答案。

回到湘西的九妹已经是一只失去方向、找不到巢穴的鸟。她先是被送回沅陵那个叫芸庐的家里，后来又不知道怎么流落到乌宿嫁给了那位姓莫的瓦匠，并且在这里她生下了她唯一的儿子，取名“自来”。一个来路不明的地方，收留了一个来路不明的女子，就像诗人北岛诗中写的那样：一切都是命运，一切都是烟云。

在乌宿渡口码头两边的小路上，长满了像鬼针草、仙鹤草、苍耳一类的植物，它们的种子都布满细刺和黏黏的茸毛。那些种子会沾在动物的皮毛上被带到未知的地方，也会沾在鸟儿的翅膀上做一次更遥远的流浪，它们中间的一部分还会在那里生根、开花、结籽。九妹，大约是以这种方式被带到了这里吧，偶然又很必然。其实，在那个颠沛流离的年代，大多数人的命运跟一株草没有太大的区别。九妹其实在她开花的年龄就已经开始凋谢了，碾落成泥只是一个时间问题。她来到乌宿也是有理由的：这里有棵树在等着她，树虽不大，但总是可以栖息的。她是一只折翅的鸟，找到了它无法逃脱的命运和归宿，然后像一片树叶在有一天滑落。

生她的土地叫故乡，收留她的土地又何尝不是呢？

离乌宿不远的菖蒲溪还有位女人，与林徽因和沈岳萌几乎同年，一生嫁过两个男人，生了四个孩子。这女人是我外婆，活到86岁，无疾而终。她大字不识，对过往的生活也没有一点儿怨言，留给我们孙辈的名言是：“人嘛，好也是一辈子，坏也是一辈子。”我觉得外婆是个伟大的女性，我意识到这一点时，她已经去世三十多年了。

乌宿的渡口如今差不多快消失了,水面上多了一座桥。因为禁渔,也看不到有鸬鹚的小船。堂门前竖起了一个雕塑,上面蹲着两只硕大的黑乌鸦,当地人很觉晦气。关于乌宿和二酉山的争论也一直还在继续。

陪朋友去看过一次九妹坟墓。墓很简陋,没有墓碑,知道九妹叫沈岳萌的人还是不多。墓地旁的小路被踩得很结实,应该来过不少人。坟墓旁边是一大片橘子林,橘子成熟了也没人摘,枝头、地上都满是橙黄的果子。开花,结果,成熟,坠落,腐烂,一切都是自然而然的归宿,看得见看不见,都是这样。

有渡口的乌宿的确很美,有人觉得修了座桥让乌宿的风景打了折扣。我觉得很好,因为桥也是渡人的,老是活在过去,记忆也是一种负担。

还是那轮秦时月

戴小雨

一

省作协的一位朋友取道沅陵去古丈,不是为了见我,而是去看乌宿古渡。他还说曾无数次从文章中读到过乌宿这地方，特别是沈从文先生更是不吝笔墨。心仪已久，这次取道沅陵就是想亲历一次乌宿古渡,数一回铺在小镇石板街上的青石板。

我们坐一辆小面包车前往乌宿。一路上,朋友很少说话,头偏向窗外,看着幽幽的酉水河。我想,他一定是在梳理记忆中那些有关酉水河与乌宿渡的文字。到了乌宿渡,朋友才开口:“文字里描述的就是这样子。”

遗憾的是文字中那个青石板小镇不见了，我只好用二十年前依稀的记忆,指点着那个已经消失的古镇轮廓。朋友说:“小雨,不用说了,就让它留在那些文字里吧。”我说,这里已经更名二酉镇了。“乌宿,多好的名字呀,怎么要改呢?”朋友问。我无言以对,心里猜想:可能是当地人认为“乌宿”这个词不太吉利吧。

“二西藏书就是二酉藏书，乌宿渡就是乌宿渡，是历史就应该让它待在线装书里。”朋友的话有些道理。下午四点，朋友坐最后一趟去古丈的中巴车离开了乌宿。送走朋友后，我便一人租坐一只机动小木船，渡过西溪来到二酉山下。

九百里酉水最后的一条支流酉溪，就在二酉山下成“丁”字形注入酉水，完成最后的吸川纳英，东去三十里汇入沅水。乌宿小镇就在这个“丁”字的左边，倚蟠龙傍二水。隔酉溪相望的“丁”字右边便是秦时藏书的二酉山，隔酉水相望的“丁”字顶边是卧龙山。三龙争一渡，一渡过二水。这就是历史上有名的乌宿古渡。

我突然间有留宿二酉山之意，二十年前的那轮清幽盈月原来一直高悬在我记忆的苍穹。

二

第一次邂逅二酉月还是在二十年前，那时我在县第四中学读高一，校址在酉水与沅水交汇处名叫太常的三角洲上。学校规定两周连休，当时叫“大周”制，大周末的三天假日便成了我们放飞青春的节日。一行三人，我们骑着自行车沿酉水河边的公路漫无目的地向上游驶去。我们精力充沛，用之不竭。在那段精神生活极为贫乏的岁月，消耗体力成了最时尚的消费。初秋时分，骄阳余威犹在，只是脚下的酉水没了夏日的浮躁，清幽如带，静若处子。

西水是沅水七大水系中最后的一条支流，在沅陵城西虎溪山下汇入水流湍急的沅水，后便折向东去，经桃源、入常德，在德山脚下注入烟波浩渺的洞庭湖。

不游沅水，难懂江河；不读酉水，怎谙水韵？

酉水，又称白河，最早我是从沈从文的《边城》里读到的。为什么叫白河，我带着疑问翻阅了许多有关这条河的书籍，其中包括沈从文先生的全集，却不曾找到只言片语的解释。后来一次偶然的机会听到了这个出处。白河之名相当古老，在酉水上游河段，有彭、田、白三大族姓。彭田以酉水为界，左岸田地山林归彭姓家族，右岸归田姓，他们联合起来对付后面迁徙而来的白姓，想将白姓人赶走。可白姓是从沅水岸边逃亡迁徙而来的渔民，水性好，擅长水上作战。彭田二家族几次征战都没有取得胜利，无奈之下就只好将这条酉水的统辖权让给了白姓家族。我想，这应该是白河之名最好的解释了。

车队行驶约 30 里，至酉水的第一个码头乌宿，一个同学的自行车爆了胎，我们只好渡河到对面的镇上补胎。补胎费了一些周折，补好后夜幕也就落下了，我们只好留宿乌宿小镇，等第二天回程返校。为了省钱，我们没有住客栈，而是去锚在河边的一条木制货船的舱盖上打起了地铺。夜色恬静而缥缈，流水淌过浅水滩上的白色卵石发出哗哗的声音，优美得像催眠曲从我们的枕下响过，不一会儿我们便和着水声进入了梦乡。时令时节毕竟已经入秋，深夜的河风已经很凉，我们被呼呼的河风声叫醒了。月光下的乌宿渡空蒙一片，石板街、楼阁、古树以及锚在岸边的船只，一切都如同浸泡在水中，真实而又虚幻。

一轮盈月，高高地悬挂在如黛的二酉山之巅。这是我与这轮二酉月第一次相撞了个满怀，一点儿准备也没有。可是，除了惊叹我一点儿也不慌乱。也许，这就是人们常说的那种生命千年之约吧？

三

江畔何人初见月？江月何年初照人？

第一次邂逅纯属偶然，这一次却从容了许多，也胆怯了许多。二十年的准备不仅仅是岁月的累积，秦都咸阳上空的那轮清幽明月，曾无数次在我的窗前洒下如霜的清辉。清辉中，金戈铁马、刀光剑影，像上演远古皮影戏一般。

从容，因为我是依着《辞海》的页码，循着注释的方位，一路数着博士官伏胜的脚印而来。

胆怯，因为案头那本凝重的《秦史》，无论编者怎么抽插倒装，你都会找到那让人胆战心惊的一页。

二酉山景区老总刘忠维先生听说我想月下登二酉，欣然同行。刘先生温文尔雅，像个读书人。我们在半山腰一家农家乐吃晚饭，刘先生说这里的米酒是天下最好的米酒。我问:“怎么解?”他说,“西水酒之源”,二西寨当然是酒之乡了。很少喝酒的我,禁不住诱惑喝下了一小碗。下山的时候,暮色开始围拢来。我们来到山脚二西广场一隅,一边闲聊一边等待那轮明月升起。西水河静静地在身旁流淌,我们的话题渗洇着木牍竹简的霉味与清香。

春秋战国是中国历史上一个非常重要的时期,不论是文化还是战争都是狼烟四起。颠沛流离了十四年的孔子回到鲁国五年后,带着绝世的遗憾长眠在曲阜城北的泗水岸边。这位至圣先师尸骨未寒,历史就迫不及待地合上了那本厚厚的《春秋》,进入了群雄争霸、战火纷飞的战国时期。

公元前213年,秦国的博士淳于越反对采取中央集权的郡县制,主张根据古来的制度,把土地分别封给诸侯子弟们,遭到丞相李斯的驳斥。李斯主张禁止儒生“以古非今、以私学诽谤朝政”。秦始皇采纳李斯的建议,下令焚烧《秦记》以外的列国史记,对不属于博士馆的私藏《诗》《书》等也限期交出烧毁;有敢谈论《诗》《书》的处死,称赞过去而议论现在政策的灭族;禁止私学,想学法令的人要以官吏为师。

“力治”在秦国显然是成功的,它使秦国迅速变得强大起来,将群雄纷争的中国统一了起来,建立了中国历史上第一个封建中央集权制国家。

有所不知的是,早在焚书事件前125年,被五马分尸的商鞅和二十年前自杀于狱中的韩非，早就有销毁儒家书籍的主张，只是没有来得及实践就身首异处，将这一千古骂名留给了李斯。让李斯万万没有想到的是，五年后，他会在自己殚精竭虑创建的空前繁华的咸阳闹市被腰斩，这也算是对诸子百家呕心沥血的文字和坑埋在脚下460多名方士与儒生灵魂的告慰吧。但我常常有这样一个想象，在繁华的咸阳街头，李斯被腰斩时到底是怎样一番情景。除去他的亲人，还有没有一个人偷偷地在人群中落下一滴泪来，如果有，我真的希望知道那是谁，是文人？政治家？或许这些假设都不成立，仅仅只是一个心地善良的人，面对一个活生生的生命的逝去而难受。我希望那个人不是政治家。

在我们的闲聊中，一轮圆月从酉水河流去的远方升起，湿漉漉的。几千年来，那轮明月都是这样被清澈的酉水河沐浴之后，才缓缓移向神圣的二酉山之巅的，生怕世间的凡俗与尘埃亵慢了二酉山的神圣。

四

大门是仿秦时建筑，白墙青瓦，朝向酉水流来的方向。酉水从鄂西、渝东南和湘西挤压而成的崇山峻岭中流来，眼见就要涌入这白墙青瓦的大门，突然就在山脚折向东去了。

进入大门，是一条宽5米、用岩石凿砌的345级台阶的藏书大道。当年这里是没有这条宽敞大道的，清幽的月光下只有一条泛着清辉的崎岖山道。

我们每向上爬一级台阶,伏胜负简爬行的背影就清晰一轮,仿佛就在前面,邀我一步一步走向秦时的那轮明月。我想,最先感受到二酉山巅那轮明月律动的应该是楚国三闾大夫屈原。早在伏胜到来之前 73 年,屈原被再次逐出郢都,流放沅水五溪一带长达八年之久。伏胜就是以屈原为坐标、《九歌》为地图、“沅有芷兮澧有兰”“乘舲船余上沅兮”为索引关键字,从咸阳出来,躲过秦军铁骑的搜捕,穿过无数艰难险阻来到二酉山的。

清辉下的藏书大道显得无比空灵，本来就灰白质地的石阶越发变得银白了。走在前面的忠维兄回转头冲我喊:“伏胜,快点儿呀,身后秦军铁骑快追上了啊。”

“不敌伏胜我是有理由的，”我说,“当年伏胜背驮的只是木牍竹简,而我背负的却是两千多年的历史和这两千多年来从未停止的倾泻而下的月光。”忠维兄称我为“伏胜”,我也只好呼他“伏安”了。此时,我突然领悟到幽默在特定环境中的必要性。看得出“伏安”不是第一次月下登二酉,不然他不会爬得这么快。如此万物空灵若禅境般的景致,任何一次抬足,落下时都怕惊扰了如水般的月光。

爬完 343 级石阶,抬头便是万卷亭。亭阁是全木结构,造型古朴雅致,很有书卷之气。往左是绝壁断崖,20 余丈高。崖脚有一条栈道,穿罅凿岩,顺凹就凸,蜿蜒东去约 50 步便是挂断崖临酉水、傲然凌空的二酉飞阁。飞阁两层半结构，为何要修那半截阁楼，是在暗示千古一帝秦始皇的功过参半，还是专为推崇“力治”的法家留下的？

“坑灰未冷山东乱，刘项原来不读书。”谁知就在焚书事件后的第四年（公元前209年），那熊熊燃烧的火焰还没熄灭，就遭遇了蕲县大泽乡（安徽宿县西寺坡乡刘村集）的那场滂沱大雨。陈胜、吴广密谋杀掉秦尉，发动戍卒起义。戍卒们“斩木为兵，揭竿为旗”，举起了中国历史上第一次大规模农民战争的旗帜。

当时焚书坑儒的政策十分严酷，“有敢偶语《诗》《书》者弃市（处死刑），以古非今者族（灭族），吏见知不举者与同罪”。百密之下必有一疏，偏偏漏掉了《太公兵法》，而这本书又恰巧落到了对秦国有深仇大恨的张良手中。正是这个张良辅佐刘邦推翻秦朝，建立了西汉王朝。我不知道该用一种什么样的心态来面对历史的偶然与幽默。

对人类社会的进步，文人与政治家有着不同的见解与认识，也许我们都只是将它停留在某种感性的层面。我想，这是文人的悲剧，也是他们的魅力所在吧。

五

二酉飞阁共三层，顶层有个岩洞，在月光下显得深邃莫测，传说秦人藏书就是在这里,成语“书通二酉,学富五车”就典出于此。尽管,成语随着人类文明的进步已成为一种概念,但膜拜二酉却从一种概念渐渐衍变为一种信仰。墨香千载,定有人才辈出。

“二酉,指大酉小酉山,在今沅陵县西北。《太平御览》四九《荆州记》:‘小酉山石穴中有书千卷,相传秦人于此而学,因留之。’”——只要你循着《辞源》中的注释,你就会触摸到头顶上的那轮秦时明月。东晋陶渊明笔下描述的秦人避乱逃匿之处——桃花源,就在顺沅水而下坐船不到两个小时即到的沅水岸边。我不明白这方神奇的山水,为何会与秦都咸阳有如此千丝万缕的关联,无论是精神世界还是个体生命,他们都选择了这方山水作为憩息的家园。我想:这是不是一种偶然?只有头上那轮清幽的明月知晓了。

洞中的伏胜像一片混沌,只可见一个缥缈模糊的轮廓,像一个历史的倒影,寂寞地映在那里。

这是我亲历或在书本上读到的唯一一种自上而下攀登凭吊的楼阁。第二层是碑林,石碑上是历代文人墨客留下的文字。下到第一层,可见一块宽约4米、高1米的石碑竖立在那里,孤独而肃穆。借着月光,北京大学第四任校长(当初叫京师大学堂)张亨嘉题写的“古藏书处”四个大字依稀可见。

一条百余步的栈道捋着山崖断壁蜿蜒而上,月光下,像一根黏敷在陡岩上的绳子。绳子下面一头拴着二酉飞阁,上面一头伸向半山腰的二酉村寨。离开飞阁,前行20余步,便可以看到传说中的记岩，上面记载着当年伏胜藏书的事迹。文字的凿痕早已被岁月磨平，而被历朝历代好事文人涂抹上去的墨汁，就像人的记忆一样，永远地洇渗在那方岩石里了。如今，从头顶岩石上漫渗下来的水流，仍呈现出一种墨绿的颜色。我想，这也许仅仅只是一种岩石的质变，与有没有涂抹上去渗染的墨汁没有多大的内在联系，可人们就是愿意相信这种想象。这是人的一种弱点，也是人类千百年来情感赖以生存的方式。

捋完这根绳子，我们便来到了二酉寨。月光下的二酉寨静谧得像一幅水墨画，稀落的几声狗吠渗透宣纸黏在人的身上。

六

因为山体陡峭，台阶层级稠密，攀爬相当吃力，没有可以平步的台阶，不给人以休憩喘息的机会，就像“战国”的那段历史。月光下清幽的朝圣大道，如同一副窄窄的背带勒扣在二酉山上，这山背上驮载的是人看不见的千钧之负。

爬完九千九百九十九级台阶的朝圣大道就到了山顶，顺着酉水的流向，沿山脊往下走百余步，便到了二酉山之巅。三山半落青天外，俯首，目力所及若一方深潭，乌宿集镇在这深潭里一躺就是几千年，一些历史的喧哗也许永远也没有机会浮到水面上来。

临酉水是500多米高的断崖，人在断崖上行走，有过高空索道的感觉。好在是月夜,空蒙一片,或虚或幻,一切变得不是很真实。右边是较平缓的山林,黛青的松树不说,白天见到的那一片片被季节染红的枫林,此刻也如同一幅硕大的画在宣纸上还不曾洇干的水墨画,亦像深水中的植物,有山风吹过,便一浪一浪微微拂动。

远远便可以看见前面高高矗立的仰止亭,孤傲地伫立在二西山最高的山巅,庄严肃穆,凌空脱俗。

登上通往亭阁宽五米的石阶,仰头便见二层楼檐上悬着一副横匾,上书“仰止亭”。三个苍劲有力的大字,在月光下更显神圣而高远。我与随行的忠维兄屏声敛气,一步一步向仰止亭靠近。每向前一步,我们都好像剥离掉一层尘世的喧哗,从未有过的宁静体验一层一层地裹向我们。

高山仰止,景行行止;虽不能至,心向往之。

仰止亭一楼立着四块碑,记载着善卷让位舜帝,隐居山林,教化乡民的事迹。二楼矗立着一尊面西而立的塑像,那便是善卷。也许,二西山之巅的那轮明月,在善卷时代就已辉映百川了。要不,远在几千里之外秦都咸阳的博士官伏胜,怎么会驮着“诸子百家”追寻而至?

再往上便是观景台了,凭栏远眺,两千多年倾泻而下的月色仍未填满山脚下的断崖沟壑。面对浩瀚的历史长河,人有时渺小如沧海一粟。我不由得想起苏东坡《赤壁赋》里的句子:“寄蜉蝣于天地,渺沧海之一粟,哀吾生之须臾,羡长江之无穷……唯江上之清风,与山间之明月,耳得之而为声,目遇之而成色。”

今人未见古时月,今月曾经照古人。今夜,我不是来赏景的,而是来抚摸山巅那轮辉映千年的皓月。抬头,皓月低悬中天,明如镜,冷若银,仿佛只需抬手便可以揽拥入怀。它照过春秋诸子的庭院、战国诸侯的烽火台,照过尼罗河畔的“石头圣经”、读过史诗《伊利亚特》和《奥德赛》,照过幼发拉底河岸的古巴比伦城和那部《汉谟拉比法典》,以及地中海东岸的“巴勒贝克”(太阳城),照过恒河的水韵、听过黄河的涛声。而脚下月色中的酉水,何曾不是流向大海,汇入人类文明的浩大盛典?

七

下山的时候,忠维兄留我在二酉寨过夜,明早回城。我想我今天是不能留在山上过夜了,我怕我无眠的叹息扰了二酉山巅的那轮明月。忠维兄只好开车送我回城,汽车沿着酉水流去的方向驶去,车灯光显得异常刺眼,在静静的酉水河上晃荡,像两条时光隧道。此时,谁也不想说话,任思绪在这穿越千年的时光隧道里驰骋。

回首,那轮清幽的秦时明月仍高悬在夜幕下如黛的二酉山之巅。

沅水谣

戴小雨

张果老凿河醉了酒，倒骑白驴拐了很多弯，一脚深一脚浅，留下三垴九洞十八滩。

吊脚楼醒窗前影，清浪滩现云上帆。壶头映月江北冷，马革裹尸梦里还。河涨洲水涨洲不涨，寡妇链肠断魂难断。登楼凭栏凤凰山，沅水落日圆，传说在凤凰不见。龙兴讲寺谁留客，一诗题壁千古传，对饮江中邀月难。

柳影横江穿浪过，鱼栖枝头借风眠。二酉书简写春秋，江岸芷草水边蓝。顺母桥人老桥未老，明月山月圆梦难圆。巫傩鼓声声渐淡，高腔如长叹，落日欲燃江流岸。古来遗落多少事，云下风间都吹散，号子穿浪越重山。

张果老凿河醉了酒，倒骑白驴拐了很多弯，一脚深一脚浅，留下三垴九洞十八滩。

一

这首网络歌曲让一条河从记忆深处醒来，是我起初没有想到的。

我的微博注册时间是在二〇一〇年，仅仅只是注册没有去弄它。时间过去九年，一次偶然的机会，朋友用微博头条转过来一篇写沅水的散文要我看，才发现我已注册过。今年一月，我在很多朋友建议下申请了认证，成为一个在网上有名字的人。博友将这首歌@我时，我还不知道它已经发布，上了周榜推荐，火得不行。两年前，在一家茶楼与当时还是同事的网络国风音乐人河图先生聊到想写一首有关沅水的歌，当时就敲定了歌名为《沅水谣》。

常德桃源一大站，
穿石界首清浪滩，
北溶辰州卢溪县，
浦市江口到铜湾，
四十八站上云南。

河图先生成长在沅水最大的码头沅陵，我则出生在下游60里处的北溶。北溶同是沅水的一大古驿站。明代，进入大西南有两条重要的古道。一条是滇川藏古道，生发于民间，以易茶为主要目的，以马为运输工具，故称“茶马古道”。另一条则是滇楚古道，生发于官方，东起湖南沅陵，西至云南昆明，途经辰州、锦屏、镇远、黄平、贵阳、普安。沅水童谣里提到的四十八站指的是滇楚古道。

沅水亦称沅江，发源于贵州省都匀市苗岭山脉，在都匀称剑江，以下称马尾河，又称龙头江，至岔河口与重安江汇合后始称清水河，入湖南后在洪江市托口镇与渠水汇合，始称沅水。由于湖南最高山脉——雪峰山的阻挡，沅水向北偏东方向奔腾而来，至沅陵县城西虎溪山下与沅水最后也是最大的支流酉水汇合，折向东去。

沅水是洞庭湖水系中最长的一条河流，更是湘、资、沅、澧四水中故事最为精彩的一条河流，得益于神秘灿烂的五溪文化浸润，让它蒙上了某种神秘而瑰丽的面纱。楚人屈原在这里留下千古绝唱《离骚》，开创了中国文学史上的“骚体”诗歌形式。他还根据楚地民间祭神乐歌创作而成《九歌》，谱写出全新的人神恋歌。西汉伏波将军马援身殉清浪滩壶头山，实现了一个军人“马革裹尸还”的悲壮天职，后有文学大师沈从文先生的《湘行散记》，更是把这条河的山水秀丽与儿女柔情描写到了极致，让这条河有了可以触及的生命柔情。

短短不到一天时间《沅水谣》网上点击量破百万，这对于一个习惯与纸质媒介打交道的作家来说真是个天文数字，我一度怀疑它的真实性。潮水般的博友开始在百度搜索歌词中的这条河，那些久远的故事与传说突然间被激活。他们开始下载网上能找到的沅水图片，对比着歌词中的意象，希望找到某种自己最先发现的线索，真真切切抵达这条河深处的美妙。有的博友开始用这些图片做MV,不清楚的便发给我,要我确认图片上的地方在这条河上的具体位置。其中一个叫阿蕴蕴蕴的博友,有一天写了一篇博文,将这条河的历史与传说、个性与色彩展示给万千博友。这真的感动了我,也启发了我。

“桃源的酒,陬市的糖,蒋家溪豆腐像城墙,河洑的饺面庹巴长,德山的滚排像田方,常德的桅杆像沙杨。”

“张家界有个天门山,离天只有三尺三,上天只需抬一脚,下山却要一整天。”

“沅陵有个河涨洲,宝塔伸到云里面,上天还要向下走三天。”

是的,这条河有太多的童谣与故事要说。“等我手上的稿子写完,弄一篇完整版的出来。”我这条微博刚一发出,博友们立即就跟上来:“等待官宣！”“小板凳已搬好,坐等戴老师官宣！”

二

先说歌名吧。

我的出生地在沅水北岸一个叫“岔溪”的小山村,去北溶码头要走八里山路,与沅水直线距离虽不远,中间却隔着一座山,童年时的我只能靠听山外面的那条河上机帆船的突突声去辨别河的流向与轮廓。我写过一篇很长的散文——《听山外一条河流过》,讲的便是我童年与这条河的一些关系。外婆家在北溶码头上游两里处的一个溪港里,十分漂亮安静的水乡风韵的村子,圆圆的,四围高,中间低,傍晚升起第一缕蓝色炊烟,像极了一把倒扣在那儿的唢呐。

记得第一次随母亲去外婆家看到这条河时，内心惊艳之余却感到一种莫名的恐惧:它太蓝,太大了。那时的我找不到别的词汇形容眼前盛况,只会用“蓝”与“大”这两个童年里最为惊叹的字眼来表达。上学后,很长一段时间里,我都是一直用“好蓝好大”来形容一条河的。母亲说:“你知道这条河为何这么宽吗?娘告诉你,这条河啊,是神仙张果老修的。张果老年岁有些大了,耳朵背,村民们嘱咐他,要把河宽挖一些,你瞧张果老怎么样？他把‘把河宽挖一些’听成了‘把河弯挖一些’,所以就成了这个七弯八拐的样子啦。”

这个传说在沅水一带流传很广，可我却是第一次从母亲那里听到。母亲虽是一个普通的农村人，却给了我很多创作的冲动与素材。对外面未知的世界，她常用童谣或是神话故事启蒙我的心智,让我脚下要走的路充满诱惑。

张果老凿河醉了酒，

倒骑白驴拐了很多弯，

一脚深一脚浅，

留下三垴九洞十八滩。

将这个传说改成上面的歌词版本，完全是因为歌曲意象与节奏感的需要，同时也是一个作家的职业习惯：喜欢将现成的东西弄得比过去更有新意一些。

“三垴九洞十八滩”，很多人以为只是数字概念，其实不然，还真有这些地方，有名有姓的地方。桃源县境内的铜皇垴，沅陵马料溪附近的裂木垴，沅陵北溶附近的猫儿垴，这些就是传说中的“三垴”了。“垴”指的是江水中突出的大石头，与人们常说的暗礁意思差不多，对行船放排人而言是非常恐怖的。“九洞”则有黄草洞、槁衣洞、梛木洞、横石洞、杨家洞、鲑鱼洞、卡洞、瓮子洞、板家洞。传说数翁子洞最吓人，在寡妇链下。与前面的“垴”与“洞”做比较，这“十八滩”知道的人更多些，它们分别是白叶滩、鲢子滩、九矶滩、洄石滩、碣滩、何家滩、清浪滩、猴儿滩、赤角滩、黄沙滩、梦公滩、陈家滩、癞子滩、凌津滩、跑马滩、娘娘滩、牛皮滩、思忆滩。这十八滩中，唯 30 里清浪滩名气最大，是行船放排人的鬼门关，经过的人无不印象深刻。

清浪滩在很多文学作品里都被写成了青浪滩，查过当地文献与碑刻，两种叫法都有出现，统一下来还没有多少年。我倒是更喜欢青浪滩这种写法一些：有色泽有质感。我对清浪滩有特殊情感在里面，也许与爱人家在清浪滩头小云溪码头有关，河图父亲的家也在小云溪里面一个叫和尚坪的村子里。

动笔开始写这首歌的时候，想过很多个开头，均不满意，直到想起这个童谣。写完这四句童谣，我心里一下就敞亮了，对整首歌词心里有了底。按照我最初的创意，这四句童谣作为引歌出现，先用童声清唱，清唱结束音乐起，成人再重唱一遍进入主歌。再就是第二段副歌部分的“巫傩鼓声声渐淡，高腔如长叹”采用变调处理，用辰河高腔的戏剧唱腔演唱。

三

吊脚楼醒窗前影，
清浪滩现云上帆。
壶头映月江北冷，
马革裹尸梦里还。

“这地方是个长潭的转折处，两岸是壁立千丈的山，山头上长着小小竹子，常年翠色逼人。这时节两山只剩余一抹深黑，赖天空微明画出一个轮廓。但在黄昏里看来如一种奇迹似的，却是两岸高处去水已三十丈上下的吊脚楼。这些房子莫不俨然悬挂在半空中,借着黄昏的余光,还可以把这些稀奇的楼房形体,看得出个大略。这些房子同沿河一切房子有个共通相似处，便是从结构上说来，处处显出对于木材的浪费。房屋既在半山上，不用那么多木料,便不能成为房子吗？半山上也用吊脚楼形式,这形式是必需的吗？然而这条河水的大宗出口是木料，木材比石块还不值价。因此,即便是河水永远涨不到处,吊脚楼房子依然存在,似乎也不应当有何惹眼惊奇了。但沿河因为有了这些楼房，长年与流水斗争的水手,寄身船中枯闷成疾的旅行者,以及其他过路人,却有了落脚处了。这些人的疲劳与寂寞是从这些房子中可以一律解除的。地方既好看,也好玩。"这是沈从文先生的散文名篇《鸭窠围的夜》里描写的吊脚楼景致,读着便对近一百年前的这条河有了些认识。

这地方是沅水最大的水上驿站:鸭窠围。沅水过了十里碣滩，就是十里长潭。鸭窠围是潭首,中间是腰塘,潭尾叫潭口。潭口是清浪滩滩头，潭口是河流上的位置，岸上名字就是前面说过的小云溪码头。在这条河上行船放排讨生计的人,可以不记得洪江,不记得浦市,但鸭窠围与清浪滩,却不能从记忆中抹去。历史真的是一条河，那些被我们疏忽若干年的人类哀乐全在这里。窠就是鸟兽昆虫的窝,从字面上不难领会这是一个什么地方。生命的无常，人生的无定,梦想的边缘,际遇的悲欢,心灵的飘零——鸭窠围，一群野鸭子的家。

鸭窠围位于碣滩与清浪滩中部,因为它位置特殊,中华人民共和国成立初期，洪江专署设在这里的照料站就达200多人，比现在一个县级火车站工作人员还要多。后来，随着河道整治，帆船机动马力增大，这个照料站功能才慢慢减弱，于二十世纪七十年代初撤销编制，转为民间经营。

其实，岸边吊脚楼最为险象环生的还要数清浪滩北岸一带，悬挂在岩石绝壁上那些摇摇欲坠的房子，看得让人提心吊胆。这便到了三十里清浪滩的核心地段。每年枯水期，河心会露出大片岩石，壮观得不行，只有河道两边逼仄的河道可以行船。北岸叫铜钉偏口，南岸叫老石滩。水流较深时，行船放排走北岸；当河水浅至不足半丈，船只排筏就只能走南岸老石滩了。“三堖九洞十八滩，处处都是鬼门关。饿鬼把着铜钉险，阎王守着老石滩。”可见此处是何等滩险水急了。

铜钉岸岩上有几户吊脚楼人家，危危悬挂空中，着实让人惊奇，十几根很长的木柱子，像极了从岸岩某个罅隙处生长出来，上面顶了几枚棱角分明的果子。而这些果子全是因了这条险滩而结出的。住在吊脚楼上的人家不做别的营生，只为行船过滩的人行些方便讨生活。坐上水船走北岸，乘客是要下船走过铜钉滩的。从那排吊脚楼下经过，我好几次都想趁船冲滩这段时间，爬到那几间吊脚楼上去，看看里面到底住些什么样的人，想知道他们的形态是不是与常人有些不同。

在清浪滩脚有一个大庙叫伏波宫，敬奉的是汉朝老将马援。庙中大殿前有一棵皂荚树，上面常年栖满一种红嘴红脚的小乌鸦，成千累万。行船放排人路经这里，都要事先准备好吃食，见着乌鸦飞来就向它们抛去。传说这些小小的乌鸦都是马援死去将士的化身，谁也不许伤害它们；谁不小心打死一只，必要用银子铸一只大小相等的银乌鸦作赔。这是这条河的智慧，很多人明白，也不信这些，但人们还要这么照着去做，他们是担心这些乌鸦啄食身葬清浪滩亲人的尸首，不能给前来寻自己男人的女人留一具全尸回家。他们心里清楚：也许哪天身葬清浪滩的就是他们自己。

南岸不远处的壶头山名气不小。东汉建武二十三年，武陵蛮首领相单程举事造反，占领澧水下游及沅水流域。光武帝刘秀遣武威将军刘尚率军万余征讨，结果全军覆没。建武二十五年，伏波将军马援奉旨率军四万前往征剿。因清浪滩水急滩险，北方兵将又不识水性，加上河面瘴雨蛮烟，乌鸦低回，不敢贸然渡河，只好在壶头山扎下营寨，与驻扎在对岸杨家寨的苗蛮兵将对峙，终因不适应南方水土与丛林气候，大量将士染疾死于军中。马援也没逃脱厄运，留下“马革裹尸”的典故。

传说中壶头山顶有一泉池，让人觉得神奇的是，无论你抬头看不看得见月亮，泉池里都会有一轮月亮的倒影，相传这是马援的兵马撤走后出现的奇观。我上过壶头山，并没有找到那个泉池。伫立山巅，我的脑海里便会出现这样的画面：一轮皓月从远处河面上慢慢升起，月光下将士们面朝北方寻找家乡的位置，而山脚下的清浪滩声如滚雷，浪若云卷，穿行于急滩上的帆船如行云端。

三十里清浪滩一直到白沙溪才算完。

四

河涨洲水涨洲不涨，

寡妇链肠断魂难断。

明月山的油米坑、清浪滩的乌鸦饭及河涨洲的神仙鸭，是沅水一带最神秘、流传最广的三个故事。河涨洲也有叫合掌洲或和尚洲的，故事同样也有几个版本，我喜欢且记住的还是下面这个水仔的故事。

故事说的是一位云游而过的巫师在河边见一女子漂亮，逐起了歹意。他对女子的父亲土司说："如果你不从我就让水淹了河涨洲。"土司打赌说："如果你能在七天内让水淹了河涨洲，我就让你把我女儿带走。"土司心想，正是枯水季节，巫师不可能做到。谁知这巫师道法高，能驱石赶山，他将河岸的石头赶到河中去，不到一天工夫，在下游约三百米处的河面就垒起了一道横坝。河水迅速涨起来，土司慌了手脚。在河中打鱼为生的水仔眼见心爱的姑娘就要被巫师带走，更是焦急万分。他一个人默默来到洲头的土地庙前，希望能得到土地爷的神示。这时河面上有两只鸭子在戏水，水仔不禁自语:“我要是能变成水鸭子,钻到洲渚下面将洲渚托起来就好了。”水仔话音刚落,只听“砰”的一声从地下冒出一个老头儿来:“年轻人刚才的话可当真?”

“当真!”

“你要想好,下去就变不回来了。”

水仔一口答应。

巫师见洲渚慢慢浮了起来,立即跑到更远的下游赶石堵坝。七天过去,巫师在河面上垒起一道又一道乱石坝,却始终还是没能将洲渚淹没。

小的时候,我有过这样的愿望:希望水仔哪天会变回来。知道等待的水仔不会变回来,我对这条河就有了新的认识,浪漫的故事在一点点褪色,我也害怕起那长河落日圆的壮丽。

在瓮子洞北岸崖壁上,嵌挂着一根近百米长的粗铁链,传说是一个周姓寡妇倡议铸造的。这女子命苦,丈夫及兄弟都是在下瓮子洞急滩旋涡处排散船沉的,尸骨都没有找到。这一带,与这女子同命运的人还很多。于是这周姓寡妇便开始挨家挨户上门游说。她先是找同她一样命运的寡妇,要她们每人出钱铸造一个铁环,这样串起来就是一根铁链。有了这条铁链,纤夫与船工们就有了攀附的依靠。后来人们为了纪念这位周姓女子及每位出钱铸环的寡妇,就将这条铁链取名寡妇链。很多年过去,那串粗铁链仍然还嵌挂在那段悬崖崖壁上,倾听脚下的水浪滔天,只是已经锈迹斑斑没人敢去攀爬了。每当坐船经过那段水路，禁不住都要对那串铁链投去惊叹又钦佩的目光。那每一个铁环的背后都是一个断肠的故事，环环紧扣的是那些失去丈夫的苦命女子对这条河的守望与祝愿。对于这条汹涌奔腾的大河，她们能做的也许只有这些了吧？

五

登楼凭栏望沅江，
沅水犹浩荡，
凤凰山不见凤凰。

很多网友们都听到了，也在线上询问过，这首歌不是一韵到底，中间有江阳韵辙在里面：登楼凭栏望沅江/沅水犹浩荡/凤凰山不见凤凰。而本来却是：登楼凭栏凤凰山/沅水落日圆/传说在凤凰不见。河图进录音棚录音时，录了前面的版本，发现问题时已经录好了，重新录又担心不在一个情绪上。

这首歌词的副歌部分，是按河图的思路与语境修改的，其中几句是他的原句，只做字词句润色调整，如：巫傩鼓声声渐淡/高腔如长叹/落日欲燃江流岸/古来遗落多少事/云下风间都吹散。

时间有时比一条河更神奇，一些原本清晰的东西会在时间的流逝中变得模糊，而一些从前不经意的东西却又在我们的记忆里轮廓清晰起来，让我们看到时间与生命的本质。记得我看到过一张我还没出生前就有的湖南省地图,上边标注的名胜古迹只有岳麓山、衡山及岳阳楼等寥寥几处，整个湘西北只有辰州三塔在上面。那时凤凰与张家界还待在深闺里。辰州三塔中的鹿鸣塔在最下游的鹿鸣山巅，龙吟塔在河涨洲，而凤鸣塔就在凤凰山的一处叫凤鸣的小山上。

传说凤凰山上的梧桐树非常有名,特别是山顶那蔸老梧桐树，枝繁叶茂,横柯蔽日。本地流传着一种说法,说是等这蔸梧桐树长到一百岁那年会有凤凰飞来。在这棵梧桐树下住着一户李姓人家,山下一大户人家的千金,经常上山与李姓人家的儿子玩耍,从小到大。到了懂事的年纪，大户人家的千金突然对李姓人家的儿子说:“你来娶我吧,这样我就不用天天爬山来看梧桐树,等凤凰飞来了。”大户人家的家长知晓后自然非常生气,说什么也不愿将宝贝女儿下嫁一个贫寒人家。可碍于面子，他们便对上门提亲的人说:“如果他们家门口的梧桐树哪天真的飞来了凤凰,我们会在同一天将女儿送上门去。”

李姓人家知道这是女方家长说的面子上的话，知道他们不可能将女儿嫁上山来，但小伙子并没有死心，他天天给梧桐树浇水施肥料,希望它长得更高更大,被远方的凤凰看到。日子一天天过去,突然有一天凤凰真的飞来了,歇在了梧桐树上。大户人家的家长假装特别高兴，对小伙子说:“你们家的屋场真的是神灵之地，将来一定大富大贵，只不过我家小姐顽劣，还不太懂礼俗，现在嫁过去怕冒犯神灵，待我在家调教一年，等明年凤凰再次飞来，再用八抬大轿抬上山去。”其实这个大户人家的家长已经在心里打着鬼主意了。一天夜里，趁着月色，他派人在梧桐树根上钻了个深洞，将事先用硝泥熬制的汤药灌了下去。

第二年春天，那蔸梧桐没有在期盼中长出嫩绿的叶子，它死了。没过几年，山上的其他梧桐也相继死去，凤凰山再也种不活梧桐树，小伙子没有盼到凤凰再次飞来。

这是一个传说，有着当地人的某种生活态度与愿景。当真的历史故事在传说的语境下发生，人的情感自然就有了一种神秘色彩和对未知世界的遐想。一九三八年十月的一天，张学良带着夫人于凤至来到了凤凰山。于凤至，凤真的来了。张学良夫妇在此被软禁了十四个月，直到第二年的十二月才离开。于凤至离开后，直接去了美国治病，再也没有回来过。

六

龙兴讲寺谁留客，

一诗题壁千古传，

对饮江中邀月难。

时间留不住每一位执意离去的客人，就如这条沅水上的码头，生命里只有等待，永远不能与从它身旁流过的浪花重逢。

当年林则徐途经辰州也就是现在的沅陵时，被眼前的山水所陶醉，不忍离去，留下“一县好山留客住，五溪秋水为君清”的千古绝句，成为第一位把心留下来的客人。还有明代王阳明在沅陵的故事。王阳明是个真正的大人物，与孔子、孟子、朱熹并称史学上的“孔、孟、朱、王”。明代宦官乱政严重，正德元年(1506)冬，有个叫刘瑾的宦官擅政，为了排除异己而逮捕了南京给事中御史戴铣等20余人。王阳明看不下去，上疏论救触怒了刘瑾，被打了四十大板，谪贬至贵州龙场当驿丞。王阳明由江西入湖南，过醴陵，到长沙，他知道真正的流放即将从沅湘之间开始，那里是屈原、贾谊、李白、王昌龄、刘禹锡这诸多先贤的漂泊之地。路途中，王阳明还被刘瑾派人追杀，他伪造跳水自尽假相躲过一劫。正德四年(1509)闰九月，王阳明谪戍三年期满，复官庐陵(今江西吉安)知县。返程途经沅陵时，与因乱世流落他乡从游到此的冀元亨、蒋信及当地进士唐愈贤等众多文人贤达讲授龙场悟道后的“致良知”心学。其间，王阳明忽闻好友杨名父要来辰州，自己却要赶去庐陵上任不能相见，于是怅然写下了那首如今还凿刻在龙兴讲寺壁间的诗作名篇《辰州虎溪龙兴寺闻杨名父将到留韵壁间》，虽然常年风蚀雨侵，那股怅然离愁却仍在斑驳的字迹间若隐若现：

杖藜一过虎溪头，何处僧房问惠休。

云起峰间沉阁影，林疏地底见江流。

烟花日暖犹含雨，鸥鹭春闲自满洲。

好景同游不同赏，篇诗还为故人留。

七

柳影横江穿浪过，

鱼栖枝头借风眠。

沅水下游柳林汊一带风光在这条河上是最出奇的，那长势诱人的柳树与别处不同，成行列岸，就算万千人千百日栽培也不会有这般景象。柳林汊这地名应是这个出处。一九三四年一月十三日清晨，沈从文从桃源码头租一条小船逆流上来，当晚泊郑家河，第二天宿兴隆街，过夷望溪，约下午两三点钟时分经过柳林汊。短短30里水路走了三天，而真正的急险恶滩才刚刚开始，到达凤凰县城怕要十天以上了。尽管他一路上都在给妻子写信，或是用彩色蜡笔画见过的不能用文字描绘的景色，仍有大把大把的时间无处安放。还真是有些钦羡那时的人，有充裕的闲暇想一些人与事，享受与生存困境或精神无关的一点儿忧伤，这忧伤极易成为绝好的文字。

这时船已到了柳林汊，多美丽！地方出金子，冬天也有人在水中淘金子！我生平还是第一次看到这样好看地方的。气派大方而又秀丽，真是个怪地方。千家积雪，高山皆作紫色。疏林绵延三四里，林中皆是人家的白屋顶。我船便在这种景致中，快快地在水面上跑。我为了看山看水，也忘掉了手冷身上冷了。什么唐人宋人画都赶不上。看一年也不会讨厌。（沈从文《过柳林汊》）

季节已是深冬，下着细雪，船上的河风想想便知道有多刺骨，却仍然不能阻挡沈从文先生因不满于从逼仄舷窗看到的那孔景色，一次次走到船板上去。他惊叹这河上生活的人的智慧与兴致：缓缓驶过的小木筏棚顶上，铺一层黑色泥土，种着翠绿的蔬菜。这着实让人稀奇。

记得三十年前，我便随一个朋友去兴隆街办事坐船游历过这段河流。那个朋友的姐姐嫁到兴隆街，他说："我们这里虽属沅陵，却与桃源更亲近些。"我们驾驶着一只木制捕鱼船，船的尾舱加装了一台小马力柴油机。动力装置很简陋，传动机构与舵全是手工自制，没有消音功能，声音很大，船身震颤厉害，要大声说话才能让对方听到。没法儿交流，干脆不说话，静静看从船边移过的风景。那时我才20岁，对人文历史没有多大兴致，只是觉得这景色好看得出奇。楚人屈原的《楚辞》和沈从文先生的《湘行散记》,我还未曾读过，就是读到了也不会有太大作用，人文与人性的魅力还没有在我年轻的生命里种下感受它们的经验。

这柳林汊素有“小桂林”之称,初听觉得有假势趋炎之嫌,若亲眼见了，你会觉得这山水韵致还要胜过桂林的。柳林汊集镇在河南岸,这在沅水流域比较少见。按河道规律是南陡北缓,这里却倒了过来。这里独到的美,显然是大自然的创意,一切天成地造。河水流过思忆滩突然缓下来，河面也变宽大了，去瓮子洞急滩还有段距离，也给这条河水一些时间去欣赏岸边的景色。高大标致的河柳倒映在清澈透亮的江面上，随着太阳西沉，映在水中的柳枝慢慢向着对岸伸展；偶尔江风吹来，柳枝随着波浪起伏，美妙极了。明明是从柳林中飞过的白鸟,却是在水中看得更仔细,如一尾顽皮的鱼儿游过，而水中的鱼儿又像极一只鸟栖在了某处柳枝上,借着清爽的风儿闭目养神。“柳影横江穿浪过,鱼栖枝头借风眠”描写的便是这种如梦似幻的湖光山色。

八

二酉书简写春秋，

江岸芷草水边蓝。

在秦始皇焚书坑儒的背景下,相传有个叫伏胜的人,将私藏的诸子百家书简偷偷运到此处藏匿起来，躲过了浩劫。伏胜为何会将藏书地点选择在这里,他又怎么知道这个地方有藏书的外部环境与人文条件?我想,这一定与战国时的楚人屈原有关。早在伏胜到来之前 73 年,屈原被再次逐出郢都,流放沅水五溪一带长达八年之久。流放期间，屈原以沅水五溪流域的山水人文为背景创作出了《九歌》与《离骚》。我们可不可以大胆地猜想,伏胜是不是从咸阳出发前有幸拜读过《九歌》与《离骚》,后者促使他下定决心将书简偷运至此藏匿?

屈原的《九歌·湘夫人》中有诗句“沅有芷兮澧有兰”,说的就是沅水的芷草与澧水的兰花相当有名,歌词“江岸芷草水边蓝”出处就是这句诗。

九

顺母桥人老桥未老,

明月山月圆梦难圆。

一九八九年,我在麻伊洑镇开发廊生活过半年。当时五强溪电站正破土动工，大量人员涌入，曾经水墨画般的河边小镇开始变得不平静。我的处女作《怀恋》就是这个时期,在这个小镇上写成的，作品中写到的小巷与情感真实存在。

河流在这里转了一个大弯，将镇子撂下向正东方奔去。站在河沿码头，明月山在河水流去的前方，像面巨大的照壁挡在那里。如此斧削般的绝壁，在沅水这条河上还是第一次见到。这照壁让麻伊洑这个古朴镇子更有了山水天成的韵致。登明月山要从背后那座山开始，有一条很长的石阶，爬到山腰才知道这山是分开的，一座石拱桥连着深到谷底的罅缝两侧。

故事很早听过。说山下有个女子，男人放排下常德在瓮子洞沉了水，山上寺庙有个和尚同情她，时常下山帮她做农活儿，用善男信女们施舍的钱粮接济她，时间一长彼此生了感情，女子时常借着月光上山与和尚幽会。儿子长大明事后，怕娘过罅缝时不小心失足掉下去，四处化缘筹钱修了这座桥。娘过世后，儿子趁着月光上山将和尚抛下了悬崖。“母在顺母意，母亡报父仇。”后来人们为了怀念这个凄美故事，将儿子的这句话刻在了石桥上，并为石桥取了一个很敞亮的名字“顺母桥”。如今，凿刻在石壁上的字迹依然能看得分明。

沈从文先生在散文《沅陵的人》中也说起过这个故事，不过他叙述的故事没有传说中的下半截，要柔软温情得多，这也许与他当时记录这个故事时的心情有很大关系。他一路上都在不停地给他的新婚妻子张兆和写信，有些宝玉哥哥的语境风格。那些文字除去思念之情，便是夸一路见着的美景。在这种心境下，他记录这故事自然会做些取舍，完全说得过去。

十

巫傩鼓声声渐淡，
高腔如长叹，
落日欲燃江流岸，
古来遗落多少事；
云下风间都吹散，
号子穿浪越重山。

落洞、赶尸、辰州符称为“湘西三绝”。巫傩是学术界名称，其实巫是巫、傩是傩，巫是道家法术，傩指古代的一种驱疫逐鬼仪式，是原始巫舞之一。这里说的辰州符便是巫术中的一种。傩戏从祭祀仪式与傩舞衍变而来，旨在酬神还愿，其最大的艺术特点是按角色戴彩绘的各类鬼怪面具，内容多与鬼神有关。因傩戏本身具有巫的属性，在表演时会穿插一些巫术展示，想来巫傩一词应该是这个出处。

楚人屈原虽深受当地文化浸染，但他笔下的山鬼神灵却极富浪漫色彩，多情又敏感，全然没有传说中那般瘆人与恐怖。

若有人兮山之阿，被薜荔兮带女萝。

既含睇兮又宜笑，子慕予兮善窈窕。

…………

杳冥冥兮羌昼晦，东风飘兮神灵雨。

留灵修兮憺忘归，岁既晏兮孰华予？

这是屈原在《九歌·山鬼》中描写山鬼的句子。全诗渲染着山鬼在山中与心上人幽会，以及再次等待心上人，而心上人未来的情绪，把山鬼起伏不定的感情变化、千回百转的内心世界，刻画得非常细致、真实而动人。这哪里是在写山鬼，明明就是在写人。而《九歌·云中君》中的云中君是云中之神，在神话中云神又名屏翳。这首诗无论人的唱词还是神的唱词，都从不同角度表现出云神的特征，表现出人对云神的企盼、思念与神对人礼敬的报答。

屈原笔下的人鬼神彼此之间已经没有了界限，这也是楚人在这条河生活生存的哲学与智慧，先人们对未知世界和不可预测的灾难充满着乐观的人生哲学，又杂糅神性和魔性、传说与神话，无不古艳动人。这与这条河流经楚地和多民族五溪流域，和民族的特殊性大有关系。历史上“楚”人的幻想情绪，必然孕育在这种环境中，成为浩浩沅水最绚丽的文化。

沅水古时称辰河，沅陵称辰州，辰州傩戏发源地在沅水下游五强溪后山一个叫七甲坪的乡镇，是国家第一批非物质文化遗产保护项目。十几年前，我与同事专程去做过采访，写过专题片《傩戏人家》的解说词，其中片尾有这么一段话：

演出终于在台下观众期待的目光中开始了……

天出奇地冷，什么时候飘起了细细的雪？今冬的第一场雪来得有些轻描淡写。细细的雪花在空中飞舞了一阵就不见了。看来这场大雪是要留到夜里去下了，第二天起来，整个乡村将会被厚厚的积雪覆盖。

台上的戏唱得热火朝天，也就不知道这天到底有多冷。台下看戏的人倒是有些冷了，把火炉挑旺了，将孙子抱得更紧了。但谁也不愿意离去。一腔一板，一招一式，几千年来就这么唱着跳着，谁也不曾疲倦过。就像脚下这片古老的土地，年年翻种，年年都有新的粮食长出来，养育着生活在这片黑土地上的人们。

现在大叉坪村越来越多的村民开始知道有许多的人喜欢上了傩戏，这似乎与那开怀肆意的笑声没有多少内在的联系，因为几千年来，这些被山风吹得釉亮而憨实的脸谱一直都是这么笑着的，未曾间断过。

但也有一种担心：这笑容还会延续多久，会不会在未来的哪一天消失？等到他们怀中的婴儿长到他们这个岁数，会不会坐在他们爷爷奶奶曾坐过的凳子上看戏，同样响起那一声声开怀的大笑？不论怎样，日子还是会照样一天一天地延续下去……

随着时代发展、文明的进步，“巫傩鼓声声渐淡”，这种古老戏种在慢慢褪去它原有的神秘色彩。

前述歌词中的“高腔”指的是辰河高腔，同样是国家级非物质文化遗产。辰河高腔的曲牌声调体制源于弋阳腔，它是经过长期和湘西语言、民间音乐相糅合，从围鼓到低台再到高台，经过长期的经验积累逐渐衍变而成，表达喜、怒、哀、乐等各种不同的思想感情。其特点是“向无曲谱，只沿土俗，借用乡语，改调歌之”，在演唱中有很大的灵活性，富有浓厚的地方特色。辰河高腔声音高亢、嘹亮，风格粗犷、豪放，音域宽，可在高、中、低音区回旋，粗犷时响彻云霄，柔和时细若游丝。

如果说傩戏是这条河对生命原始形态的追索与解释，那么高腔就像极了一条大河的咏叹调，而行船放排时咏唱的沅水号子，才是这条河最率真的性情表达。沅水号子是沅水流域男人们在放排冲滩时高唱的一种劳动歌谣，声音高亢粗犷、绵远嘹亮，极具穿透力和感染力，它穿过累累白浪，翻越层层群山，千百年来就这样一直回荡在汤汤沅水之上。

最后，让我们静下心来，倾听一条大河从历史的风雨中流来，感受《沅水号子》粗犷而苍凉的旋律吧。

喊风：

哟嚯——

大风不来小风来，要来快点来啊。

小风低头，大风弯腰，公公媳妇把火烧。

公公抱头，媳妇箍腰，

两把铜锁，一根暗梢。

公公往下压，媳妇往上撬。

公公问媳妇怎么样啊，

媳妇讲，好味道好味道。

哟嚯，风来了风来了……

号子：

喊起号子搬起招（桨的一种），一声低来一声高。

杉木橹铁箍腰，任你搬来任你撬。

撑篙好比猴上树，拉纤如同虾弓腰。

纤索拉断接匹篾，草鞋磨破藤来绕。

飙滩就像龙显圣，个个都是浪里蛟。

大浪打来摆摆头，摔个跟头辗个抛。

衣裹头裤包腰，酒瓶挂在屁股梢，

号子一喊浪低头，打个尿颤山也摇。

七月的沅水,安静得如遗落在崇山峻岭间的绸缎,又蓝又大又长。如果要用男人与女人来比喻这条河，清浪滩便是刚刚从森林里走出来,身上裹着树皮,只有食物与性这些最原始需求的男人。而从五强溪柳林汊至桃源境内的夷望溪这一截河段,则可算作是深闺里的大家闺秀,那里的每个山头、每个岸壁,甚至每个石头,都生长得让人惊叹，你根本不曾想到它们会长成眼前的样子,却又是恰到好处,大一点不行,高一点不妥;左一点太挤,右一点又有点太空旷。

五强溪电站建成蓄水后,清浪滩不见了,这条河最桀骜的青壮年般的生命突然变宽旷变安静，深邃得不让人读懂它了。我们不能说造物主上帝，就说神仙张果老吧，他应该想到后人因对文明的渴望会伤害到他的工程,所以他在醉酒后一脚深一脚浅挖凿这条河时早就先作了规划，有意留下属于女性最柔软秀丽的那一截河流。其实到夷望溪处,因下游凌津滩二级电站的蓄水,沅水已开始平缓下来。唯有柳林汊一带,仍保留着最原始,也是最美的记忆。

摊开手掌，纷乱的掌纹像极一条隐蔽在群山深涧里树根一般生长的河流,你只要愿意伸出你温暖的手掌,握住我,虽然我不能将一条河改道或分出一条支流流经你的故乡,至少可以让你在夜深人静时,倾听到这条河最初最美妙的童谣。每当我闭上眼睛,这条大河就会以一棵树的形状出现，而看见一棵大树，就会听到一

条河的声音:

一条河的高度/是那枚系着阳光的树叶/海拔。年轮/那一派泱泱浩荡/来自枝繁叶茂/漫过田野是一顷万里的麦苗/绕过高山,才有了/临水而生的烟青竹绿

根是一条河最深的位置/往前是湖海/后退是村庄/那段距离充满诱惑/河的流向有树的思想/而我的诗歌地理/依赖一棵树的形状

当一棵树,成为/一条河最响亮的名字/码头,或者鸟巢/都会让人无比怀恋/如果一条河死去/会有树状的形骸/引领我回到故乡。